Christiane Fux

DAS MÄDCHEN IM FLEET

Ein Bestatterkrimi

PIPER
München Berlin Zürich

Mehr über unsere Autoren und Bücher:
www.piper.de
Aktuelle Neuigkeiten finden Sie auch auf Facebook, Twitter und YouTube.

Von Christiane Fux liegen im Piper Verlag vor:
Das letzte Geleit
In stiller Wut
Unter dem Elbsand
Das Mädchen im Fleet

FSC
www.fsc.org
MIX
Papier aus verantwortungsvollen Quellen
FSC® C083411

Originalausgabe
Dezember 2016

Umschlaggestaltung: Hauptmann & Kompanie Werbeagentur, Zürich
Umschlagabbildung: Hauptmann & Kompanie Werbeagentur, Zürich
Satz: Fotosatz Amann, Memmingen
Gesetzt aus Adobe Garamond
Druck und Bindung: CPI books GmbH, Leck
Printed in Germany ISBN 978-3-492-30371-2

Christiane Fux

Das Mädchen im Fleet

PIPER

Zu diesem Buch

Ein neuer Fall für den Hamburger Bestatter Theo Matthies: In einer Winternacht ertrinkt die junge Sinti-Musikerin Jenay Munk in den eisigen Wassern des Veringkanals. Scheinbar ein tragischer Unfall – doch ihre Eltern haben Zweifel. Matthies beginnt – auf Bitte der Familie hin – zunächst eher zögerlich zu ermitteln. Dabei stößt er schon bald auf Widerstand: Nicht wenigen Mitgliedern des Clans war das selbstbestimmte Leben, das die junge Frau außerhalb der Gemeinschaft führte, ein Dorn im Auge. Je tiefer sich Matthies auf die Hintergründe der Tragödie einlässt, desto stärker sieht er sich mit den eigenen Vorurteilen konfrontiert. Aber das sind längst nicht die einzigen Schwierigkeiten, mit denen der Bestatter zu kämpfen hat. Denn auch in dem Krankenhaus, in dem Jenay als Schwester arbeitete, gibt es einiges, was um jeden Preis verborgen bleiben soll. Erst als ein weiterer Mensch stirbt, erkennt Matthies, was wirklich hinter den verhängnisvollen Geschehnissen steckt …

Christiane Fux, Jahrgang 1966, ist in Hamburg aufgewachsen und hat dort Germanistik studiert. Heute lebt sie in München, wo sie als Medizinredakteurin für das Gesundheitsportal NetDoktor schreibt und nebenbei in ihrem eigens gegründeten Verlag Krimispiele der Reihe »Mörderische Dinnerparty« entwickelt.

Für Alain

Vorwort

Angefangen hat es mit der Musik. Meine Schwester schickte mir eine CD mit dem Titel »Wilhelmsburg«, eingespielt von »Django Deluxe« – einer Wilhelmsburger Sinti-Band. Es hat sofort klick gemacht und ich habe gewusst: Da steckt eine Geschichte drin.

Wer einen Roman im Sinti-Milieu schreibt und ihn in Hamburg-Wilhelmsburg spielen lässt, kommt an der Familie Weiss nicht vorbei. Rund 500 Menschen gehören ihr an, die eng miteinander verbunden sind. Seit vielen Generationen sind sie im Raum Hamburg ansässig, früher in den traditionellen Wagen, inzwischen überwiegend in einer gemeinschaftlichen Siedlung.

So unbedingt erzählenswert die Geschichte dieser Familie sicher ist – dieses Buch ist reine Fiktion. Dem habe ich Rechnung getragen, meine Protagonisten heißen Munk, und ich habe Örtlichkeiten, die Familie betreffend, abgewandelt.

Damit möchte ich verdeutlichen, dass alle dargestellten Personen frei erfunden sind und jede Ähnlichkeit rein zufällig ist.

Dennoch ist dieser Roman natürlich von der Wilhelmsburger Sinti-Community inspiriert, aber ebenso von vielen anderen deutschen Sinti, deren Schicksalen, Lebenswegen und Erfahrungen ich mich anhand von Interviews und Zeitungsberichten, Büchern, Autobiografien, Dokumentarfilmen und Sinti-Diskussionsforen angenähert habe. Denjenigen von ihnen, die mir ihre Zeit für persönliche Gespräche geschenkt haben, gehört mein besonderer Dank.

Christiane Fux im August 2016

Prolog

Das Wasser, das über ihr zusammenschlug, war eiskalt, viel kälter als die Abendluft, durch die sie eben noch gelaufen war. Der Stoß war unerwartet gekommen, keine Geste, kein Laut hatte ihn angekündigt. Ihre Arme ruderten, um sie wieder hinauf, ins Leben, zu befördern. Sie war immer eine gute Schwimmerin gewesen. Die Kälte lähmte sie schlagartig, sog ihr alle Kraft aus dem Körper.

Jenseits der glitzernden Oberfläche, verzerrt von den sich brechenden Lichtstrahlen der Straßenbeleuchtung, sah sie eine Gestalt, die ihr einen rettenden Ast entgegenstreckte. Doch als sie danach griff, war es ebendieser, der sie daran hinderte, aufzutauchen. Wieder und wieder drückte er sie nach unten. Wieder und immer wieder.

Als sie endlich losließ und immer weiter in die Tiefe glitt, bauschte ihr Rock sich um sie wie ein fabelhaftes Tiefseewesen. In einem letzten qualvollen Atemzug füllten sich ihre Lungen mit Elbwasser.

Der Tod durch Ertrinken soll ein sanfter sein, so heißt es. Doch es hat schließlich nie jemand davon berichten können, der ihn wirklich erfahren hat.

Dachte sie.

Und starb.

DER ERSTE TAG

Sie saßen nebeneinander, die Frau und der Mann, beide nicht mehr ganz jung und noch nicht alt. Sie hielt sich sehr aufrecht, die Knie unter dem langen Rock aneinandergepresst, die Hände ineinandergekrallt, sodass die Knöchel der Finger weiß hervortraten. Ihre Starre wirkte porös, wie schockgefrostet, als würde sie bei einer unachtsamen Berührung in tausend Teile zerspringen.

Ganz anders der Mann. Er kauerte zusammengesunken neben ihr, die Unterarme auf die Knie gestützt, Schultern und Hände hingen herab. Das dunkle Haar mit den einzelnen grauen Strähnen fiel ihm ins Gesicht. Mit einer müden Geste strich er es von Zeit zu Zeit zurück.

›Gramgebeugt‹, kam es Theo in den Sinn, der einmal mehr feststellte, dass Plattitüden eben doch mitunter die Wirklichkeit am besten einfingen.

So wie die beiden, hatten in den letzten Jahren schon viele Paare vor dem Bestatter gesessen, darunter auch solche, denen, wie diesem hier, das Allerschlimmste passiert war. Das Allerschlimmste, das war der Tod des eigenen Kindes. Manche Eltern klammerten sich aneinander, suchten beieinander Trost und würden ihn auch irgendwann finden können, vielleicht, ein wenig zumindest, wenn auch nicht gleich.

Viele aber, so wie diese zwei, kapselte der Verlust voneinander ab. Sie saßen jeder für sich unter einer gläsernen Glocke aus Schmerz, Verzweiflung und Einsamkeit.

»Es tut mir sehr leid«, wiederholte Theo noch einmal sein kurz zuvor ausgesprochenes Beileid.

Der Mann hob den Kopf. »Jenay, ist sie schon …?«

»Ja, ich habe sie heute Morgen hergebracht.« Theo schaute dem Mann in die Augen, der vor vielen Jahren einen Sommer lang sein bester Freund gewesen war. Manusch. Damals waren sie fast noch Kinder gewesen. »Ihr könntet Brüder sein«, hatte Manuschs Mutter damals oft gesagt. Beide groß, schlank und dunkelhaarig, mit schmalen Gesichtern, ähnlich gekleidet in Jeans und vorzugsweise schwarzen T-Shirts. Daran hatte sich offenbar nichts geändert, stellte Theo nun mit einem Blick auf Manusch fest – nur dass dieser jetzt deutlich muskulöser war als er und die Haare länger trug.

»Ich will sie sehen. Jetzt.« Rubina, die Mutter des toten Mädchens, starrte ihn mit unbewegter Miene an. Auch sie kannte Theo von früher. Damals war sie ein mageres, schüchternes Ding von dreizehn Jahren gewesen.

»Rubina, ganz ehrlich, das ist keine so gute Idee.« Theo breitete die Hände aus. »Lass mir noch etwas Zeit, damit … wir uns um sie kümmern können.«

»Sie ist meine Tochter. Ich will sie JETZT sehen!« Ihre Stimme war lauter geworden. Theo warf einen Blick zu Manusch, doch der hielt seinen auf den Boden gerichtet. Er hatte die Leiche seiner Tochter bereits im rechtsmedizinischen Institut in Hamburg-Eppendorf sehen müssen, als er sie identifizieren sollte. In die Stille hinein tickte das Pendel der großen Standuhr, die, wie auch das übrige Inventar des Büros, noch von Theos Urgroßvater, einem Kapitän zur See, stammte.

»Also gut.« Theo seufzte. »Wartet hier einen Moment.«

Er eilte in den Anbau. Dort waren der Kühlraum, in dem Jenays Leichnam lag, und der »OP« untergebracht, wie

Theo den Bereich zum Herrichten der Toten als ironische Hommage an seinen früheren Beruf als Chirurg nannte. Rasch streifte er sich einen Kittel und Einmalhandschuhe über und öffnete den schmucklosen Transportsarg. Jenay lag noch in dem weißen Leichensack, in den sie der Gerichtsmediziner nach vollbrachter Arbeit gehüllt hatte. Sie war gerade einmal neunzehn geworden. Der Leichnam war unbekleidet, sodass die Nähte zu sehen waren, mit denen man den für die Obduktion geöffneten Körper wieder verschlossen hatte. Wie bei jedem möglichen Mordfall waren die Kollegen aus der Rechtsmedizin gründlicher vorgegangen als sonst üblich, wusste Theo. Man hatte nicht nur den Schädel und den Bauchraum geöffnet, um Gehirn und Organe zu untersuchen. Der Rechtsmediziner hatte auch den Hals bis zum Kinn aufpräpariert, um nach etwaigen Würgemalen zu fahnden. Auch auf dem Rücken des Mädchens zog sich eine lange, s-förmig geschwungene Naht entlang, ebenso an den Innenseiten der Arme bis zu den Handgelenken. Hier hatte man nach Einblutungen gesucht, die kurz vor dem Tod durch einen Schlag oder festes Zupacken entstanden sein könnten und die noch nicht durch die Haut schimmerten. Bei Jenay hatte man nichts dergleichen gefunden, nichts, das auf einen Angriff hindeutete.

So konnte er der Mutter ihre tote Tochter jedenfalls nicht präsentieren. Er rollte eine Bahre neben den Sarg und fluchte leise, als der Reißverschluss der weißen Plastikhülle klemmte. Auf die Hebevorrichtung, die er sonst zum Umbetten der Leichen verwendete, verzichtete er. Das Mädchen war klein und zierlich. Er hob den schmalen Körper hinüber auf die Bahre und deckte sie dann sorgfältig mit einem Laken bis zum Kinn zu, damit die Nähte nicht zu sehen waren. Prüfend betrachtete er das kalkfarbene Gesicht mit den bläulichen

Schatten unter den Augen und den fast violetten Lippen. An der Wange befand sich noch ein eingetrockneter Rest des Schaumpilzes, der typisch für einen Tod durch Ertrinken war. Er bildete sich, wenn der Sterbende heftig Wasser in die Lungen sog, das sich dort mit Luft und Schleim vermischte. Der Bestatter nahm ein feuchtes Tuch und wischte ihn behutsam weg. Dann strich er der Toten noch einmal das kurze, blondierte Haar aus der Stirn. Es war nicht ideal, aber so würde es gehen. Sie hatte nicht allzu lang im Wasser gelegen.

Eingehend betrachtete Rubina Munk das, was von ihrem jüngsten Kind übrig geblieben war. Manusch stand schräg hinter ihr und hielt den Blick über ihre Schulter hinweg auf die Milchglasscheibe gerichtet, hinter der sich ein Baum nur schattengleich abzeichnete.

Rubina blickte Theo an. »Sie ist fort«, sagte sie dann. Es klang ungläubig.

Er nickte nur.

»Wir können die Beerdigung auch ein andermal besprechen.« Theo sah mit Besorgnis, dass Rubina zitterte, auch als sie wieder in den wärmeren Räumen des Bestattungsinstituts saßen.

Sie schüttelte heftig den Kopf. »Kommt nicht infrage.« Sie hat den gleichen schön geschwungenen Mund wie ihre Tochter, stellte er fest. Doch jetzt presste sie die Lippen aufeinander. ›Gestern war sie sicher noch eine sehr schöne Frau‹, dachte Theo. Er tauschte einen Blick mit Manusch. Der hob nur leicht die Schultern. ›Machen wir es, wie sie es möchte‹, sagte die Geste.

Rubina machte sich nicht die Mühe, die Kataloge mit

Särgen, Totenhemden und Urnen anzuschauen. »Jenay soll einen weißen Sarg bekommen, glänzend.«

»Lack«, nickte Theo.

»Goldene Griffe.«

Theo notierte.

»Rosa Rosen als Sargschmuck.«

»Rosa?«, mischte sich Manusch ein. »Aber Rosa hat sie nie gemocht.«

»Rosa Rosen«, wiederholte Rubina, ohne ihn zu beachten. »Rosa Rosen sind das einzig Richtige für ein so junges Mädchen.«

Manusch seufzte und schloss die Augen.

»Was ist mit einer Traueranzeige?«

»So was brauchen wir nicht. Unsere Leute wissen sowieso alle Bescheid.«

»Aber was ist mit ihren Freunden, ihren Kollegen, ihren ehemaligen Mitschülern? Vielleicht würde von denen auch gern jemand kommen?«, gab Theo zu bedenken.

»Die brauchen wir nicht.« Ihre Augen funkelten.

»Rubina. Du kannst doch nicht wirklich alle anderen ausschließen wollen.« Manusch legte seiner Frau die Hand auf die Schulter, doch sie schüttelte sie ab.

»Und ob ich das kann!«

»Rubina!«

Sie erhob sich mit einem Ruck. »Wenn sie bei uns gelebt hätte, in unserer Obhut, wie ihre Schwester, dann wäre das alles nicht geschehen.« Ihr Atem ging jetzt stoßweise. »Und du, du bist schuld daran! Hättest du ihr die Flausen ausgetrieben, wäre sie jetzt nicht tot!« Ihre Unterlippe zitterte, und sie biss darauf, sodass ein roter Blutstropfen hervorquoll. »In einer Band auftreten! Das ist nichts für ein junges Mädchen.«

»Was hätte ich denn tun sollen? Sie anbinden?« Manusch schüttelte ungläubig den Kopf. »Und überhaupt: Es war ein Unfall! Sie ist in den Kanal gefallen und ertrunken! Das hätte Florella genauso passieren können.«

»Florella wäre niemals nachts allein am Kanal unterwegs gewesen. Und überhaupt: Jenay konnte schwimmen wie ... wie ein Seeotter!« Sie hatte die Hände an beiden Seiten zu Fäusten geballt. »Eines weiß ich genau: Ein Unfall war das nicht!«

Sie machte auf dem Absatz kehrt und ging steifbeinig hinaus. Auch Manusch erhob sich und breitete die Arme in einer Geste der Hilflosigkeit aus. Dann folgte er seiner Frau.

»Was war das denn eben?« May, Theos chinesischstämmige Mitarbeiterin, eine Künstlerin in Sachen plastischer Wiederherstellung stark entstellter Unfallopfer, streckte den Kopf aus dem »OP«. Offensichtlich war sie gekommen, während sich Theo mit den Eltern Munk über die Formalitäten der Beerdigung verständigt hatte. In der einen Hand hielt sie eine lange Pinzette, von der eine lange Wattewurst baumelte. Beim Bestatter wurden diese Artikel aus dem Friseurbedarf nicht zum Stoppen herabrinnender Haarfarbe verwendet, sondern zum sicheren Verschließen von Körperöffnungen.

»Tote Tochter, Eltern auf Konfrontationskurs«, informierte Theo sie knapp.

»Und?«, fragte sie und fuchtelte mit der Wattewurst herum. »Waren das jetzt die, die du von früher kennst?«

»Ja.« Theo fuhr sich durchs Haar.

»Mach schon mal Kaffee«, sagte May. »Ich bin hier gleich fertig.« Die Tür fiel ins Schloss. Von außen konnte man sie nur mit einem Schlüssel öffnen, sodass der Präparationsraum für neugierige Besucher nicht ohne Weiteres zu erreichen war.

Theo war froh, sich auf eine praktische Aufgabe konzentrieren zu können. Die Begegnung mit den zwei Menschen, die er für eine kurze Zeit seines Lebens gut gekannt hatte und mit denen er nun in einer Extremsituation konfrontiert war, hatte ihn ein wenig aus dem Gleichgewicht gebracht.

Er füllte den Bohnenbehälter seiner italienischen Espressomaschine auf und schmiss das elektrische Mahlwerk an. Ein Blick auf das Barometer zeigte ihm, dass der Druck noch stark genug war.

Kurz darauf ergoss sich der heiße braune Strahl in die dickwandigen Espressotassen. Für Kaffeevollautomaten mit ihren vorgefertigten, aluminiumversiegelten Kaffeetabs hatte er nur wenig übrig.

May kam hinzu und ließ sich auf einen Stuhl fallen. Sie zog die Knie an und stellte die Füße auf dem Polster ab – eine Sitzposition, die Theo aus Gründen der Hygiene störte, die anzuprangern er aber längst aufgegeben hatte. May angelte sich eine der Tassen. »Na, dann erzähl mal.«

Theo lehnte an der Arbeitsplatte. Sie sah ihn aufmerksam an: das aus der Stirn gebürstete, dunkle Haar. Das schmale Gesicht. Die Augen, deren äußere Winkel etwas tiefer als die inneren lagen, was seinem Blick ohnehin etwas Melancholisches gab. Heute aber sah Theo tatsächlich bedrückt aus. Er bemerkte ihren forschenden Blick und riss sich zusammen. Die leicht schiefen Zähne verliehen seinem Lächeln zusätzlichen Charme.

»Viel zu erzählen gibt es eigentlich nicht. Ich habe Manusch, das ist der Vater des toten Mädchens, vor ungefähr zwanzig Jahren kennengelernt.« Er rührte geistesabwesend in seiner Tasse, obwohl er keinen Zucker genommen hatte. »Das war ein heißes Frühjahr damals, und wir haben ziemlich oft am Elbstrand abgehangen. Und da war dann eben auch Manusch. Der saß da für sich allein und hat Gitarre gespielt. Das fand ich ziemlich lässig.« Er grinste. Sie grinste zurück. Sie wusste, wie unbegabt Theo in Hinblick auf jede musikalische Tätigkeit war, obwohl er Musik so liebte. Theo leerte seine Tasse.

»Irgendwann sind wir ins Gespräch gekommen.«

Sein Blick wanderte durch das Fenster der kleinen Teeküche in den Garten. Obwohl es bereits Ende März war, schien der Frühling heute wieder in die Ferne gerückt. Auf dem Rasen lagen nach dem letzten Schauer noch Graupel, und im Apfelbaum schwankte ein Vogelhäuschen im Wind.

»Wir waren ziemlich viel zusammen unterwegs. Ich habe erst später mitgekriegt, dass das ungewöhnlich war.«

»Wieso das?«

»Manusch gehört zu den Sinti. Die bleiben lieber unter sich.«

Trotzdem hatte Manusch ihn ab und zu mitgenommen in die Siedlung, in der seine Familie lebte: Onkel, Tanten, Cousinen, Cousins, Großmütter und -väter – ein ständiges Kommen und Gehen. Und immer war da jemand, der früher oder später Musik machte. »Das ist Theo, der ist in Ordnung«, hatte Manusch anfangs nur gesagt. Und sein Wort hatte gereicht.

Theo war fasziniert gewesen. Bei ihm zu Hause erschien ihm die Stille anschließend noch drückender als sonst. Das lag nicht etwa daran, dass sein Vater Bestatter war – im Gegenteil, in vielen Bestatterfamilien wurde viel gelacht, wohl auch, weil die ständige Konfrontation mit der Endlichkeit des Lebens der Fähigkeit, sich an diesem zu erfreuen, durchaus förderlich war. Im traditionsreichen Bestattungsunternehmen Matthies war das anders gewesen. Seit Theos Mutter bei einem Autounfall mit Fahrerflucht ums Leben gekommen war, hatte sein Vater unter Depressionen gelitten. Mit der Mutter war die Fröhlichkeit aus Theos Elternhaus verschwunden. Umso mehr hatte er es genossen, ein wenig teilzuhaben an dem Gemeinschaftsgefühl, das in der Sinti-Community herrschte. »Manchmal geht einem das ja auch unheimlich auf den Wecker, dass immer alle so zusammenglucken«, hatte Manusch ihm irgendwann gestanden. »Aber kaum einer klinkt sich aus. Ohne die Familie fühlen wir uns verloren.«

»Ist ein guter Typ, Manusch«, sagte Theo. Er öffnete das Fenster, um die Katze hereinzulassen, die auf das Fensterbrett gesprungen war und nun maunzend eine Pfote an die Scheibe drückte: ein riesiger, getigerter Kater, der vor ein paar Wochen zum ersten Mal aufgetaucht war und seither regelmäßig Einlass begehrte. Schnurrend rieb er jetzt seinen dicken Schädel an Theos Beinen und rannte dann mit aufgerichtetem Schwanz zum Küchenschrank, in dem er zu Recht Futter vermutete.

»Du weißt schon, dass dich das Vieh manipuliert«, sagte May. Sie mochte Katzen nicht sonderlich. Und den Geruch ihres Futters erst recht nicht.

Theo zwinkerte dem Kater zu und holte eine Futterdose aus dem Schrank. »Zarte Gourmethäppchen in Soße«, las er vom Etikett. »Aus dir mache ich noch einen richtigen Snob.« Mit einer eleganten Geste öffnete er die Packung.

May rümpfte die Nase. »Stinken tut das aber genauso wie das Zeug aus dem Discounter.«

Theo löffelte das Katzenfutter in ein Näpfchen. Der Kater maunzte ungeduldig und hakte eine Kralle in Theos Hosenbein.

»Und was hat eure Jungmännerfreundschaft auseinandergebracht, die von dir und diesem Manusch?«

Er setzte dem Kater den Fressnapf vor die Nase. »Wenn man es genau nimmt, waren das unsere Großmütter.«

Bevor Theo erklären konnte, was es damit auf sich hatte, klingelte es an der Tür.

Draußen stand Rubina. Sie trug einen dicken, türkisfarbenen Daunenmantel. Dennoch hatte sie die Arme fröstelnd um den Körper geschlungen. Sie trug weder Schal noch Mütze.

»Ich muss mit dir reden«, sagte sie.

Er nahm sie mit in die Teeküche, wo May immer noch auf ihrem Stuhl hockte. Ihr Blick wanderte zwischen Rubina und Theo hin und her.

»Ich lass euch dann mal allein.«

Als sie aus dem Raum gehen wollte, hielt Rubina sie kurz am Ärmel fest.

»Würden Sie sich um meine Tochter kümmern? Ich möchte nicht, dass das ein Mann tut«, sagte sie leise.

May nickte leicht. »Natürlich.«

Theo brühte schweigend eine Tasse Tee auf. Friesentee mit braunem Kandis und Sahne. Stark. Süß. Heiß. Und tröstlich. Damit hatte schon sein Urgroßvater die Kundschaft versorgt. Theo selbst verabscheute dieses Getränk.

Rubina hatte sich an den Tisch gesetzt, auf dessen Platte sie nun starrte. Sie trug noch immer ihren Mantel.

»Also.« Theo ließ sich ihr gegenüber nieder. »Was kann ich für dich tun?«

Sie hob den Blick. Zum ersten Mal an diesem Tag sah sie ihn wirklich an. »Ich möchte, dass du den Mörder meiner Tochter suchst«, sagte sie dann.

Natürlich hatte Theo das rundheraus abgelehnt. Natürlich hatte er versucht, sie zur Vernunft zu bringen. Dass die Polizei sicher bereits alles untersucht hatte. Dass es nicht Mord, sondern ein Unfall gewesen war. Dass …

Sie hatte ihn nur angesehen, bis sich seine Worte erschöpften. »Sie haben nur keinen HINWEIS darauf gefunden, dass es Mord war. Das heißt nicht, dass es nicht doch einer war.«

Und selbst wenn, hatte er gesagt. Wie sollte er etwas herausfinden, was die Polizei nicht herausgefunden hatte? Er hatte dafür nicht die Befugnisse, nicht die Mittel, nicht die Ermächtigung. ›Und nicht die Zeit‹, hatte er gedacht, aber es nicht laut ausgesprochen.

Sie hatte ihn mit einer Handbewegung zum Schweigen gebracht. »Und was ist mit den anderen Morden, die du aufgeklärt hast?«

Theo seufzte. »Woher weißt du davon?«

»Schon vergessen? Wir sind hier in Wilhelmsburg.« Ihr Gesicht blieb unbewegt.

»Das war purer Zufall.«

»Purer Zufall? Drei Mal?«

Theo stöhnte und fuhr sich mit den Händen über das Gesicht. »Ich habe selbst keine Ahnung, wieso.«

»Ich schon.«

»Ach ja?« Er hob den Kopf und sah sie an. Zum ersten Mal zeigte sich ein winziges Lächeln in ihren Mundwinkeln. »Bei dir hat man immer das Gefühl, dass du hundertprozentig da bist. Dass es dich WIRKLICH interessiert, was man sagt. Andere Leute sind in Gedanken immer halb bei ihrem eigenen Zeug – du nicht. Darum mögen die Leute dich. Und dann erzählen sie dir alle möglichen Sachen. Das war schon immer so.«

»Aber du hast dich nicht von ihr breitschlagen lassen, hoffe ich«, sagte May. Sie saßen am Tisch in Mays Küche: May, Theo und Mays zehnjährige Tochter Lilly. Vor ihnen standen Teller, auf denen sich noch ein paar einsame Nudeln in grüner Soße schlängelten. Pesto. Aus dem Supermarkt. Hätte May nicht ihre Tochter gehabt, sie hätte sich vermutlich von Kaffee und Keksen ernährt.

»Nicht direkt.«

Mays Blick spießte ihn auf.

Theo dachte daran, wie Rubina nach ihrer letzten Bemerkung aufgestanden war. Sie war zu der Tür gegangen, hinter der ihre Tochter lag, hatte die flachen Hände dagegengepresst und ihre Stirn an das Holz gelehnt. Dann war sie einfach hinausgegangen.

»Na ja, ich habe nicht gesagt, dass ich es mache.« Er drehte seine letzten Spaghetti sorgfältig auf die Gabel, steckte sie in den Mund, kaute und schluckte. Dann legte er das Besteck auf den Teller. »Ich habe aber auch nicht gesagt, dass ich es nicht mache.«

»Verdammt, Theo!« May legte den Kopf in den Nacken und atmete laut aus. »Geht das jetzt wieder los!«

Sie erhob sich und kratzte den Rest ihrer Nudeln in den Abfalleimer. An ihren abgehackten Bewegungen erkannte Theo, wie aufgebracht sie war. Wenn er Detektiv spielte, blieb die meiste Arbeit an ihr hängen. Was sie nicht müde wurde, ihm unter die Nase zu reiben. Aber viel schwerer wog, dass sie sich Sorgen um ihn machte – nicht völlig zu Unrecht, wie er hatte erfahren müssen. Aber das würde sie natürlich nie zugeben.

»Also, ich hätte die Nudeln da schon noch gegessen«, sagte Lilly vorwurfsvoll. Obwohl sie klein war für ihr Alter und zart gebaut, hatte sie immer Hunger.

»Da sind noch genug im Topf.« May sagte es mit zusammengebissenen Zähnen.

»Die nehme ich auch.« Lilly hielt ihr auffordernd den halb leeren Teller hin und blinzelte Theo zu. Theo unterdrückte ein Grinsen. Lilly wusste, wie sie ihre Mutter auf die Palme brachte.

»Iss erst einmal auf, dann sehen wir weiter, Fräulein.« May drehte sich um und lehnte sich mit verschränkten Armen gegen die Spüle.

»Zumindest schuldest du mir noch eine Geschichte«, sagte sie dann zu Theo.

»Ach ja?«

»Wie es mit eurer Freundschaft auseinandergegangen ist, deiner und Manuschs.«

Theo lehnte sich zurück. »Wie gesagt: Schuld daran waren vor allem unsere Großmütter.«

Halb versöhnt ließ sie sich wieder auf ihrem Stuhl nieder.

»Deine Großmutter, der alte Drachen?«

Er nickte. »Es war schrecklich. Immer nachdem Manusch mich besucht hat, hat sie das Tafelsilber gezählt. Kein Witz! ›Die klauen wie die Raben, die Zigeuner‹, hat sie immer gesagt. Und dass ich mich nicht rumtreiben soll mit dem ›Pack‹.«

»Ich kann es mir vorstellen. Der Ärmste.«

»Zum Ausgleich hat seine Großmutter dann wegen mir einen Aufstand gemacht. Die ersten Wochen, als ich öfter bei denen in der Siedlung war, ging es noch gut. Da war die alte Dame nämlich im Krankenhaus. Manuschs Mutter hat mich sogar ganz gern gemocht. Der tat ich leid, so als mutterloser Junge und so.« Er schwieg für einen Moment.

»Und dann kam seine Großmutter aus dem Krankenhaus«, hakte May nach.

»Richtig. Was hat sie mich beschimpft! Dass ich ein Spitzel sei, der ihre Familie ausspionieren wolle. Ich war völlig fassungslos.«

»War die schon ein bisschen tüttelig?«

»Nein, gar nicht. Die war geistig topfit. Aber sie hatte nun mal diese fixe Idee, dass ich ein Spion sei.«

»Wie seltsam.«

»Wenn man die Zusammenhänge kennt, eigentlich nicht. Im Nachhinein konnte ich sie sogar verstehen, auch wenn mich das damals natürlich zutiefst getroffen hat. Du musst wissen, dass sie im KZ gewesen ist. Die Nazis haben damals nicht nur Juden, behinderte Menschen und Regimegegner verfolgt. Die Sinti und Roma haben sie genauso systematisch verschleppt und ermordet.«

»Das habe ich auch schon irgendwo gelesen. Gibt es da nicht sogar ein Denkmal?«

»Stimmt, in Berlin. Aber das hat ganz schön gedauert. Vorher haben die sich anhören müssen, dass es bei ihnen schließlich etwas anderes gewesen wäre als bei den Juden.«

»Inwiefern anders?«

»Die ›Zigeuner‹, die man ins Lager gesteckt hätte, die seien ja schließlich allesamt Kriminelle gewesen – das war sogar eine Weile die offizielle Darstellung der Bundesregierung nach dem Krieg. Und darum haben sie erst mal keine Entschädigung bekommen wie andere verfolgte Gruppen – unfassbar, oder?«

Kurz darauf hatte May sich verabschiedet. Sie hatte eine ihrer mysteriösen Verabredungen, über deren Inhalt sie nie ein Wort verlor. Ohnehin hielt sie sich gern bedeckt. Theo übernahm jedenfalls regelmäßig freitags den Babysitterdienst bei Lilly. Die verbat sich inzwischen diese Bezeichnung, saß jetzt vor ihm und grinste mit vollen Backen, während ihr ein paar grüne Spaghetti aus den Mundwinkeln ragten.

»Erst runterschlucken, dann grinsen«, kommandierte Theo.

Lilly tat wie befohlen und grinste erneut. Mit ihrer blassen Haut und dem tintenschwarzen Haar sah sie aus wie eine chinesische Porzellanpuppe. Ihr zartes Äußeres ließ durch nichts den knallharten Kern vermuten, der in ihr steckte. »Du hast also einen neuen Fall an Land gezogen, stimmt's?« Das Kind sah eindeutig zu viele schlechte Krimis.

»Das ist kein Fall. Da ist einfach ein junges Mädchen in den Kanal gefallen und ertrunken.«

»Aber ihre Mutter glaubt, dass jemand sie umgebracht hat.«

»Du weißt doch, wenn man so richtig großen Kummer hat, dann bildet man sich alles Mögliche ein.«

Lilly fuhr mit dem Finger durch die Pestoreste auf ihrem Teller und leckte ihn dann ab.

»Lass das, Lilly, das ist eklig.«

Sie ignorierte die Bemerkung. »Vielleicht hat sie ja trotzdem recht. Vielleicht wissen Mütter das irgendwie, wenn was Schlimmes mit ihrem Kind passiert.«

»Möglich. Ich glaube aber eher, dass sie einfach nur verzweifelt ist. So verzweifelt, dass sie eine Erklärung braucht. Und jemanden, dem sie die Schuld geben kann.«

»Aber wenn doch? Könnte doch sein, dass sie mitgekriegt hat, dass irgendwas nicht stimmt. Vorher, meine ich. Du sagst doch immer, man soll auf seine innere Stimme hören.«

Das stimmte, Theo hielt viel von Intuition. Intuition war für ihn nichts Irrationales. Sie resultierte in seiner Vorstellung aus der Summe aller Informationen, die man unbewusst dauernd abspeicherte. Blicke, Gesten, ein Stocken in der Stimme. Oder scheinbar unwichtige Handlungen, die vom üblichen Muster abwichen und registriert wurden.

Möglicherweise hatte Lilly ja recht. Vielleicht hatte Rubina recht. Sagte Theos innere Stimme. Und sie klang sehr bestimmt. Ihn schauderte.

»Wie hieß sie eigentlich?«

»Was? Wer?« Widerwillig kehrten seine Gedanken zu der Zehnjährigen zurück, die ihm gegenübersaß.

»Na, das tote Mädchen.«

»Jenay.«

»Jenny?«

»Nein, Jenay.«

»Das klingt hübsch. Habe ich noch nie gehört.«

»Sie ist ein Sinti-Mädchen gewesen. Die haben manchmal andere Namen.«

Er fing an, das Geschirr zusammenzuräumen. »Komm schon, Fräulein, abwaschen.«

Sie knobelten mit dem Schere-Stein-Papier-Spiel aus, wer abtrocknen musste. Theo verlor. Er verlor fast immer.

Lilly zog sich einen Schemel heran und ließ heißes Wasser in die Spüle laufen. Wie immer nahm sie zu viel Spülmittel. »Warum nennt man die eigentlich nicht mehr Zigeuner? Die Sinti und Roma, meine ich.« Sie hatte sich mit viereinhalb Jahren das Lesen selbst beigebracht. Seither saugte sie alles, was ihr vor die Nase kam, auf – das wenigste davon war altersgerecht.

»Das ist politisch nicht mehr korrekt, wie man so schön sagt.«

»Ich weiß. Aber warum eigentlich? Ich meine, ›Zigeuner‹ – da weiß wenigstens jeder, worum es geht. Sinti und Roma – damit kann doch keiner was anfangen.«

»Na, du ja offenbar schon.«

»Ja, ICH vielleicht.«

›Wenn sie erst einmal erwachsen ist, wird sie furchterregend sein‹, argwöhnte Theo. Brillant, aber furchterregend. Im Grunde war sie das schon heute. »Zigeuner – so wurden sie immer nur von den anderen genannt.«

»Na und? Die Chinesen nennen sich selbst ja auch nicht Chinesen.«

»Nicht?« Darüber hatte Theo noch nie nachgedacht.

»Nee, die nennen sich ›Han-ren‹. Das heißt Han-Menschen.«

›Sag ich doch, brillant, aber furchterregend‹, dachte Theo. »Na ja, aber Zigeuner, das Wort hat einen ziemlich schlechten Ruf. ›Hängt die Wäsche ab, holt die Kinder rein, die Zigeuner kommen‹«, deklamierte er und schwenkte das Handtuch.

Lilly kicherte. Inzwischen türmte sich ein Berg von Schaum im Spülbecken. Sie drehte das Wasser ab.

Theo wurde wieder ernst. »In England heißen sie Gipsys, in Frankreich Gitans – das hat den gleichen Wortursprung wie Zigeuner, aber da haben die Menschen weniger Probleme mit. Aber in Deutschland, da klingt Zigeuner ein bisschen wie ›herumziehender Gauner‹ – nicht so toll, oder?«

»Stimmt.« Lilly versenkte das Geschirr in dem wabernden Schaum. Sie spülte schweigend einen Teller und reichte ihn Theo. Ein eingespieltes Team. Zwei Teller lang herrschte einträchtiges Schweigen. Es war selten, dass Theo bei Lilly das letzte Wort behielt.

Er schrak auf, als die Tür ins Schloss fiel. Er hatte es sich mit Haruki Murakamis »Kafka am Strand« auf der Couch bequem gemacht und war über seinem Buch eingeschlafen.

»Wie spät ist es?« Er rappelte sich auf.

»Gleich halb zwei«, sagte May. Sie schob seine Füße beiseite und ließ sich auf die Couch plumpsen.

»Wirst du mir irgendwann verraten, was du immer treibst?«

»Mal sehen.« Sie tätschelte seine Wade. »Und? Wirst du wieder auf Mörderjagd gehen?«

»Mal sehen«, murmelte er und schlief wieder ein. Sie blieb noch einem Moment neben ihm sitzen. Dann deckte sie ihn zu und ging ins Bett.

DER ZWEITE TAG

Etwas brummte. Ein enervierendes Geräusch, das von dem Smartphone verursacht wurde, das neben ihrem Bett am Boden lag. Verdammt! Hadice Öztürk, 38 Jahre, Kriminalkommissarin, hoffte, dass der Anrufer ein Einsehen haben und aufgeben würde. Das Scheißding brummte weiter. Was nützte es eigentlich, die Dinger lautlos zu stellen, wenn sie dann wie wild gewordene Hummeln auf dem Parkett rumorten! Überdies war es ihr Diensthandy, das da nervte. Sie hatte aber keinen Dienst! Den letzten Fall hatte sie gestern kurz vor Mitternacht so weit abgeschlossen, dass sie beruhigt ins Wochenende gehen konnte. Sie hatte auch keine Bereitschaft. Warum zum Kuckuck quengelte dann ihr Diensthandy? Sie streckte einen Arm aus, tastete nach dem vibrierenden Stück Elektronik und hielt sich das Display vor die schlafverklebten Augen. Dann nahm sie das Gespräch an.

»Theo, verdammt! Das ist mein Diensthandy!«

»Dir auch einen wunderschönen guten Morgen.«

Hadice stöhnte und rappelte sich auf. Sie fuhr sich mit der Zunge über die pelzigen Zähne. »Moment.« Sie griff nach der Flasche neben ihrem Bett und ließ mehrere große Schlucke Wasser durch ihre Kehle rinnen. Dann griff sie wieder nach dem Smartphone. »Das ist mein verdammtes Diensthandy«, präzisierte sie.

»Es geht ja auch um eine dienstliche Angelegenheit«, sagte Theo. »Jenay Munk, schon mal gehört?«

Hadice schwieg.

»Hallooo!«, machte Theo. »Ich nehme mal an, das bedeutet Ja.«

»Ja«, machte Hadice.

»Du bist noch im Bett, oder?«

»Quatsch.« Sie schwang die Beine über die Kante. Ein Blick auf das Telefon verriet ihr, dass es bereits Viertel nach zehn war.

»Ich bin in zwanzig Minuten bei dir. Mit Brötchen«, sagte Theo.

»Bring Milch mit.«

Hadice ließ das Smartphone auf die Bettdecke sinken. Der Bezug war mit Piratenmotiven bedruckt – ein ironisches Geschenk ihres Kollegen Henry Sibelius. ›Falls ich jemals wieder einen Mann mit nach Hause nehmen würde, wäre der Look nicht unbedingt passend‹, dachte sie kurz, bevor ihre Gedanken wieder zu dem Telefonat mit Theo wanderten. Jenay Munk. Sie hatte die ganze Zeit geahnt, dass dieser Fall noch nicht abgeschlossen war.

Theo und Hadice hatten einander im Gymnasium in der Krieterstraße kennengelernt, ein bisschen rumgeknutscht und aus den Augen verloren, als Hadice mit ihrer Familie weggezogen war aus Wilhelmsburg. Nun war sie als Kriminalkommissarin zurückgekehrt und hatte zu ihrer Überraschung festgestellt, dass Theo inzwischen in die Fußstapfen seiner Vorfahren getreten war – ein Bestatter mit einem Intermezzo als Chirurg, aber nun dann doch: Bestatter. Sie hatten sich vor zwei Jahren wiedergetroffen, als Theo den Tod der alten Anna Florin untersucht hatte, der ihm merkwürdig vorgekommen war. Und nun, zwei weitere ominöse Todesfälle später, stand er vor ihrer Tür in der Mannesallee.

Als Hadice ihm öffnete, war ihr kurzes Haar noch feucht

von der Dusche. Sie trug einen ausgeleierten Jogginganzug, der einmal blau gewesen sein mochte. Wie üblich sah sie beeindruckend aus – groß, schlank, sportlich, mit feinen Gesichtszügen und makelloser Haut. Sie schnappte sich die Bäckertüte, entdeckte ein Franzbrötchen und klemmte es sich zwischen die Zähne. »Unterzucker«, nuschelte sie. Immerhin stand der Kaffee schon dampfend auf dem Tisch – aufgebrüht nach türkischer Manier. Nachdem sie schweigend das köstlich-klebrig-zimtige Gebäck verzehrt hatte, fokussierte sie ihren Blick auf Theo.

»Jenay Munk also.«

Er nickte. »Ihre Mutter hat mich gebeten, da noch mal ein bisschen nachzuhaken.«

Hadice seufzte. Dann berichtete sie ihm aber doch von den inzwischen abgeschlossenen Ermittlungen. Kein Anhaltspunkt für Fremdeinwirkung. Kein erkennbares Motiv. »Und trotzdem ist es mir schwergefallen, den Fall zu den Akten zu legen. Irgendwas war da, das gebe ich zu. Aber ich habe es nicht zu fassen gekriegt. Die Familie war, gelinde gesagt, nicht sehr kooperativ.«

»Kann ich mir vorstellen.«

»Nicht die besten Erfahrungen mit den Bullen, was?«

Theo nickte. »Vor allem nicht mit denen von vor 1945.«

»Ach so?« Sie runzelte die Stirn. »Was ich nur sagen will: Eine junge Frau fällt doch nicht mitten in der Nacht einfach so in den Kanal und ertrinkt. Ich meine, sie hatte nicht mal Alkohol im Blut. Oder irgendwelche anderen Drogen.«

»Was hat sie da überhaupt gemacht?«

»Sie war offenbar auf dem Heimweg. Hat in der Honigfabrik ein Konzert mit ihrer Band gegeben und ist dann hinterher nach Hause gelaufen.« Das Kulturzentrum Honigfabrik, kurz Hofa genannt, war seit den 80er-Jahren nicht nur ein Veranstaltungsort für Konzerte und Filmvorführungen – dort gab es unter anderem auch eine Holzwerkstatt, eine Segelschule und Unterstützung bei der Kfz-Reparatur.

»Ist das nicht ein bisschen dunkel und einsam in der Gegend? Da nachts alleine unterwegs zu sein, ist doch etwas unheimlich, oder?«

Hadice zuckte mit den Schultern. »Für sie offenbar nicht. Der Weg am Kanal, den haben sie ja inzwischen ganz hübsch ausgebaut. Und sie war ziemlich häufig in der Hofa und ist dann immer zu Fuß nach Hause.« Sie kramte in der Brötchentüte. »Wir haben die Freunde befragt, mit denen sie da war. Keinem ist etwas Ungewöhnliches aufgefallen. Jenay hat eine Ausbildung zur Krankenschwester gemacht. Am nächsten Tag hatte sie Frühschicht, darum ist sie eher gegangen als die anderen.«

»Und keiner hat mitbekommen, ob jemand sie begleitet hat? Oder ihr gefolgt ist?«

»Nada. Es war wie verhext. Kein Mensch hat irgendwas gesehen oder gehört. Oder überhaupt eine Idee, wer einen Grund gehabt haben könnte, sie umzubringen.« Sie bohrte das Messer in ein Mohnbrötchen. »Und jetzt haben ihre Leute also gewissermaßen dich angeheuert.«

»Gewissermaßen. Genauer gesagt, die Mutter. Rubina. Wir kennen uns von früher.«

Hadice halbierte das Brötchen, beschmierte es mit Butter und träufelte Honig darauf. Die süße zähflüssige Masse bildete goldene Kringel, die dann allmählich ineinander verliefen und einen funkelnden Miniaturtümpel bildeten.

Theo schnappte sich das letzte Rundstück. Bei Hadice musste man schnell sein. »Könnte es so was wie ein Ehrenmord gewesen sein? Und jetzt halten alle dicht?«, überlegte

Theo. »Ich meine nur, weil Jenay sich von ihrer Familie und ihren Traditionen gelöst hat. Die Mädchen wachsen bei den Sinti ja oft noch sehr behütet auf, soweit ich weiß.«

»Ehrenmord? Wüsste nicht, dass es so was bei denen gibt. Für so was sind doch wir Muslime zuständig.« Sie grinste böse. »Das sind Christen, weißt du? Gläubiger als du, mein Lieber.«

Sie leckte etwas Honig von ihrem kleinen Finger. Dann sah sie ihn an. »Das gefällt mir nicht, dass du dich da wieder in eine mögliche Mordsache einmischst. Das gefällt mir ganz und gar nicht.«

»Oh, weißt du, ich rede einfach mit ein paar Leuten.«

»Eben. Und wir wissen beide, was dabei rauskommen kann.«

»Willst du, dass der Mörder davonkommt, wenn es denn einen gibt?«

Sie sah ihn finster an. »Sei bloß vorsichtig. Und wenn du tatsächlich was rausfindest, erzählst du es mir zuerst. Umgehend!«

»Na, dann bin ich jetzt also ein offizieller Polizeispitzel.«

Sie warf die zweite Hälfte ihres Brötchens nach ihm.

Als Theo zum Bestattungsinstitut zurückkehrte, parkte dort ein silberfarbener Mercedes. Manusch stieg aus. Trotz des ungemütlichen Wetters trug er nur eine gefütterte Jeansjacke. In der Hand hielt er eine Sporttasche. »Ich habe hier ein paar Sachen. Für Jenay.«

Er öffnete die Tasche und zog ein fliederfarbenes Kleid mit Rüschen und Volants hervor. Er seufzte.

»Wahrscheinlich nicht unbedingt das, was sie sich selbst ausgesucht hätte. Sie hat sich lieber modern angezogen. Nur auf Jeans hat sie verzichtet.«

»Ist das immer noch so, dass Sinti-Frauen keine Hosen tragen dürfen?«

»Dürfen. Was heißt schon dürfen? Es gehört sich eben einfach nicht.«

»Sollen wir 'ne kleine Runde drehen?«

Sie gingen nebeneinander her, denselben Weg, den sie damals im Sommer 1995 oft gegangen waren. Quer durch den Friedhof Finkenriek zum Deich. Theo erinnerte sich, dass sie auch damals oft miteinander geschwiegen hatten. Das Schweigen war auch jetzt, nach all den Jahren, nicht unangenehm, sondern vertraut.

An einem Grabstein hielt Theo Manusch ganz leicht am Arm zurück. Der las die Inschrift.

»Deine Frau. Und deine Tochter.« Manusch nickte. »Ich habe davon gehört, damals. Tut mir leid, Alter.«

Es war natürlich etwas anderes, ein Kind gleich bei der Geburt zu verlieren als eine 19-jährige Tochter. Aber es schuf doch ein zusätzliches Band zwischen den beiden Männern Ende dreißig, das es sonst so nicht gegeben hätte.

»Jenay war mein Herzenskind.« Manusch stieß die kleine Pforte auf, die vom Friedhof auf den Deich führte. »Man soll ja als Vater keinen Liebling haben, aber wenn wir ganz ehrlich sind, gibt es für jeden von uns ein Kind, das unserem Herzen am nächsten steht.« Er warf Theo einen Blick zu und stieg dann, die Hände in die Taschen der Jeansjacke vergraben, zur Deichkrone hinauf. »Ich habe sogar ihren Namen ausgesucht. Jenay. Das heißt ›Melodie‹. Er hat so gut zu ihr gepasst.« Er holte tief Luft. »Bei Rubina war es genau umgekehrt. Sie ist mit Jenay nie richtig klargekommen.« Er schlug den Kragen seiner Jeansjacke hoch und klemmte die Hände unter die Achseln, den Blick auf die Süderelbe gerichtet, die schnell und gleichmütig ein Stück weiter unten vorbeiströmte. Bräunliches Wasser, in dem sich der graue Himmel spiegelte.

»Jenay war genauso temperamentvoll wie ihre Mutter, da hat es manchmal eben gekracht. Rubina hat sich immer am wohlsten unter unseren Leuten gefühlt. Jenay war anders. Die wollte raus. Ihr war da alles zu eng. Sie wollte immer ihr eigenes Ding machen.« Etwas schwang in seiner Stimme mit. Stolz.

»Ich nehme mal an, das konntest du verstehen.« Theo erinnerte sich an das letzte wirkliche Treffen mit Manusch.

»Ich hau ab, Alter«, hatte er damals gesagt.

»Wo willst du denn hin?«

Manusch hatte nur mit den Schultern gezuckt. »Keine Ahnung. Irgendwohin.«

»Und wovon willst du leben?«

Manusch hatte gegrinst. »Wer eine Gitarre hat und spielen kann, verhungert nicht so schnell.«

Theo hatte ihn beneidet. Um die Freiheit, die er sich nahm. Aber mehr noch um seine Courage.

Irgendwann, nach einem Jahr oder vielleicht zwei, war er plötzlich wieder da gewesen. War in den Schrotthandel seines Onkels eingestiegen und hatte drei Kinder gezeugt. Manchmal liefen sie einander über den Weg, wie das auf der Elbinsel Wilhelmsburg zwangsläufig passierte, tauschten einen Handschlag und ein paar freundliche Floskeln aus.

»Tut mir leid, dass Rubina sich vorhin so aufgeführt hat.«

Theo legte ihm eine Hand auf die Schulter. »Das geht schon klar. Glaub mir, da habe ich schon ganz andere Sachen erlebt.« Er dachte daran, wie er von einem trauernden Ehemann mit einem Luftgewehr bedroht worden war, als er die Leiche seiner Frau abholen wollte. Das war erst ein paar Monate her.

Sie gingen die paar Schritte hinunter an den schmalen Strand. Der Sandhafer klebte platt und tot auf dem grauen Sand, als sei eine Walze über ihn hinweggerollt. Dazwischen das zierliche Band einer Trippelspur – eine Möwe, vermutete Theo. Die Wellen hatten etwas Schaum angespült, der nun unschöne, schmutzig gelbe Krusten bildete.

Manusch ging ganz bis ans Wasser. »Sie gibt mir die Schuld.«

»Rubina? Das ist eine ganz normale Trauerreaktion. Dass niemand die Schuld haben soll, das ist schwer auszuhalten.«

Manusch ging in die Hocke und tauchte die Hände in das eisige Wasser, auf dem noch vor Kurzem Eisschollen getrieben hatten.

»Hauptsache, du gibst dir nicht auch selbst die Schuld.« Theo trat neben ihn.

»Wie kalt ihr gewesen sein muss.«

›Wem?‹, wollte Theo fragen, doch er hielt sich zurück.

Manusch verharrte lange in der Position. Seine Kiefermuskeln waren angespannt. Im eisigen Wasser mussten seine Hände inzwischen schmerzen.

Theo hockte sich zu ihm. »Komm jetzt.«

Manusch sah ihn an. »Sie glaubt, jemand hat sie absichtlich ins Wasser gestoßen. Rubina glaubt, dass man unsere Tochter ermordet hat. Ist das auch eine ›normale Trauerreaktion‹?«

»In solchen Situationen gibt es nichts Normales.« Er zögerte. »Weißt du, dass sie gestern noch mal bei mir war?«, sagte er dann.

»Wer? Rubina?«

Theo nickte.

»Ich soll Jenays Mörder finden. Die Frage ist natürlich, ob es den überhaupt gibt.«

Jenay

Die Wellen plätscherten sanft an den Strand, von dem sie mit unfehlbarer Gewissheit wusste, aus wie vielen Sandkörnern er sich zusammensetzte, eine Zahl, so unvorstellbar groß. Zu groß für den begrenzten menschlichen Verstand, solange er in seinem Körper verhaftet war. Sie war noch nicht ganz angekommen in dem Zustand, in dem sie sich jetzt befand, von dem ihr aber vage bewusst war, dass es nur ein Stadium des Übergangs war.
Anfangs war ihr das, was ihr geschah, wie ein seltsamer und langer Traum vorgekommen. Sie hatte ihren Körper gesehen, mit dem die Strömung am Grund der Elbe spielte. Sie hatte gesehen, wie man ihn geborgen hatte. Sie war dabei gewesen, als man ihren Eltern die Todesnachricht überbracht hatte. Sie hätte sie gern getröstet, ihnen gesagt, dass nichts Schlimmes an ihrem Tod war. Dass alles gut war. Kummer, Schmerz, Sehnsucht, Leidenschaft, alles das war einer großen Klarheit gewichen, einem tiefen Verständnis dafür, wie stoffliche und nichtstoffliche Dinge zusammenhingen, wie Vergangenheit, Gegenwart und Zukunft zu einem einzigen Punkt verschmolzen.
Sie hatte eine Weile gebraucht, um zu erkennen, dass sie nicht träumte, sondern gestorben war. »Sie ist fort«, hatte ihre Mutter gesagt, dort im Bestattungsinstitut, obwohl sie, Jenay, direkt neben ihr gestanden hatte. Sie hatte es nicht gespürt. Anders ihr Vater, der blickte mitunter auf und sah

sie direkt an. Dann wich der Schmerz in seinem Gesicht für einen kurzen Moment dem Frieden. Die Gefühle und Gedanken der Lebenden erreichten sie nur wie Echos, Signale aus einer Welt, die nicht mehr die ihre war.
Sie hatte keine Kontrolle darüber, wo sie war und wohin die Reise ging, und sie hatte auch kein Bedürfnis, es zu kontrollieren. Von einem Moment zum anderen wechselte die Szene, in der sie sich befand.
Sie begegnete niemals anderen, die so waren wie sie.
Sie würde weiterziehen – bald schon –, weiterziehen oder vielleicht auch vollständig erlöschen. Aber etwas hielt sie noch hier, eine Aufgabe, die noch zu erfüllen war. Dazu musste sie einen Weg finden, zu den Lebenden durchzudringen, wenigstens zu einem von ihnen. Doch sie wusste noch nicht, wie.

DER FÜNFTE TAG

Der Sarg war weiß und glänzend, geschmückt mit rosafarbenen Rosen, wie die Mutter es gewollt hatte. Es war nicht die erste Sinti-Beisetzung, die Theo miterlebte, insofern überraschte ihn der Andrang nicht. Hunderte Menschen waren gekommen, nicht nur die Familienmitglieder aus der Wilhelmsburger Gemeinschaft, sondern auch viele Angehörige aus allen Ecken der Republik. Die ganze Straße entlang parkten die Autos – darunter viele große Limousinen: Mercedes, BMW, sogar ein Jaguar.

Die Gräber der Sinti und Roma waren häufig auffälliger als die anderer Familien. Vom Friedhof Diebsteich in Hamburg kannte Theo aufwendige Prunkbauten aus schwarzem Marmor, geschmückt mit Säulen, dekoriert mit Engeln oder auch Bildern der Verstorbenen. Und anders als viele andere Gräber wurden sie von den Familienmitgliedern eigenhändig und liebevoll gepflegt. Es gab opulenten Weihnachtsschmuck in der Adventszeit und Ostereiergehänge im Frühjahr. Zu Allerheiligen trafen sich die Familienmitglieder, um ihrer Toten zu gedenken, zu reden und das eine oder andere Schnapsglas auf den verehrten Verblichenen zu leeren.

Jenay aber sollte auf dem Friedhof Finkenriek in Wilhelmsburg beigesetzt werden – näher bei ihrer Familie. Anders als die meisten Sinti war die Familie Munk nicht katholisch, sondern evangelisch. Das war seit der großen Flut so, die 1962 Hamburg, insbesondere die Elbinsel Wilhelmsburg, schwer getroffen hatte. Ganze Schrebergartenhäuser hatten die Wassermassen damals einfach davongetragen, in denen so kurz nach dem Krieg noch viele Menschen Unterkunft gefunden hatten. Die Wohnwagen der Sinti, in denen diese damals noch lebten, hatte die Sturmflut jedoch wie durch ein Wunder verschont. Schon zuvor hatte der Clan häufig Besuch von einer evangelischen Missionarin bekommen. Doch erst die Rettung vor der Flut hatte den Ausschlag gegeben, geschlossen zu konvertieren.

In den frühen 80er-Jahren wurden die Familien dann in kleinen backsteinernen Häusern in der Nähe des Deichs untergebracht, eine neu angelegte Straße, deren Häuser einen quadratischen Platz umstanden. Anfangs hatten einige es noch vorgezogen, in den vertrauten Wagen zu schlafen. Sie hatten ganz einfach einen Durchbruch in die Wand geschlagen und den Wagen direkt dahintergestellt.

Gleich zu Beginn hatten sie ihre eigene Kirche errichtet: ein schlichter, weiß gestrichener Bau, in dem sich die Gemeinde auch an gewöhnlichen Sonntagen weit zahlreicher traf als in den spärlich besuchten Kirchen der sogenannten Mehrheitsgesellschaft. An diesem Tag von Jenays Beerdigung war sie aus allen Nähten geplatzt. Nur ein Teil der Besucher konnte die Worte des Pfarrers verfolgen.

Anschließend waren sie in einem langen Konvoi zum Friedhof gefahren.

Der Sarg lastete schwer auf Manuschs Schulter. Es war nicht der erste, den er trug, aber nie war ihm das Gewicht so niederdrückend vorgekommen. Neben ihm hatte sein Sohn Nino mit grimmigem Gesicht die andere Seite geschultert. Dahinter kamen sein Cousin Bibbo und ein Bruder von

Rubina. Die Rosen verströmten einen zarten Duft in der kühlen Vormittagssonne. Je näher sie dem offenen Grab kamen, desto schwerer fiel es ihm, seinen Beinen den Befehl zum Weitergehen zu geben. Alles sträubte sich in ihm, sein Kind der Erde zu überantworten.

Schließlich waren sie am Ziel, wo der Pastor sie bereits erwartete. Sie setzten den Sarg behutsam ab und traten dann ein Stück zurück. Schweigend stellten sich Rubina und seine Tochter Florella an ihre Seite. Als Theo und seine Helfer vom Bestattungsinstitut den Sarg in die Erde hinunterließen, war ihm, als würden mit seinem Kind auch alle Liebe, aller Glaube und alle Hoffnung begraben. Die Worte des Pfarrers interessierten ihn nicht. Er hörte Florella leise schluchzen, Rubina hingegen stand ganz still neben ihm. Sie berührten einander nicht.

Das Gras zwischen den Gräbern hatte sich vom Winter noch nicht völlig erholt und wirkte stumpf. Der einzige farbige Fleck in der Szenerie war das Rosengebinde, das nun neben dem offenen Grab leuchtete. »Papa«, sagte Nino irgendwann leise, und erst da bemerkte er, dass es an der Zeit war, endgültig Abschied zu nehmen.

Gemeinsam mit seiner Frau und seinen verbliebenen Kindern trat er ans Grab. Sie warfen jeder eine Rose auf den Sarg. Dann machten sie den übrigen Trauergästen Platz.

Den Anfang machte der Patriarch. Eduard Munk war ein sehr alter, aber noch immer Ehrfurcht gebietender Mann. Mit seiner langen weißen Mähne und dem Bart sah er aus, als sei er direkt dem alten Testament entstiegen. Theo konnte sich noch gut an ihn erinnern. Er war ihm schon damals uralt vorgekommen, und nun wunderte er sich, dass er überhaupt noch am Leben war. Tatsächlich schien er sich in den vergangenen zwanzig Jahren kaum verändert zu haben. Damals wie heute saß er in einem Rollstuhl, der von einem seiner vielen Enkel geschoben wurde. Er warf als Erster eine Schaufel voll Erde auf den weißen Sarg.

Das dumpfe Geräusch schnitt Manusch ins Herz. Wie erstarrt nahm er die Beileidsbekundungen der zahlreichen Menschen entgegen. Obwohl Rubina dagegen gewesen war, waren auch viele Gatsche gekommen. Er kannte nur die Mitglieder ihrer Band, da er die Konzerte seiner Tochter besucht hatte. Stolz war er gewesen, sie da auf der Bühne stehen zu sehen. Einmal war sogar Marianne Rosenberg aufgetaucht, eine Sinteza wie Jenay. Nur dass sie das viele Jahrzehnte verheimlicht hatte. Als Zigeunermusikerin wäre ihr Erfolg damals fraglich gewesen, so hatte sie ihm erzählt. Inzwischen machte sie kein Geheimnis mehr daraus. Sie hatte Jenays Talent sehr gelobt. Nun würde niemand seine Tochter mehr singen hören. Der Gedanke schnürte ihm die Kehle zu.

Im Strom der Trauergäste, die an ihm vorbeidefilierten, stach einer heraus. Ein kleiner Mann, der seine Hand mit beiden ergriff und ihm fest in die Augen sah, als er sein Beileid bekundete. Von ihm ging eine ungeheure Energie aus. »Sie war etwas Besonderes, Ihre Tochter«, sagte er mit einem leichten französischen Akzent. »Michel Dibrani«, stellte er sich dann vor. »Ich habe mit Jenay im Krankenhaus gearbeitet.«

Manusch nickte. Rubina wandte sich ab. Ein plötzlicher Windstoß ließ die Gäste erschauern und riss einer älteren Sinteza den Hut vom Kopf. Der Arzt bückte sich geschmeidig und reichte ihn ihr mit einer Verbeugung zurück. Sie errötete ein wenig, als sie ihn aus seinen Händen in Empfang nahm. Auch Theo hatte die Szene beobachtet. Das war also Jenays Chef. Er beschloss, ihn bald aufzusuchen.

Eine ältere Frau mit Silberfäden im schwarzen Haar trat

zu ihm. Er erkannte sie sofort. Jasminda, Manuschs Mutter, die immer so freundlich zu ihm gewesen war. »Theo«, sagte sie und griff nach seiner Hand. »Du hast das alles so schön gemacht für unsere Jenay.« In ihren Augen standen Tränen, doch sie lächelte. Ihr Blick glitt über das Grab. »Das ist nicht richtig«, sagte sie. »Großeltern sollten nicht am Grab ihrer Enkel stehen müssen.« Eine Träne rollte über ihre Wange, sie wischte sie ungeduldig fort, als wolle sie eine Fliege verscheuchen. »Hast du Kinder?«, fragte sie. Er schüttelte den Kopf. Dachte an seine tote Tochter. Dachte an das ungeborene Kind, das seine Freundin Hanna vor ein paar Monaten verloren hatte. Hanna, die ihn danach verlassen hatte. Fand es unangebracht, seinen eigenen Schmerz in diesem Moment zu teilen.

»Du musst kommen«, sagte Jasminda, »du musst zum Essen kommen, irgendwann.« Sie straffte sich und ging davon. Theo brauchte einen Moment, um seine Fassung zurückzugewinnen. Dann ließ er seinen Blick über die Menge schweifen. Zu seiner Überraschung entdeckte er ein vertrautes Gesicht. Unauffällig schob er sich durch die Menschenmenge, bis er neben dem jungen Türken stand. Sie begrüßten sich per Handschlag.

»Hast du sie gut gekannt?«, fragte Theo leise.

»Kann man sagen.« Fatih schluckte. Er war ganz in Schwarz gekleidet – aber das war, wie Theo wusste, sein üblicher Look. In seinem langen Ledermantel erinnerte Fatih ihn an den jungen Hacker Neo aus dem Science-Fiction-Klassiker »Matrix«. Seit Theo ihn das letzte Mal gesehen hatte, schien er noch schmaler geworden zu sein. Seine dunkel geschminkten Augen waren gerötet.

»Sie war so was wie 'ne Freundin. 'Ne tolle Sängerin. Echt.«

Theo nickte leicht. Obwohl Fatih inzwischen Mathematik studierte, sang er weiterhin in seiner Band: Indie-Pop mit orientalischen Anklängen.

Gemeinsam beobachteten sie die Menschenschlange, die sich am Grab vorbeischob. Jeder Trauergast warf mit einer kleinen Schaufel Erde auf den Sarg. Das Geräusch, das die Erde auf dem Sargdeckel verursachte, wurde zunehmend leiser. ›Wenn das so weitergeht, haben die Totengräber nicht mehr viel zu tun‹, dachte Theo.

Ein Sinto, den Theo auf Mitte zwanzig schätzte, kam auf sie zu, den Blick auf Fatih fixiert. Er war etwas kleiner als der Türke, dafür aber deutlich muskulöser. Man sah ihm an, dass er regelmäßig trainierte. Er hatte sein Jackett ausgezogen, unter dem er ein kurzärmeliges Hemd trug. Auf einem Unterarm prangte unübersehbar eine Tätowierung: ein geflügelter Löwe mit einem Adlerkopf. Ein Greif.

»Was willst du hier?«, fragte er. In seiner Stimme schwang Aggressivität mit.

Fatih starrte nicht minder aggressiv zurück. »Na das, was wir hier wohl alle machen. Jenay die letzte Ehre erweisen.«

»Du bist hier unerwünscht.«

»Tatsächlich?« Fatih lächelte gleichmütig.

›Verdammt, Fatih‹, dachte Theo, ›provozier den Typen nicht auch noch!‹

Der andere trat noch einen Schritt näher, sodass die beiden Kontrahenten kein halber Meter mehr trennte. »Zieh Leine, bevor ich dir zeige, wo's langgeht.«

Ein etwas älterer Mann mit eindrucksvollem Schnurrbart kam näher und legte dem jungen Sinto eine Hand auf die Schulter. »Das ist eine Beerdigung, Romani. Zeig ein bisschen Respekt.«

Widerwillig ließ der junge Mann sich wegführen.

Theo atmete erleichtert aus. »Wer war denn das?«

»Romani? Der hat wohl gehofft, dass aus ihm und Jenay ein Paar wird.«

»Und Jenay?«

»Die hatte andere Pläne.«

›Und du offenbar auch‹, dachte Theo, verkniff sich die Bemerkung aber. Dann beschloss er, sich den zornigen jungen Mann demnächst einmal vorzuknöpfen.

Die letzten Gäste zerstreuten sich. Theo verabschiedete sich von der Familie und überließ es seinem Assistenten, dem Dauerstudenten Kurti, sich um die Organisation der letzten Dinge zu kümmern. Sobald sie den Friedhof verlassen hatten, würden die Totengräber anrücken, nicht wie einst mit Spaten, sondern mit Miniaturbaggern, die das Grab schnell und effizient mit Erde füllen würden.

Da beiden der Magen inzwischen knurrte, fuhren sie gemeinsam in die Veringstraße, wo Fatihs Mutter Wilhelmsburgs besten Dönerladen betrieb. Sein Vater Ismail war schon vor Jahren in die Türkei zurückgekehrt – ihn hatte das Heimweh gepackt und in eine veritable Depression gestürzt. Seither schmiss Fatihs Mutter den Laden mit Bravour. Insgeheim dachte sich Theo, dass ihr das Arrangement gut zupasskam. Sie war eine ungeheuer herzliche, aber auch ausgesprochen dominante Person. Zum Schutz gegen die Küchendünste hatte sie sich ein bunt gemustertes Tuch in Piratenmanier um den Kopf gebunden. An ihren Ohren baumelten schwere goldene Creolen, die die Ohrläppchen im Laufe der Jahre etwas in die Länge gezogen hatten. Dazu trug sie Jeans und ein T-Shirt mit einem goldfarbenen Aufdruck in türkischer Sprache. Als sie Theo erblickte, eilte sie hinter dem gläsernen Verkaufstresen hervor, hinter dem die Gäste das kulinarische Angebot jenseits der rotierenden Dönerspieße begutachten konnten: gefüllte Auberginen, Köfte, Eintopf aus weißen Bohnen, gefüllte Weinblätter.

»Theo, welche Freude, welche Freude! Komm herein.« Sie ergriff seine beiden Hände und musterte ihn von Kopf bis Fuß. »Viel zu dünn«, urteilte sie dann. »Ein richtiger Mann braucht einen kleinen Bauch.« Seit Theo Fatih geholfen hatte, das Abitur zu bestehen, war er ihr erklärter Liebling. »Bei dem da habe ich es aufgegeben«, sagte sie und deutete mit dem Kopf auf ihren schmalen Sohn. »So sieht man aus, wenn man kein Fleisch isst. Ein vegetarischer Türke, wo hat man so was schon mal gehört!«

»Anneciğim!« Fatih verdrehte die Augen. »Wenn du so weitermachst, werde ich vegan.«

Aische ignorierte den Einwand. »Falafel dürüm?«

»Gerne.«

»Für mich auch«, schloss Theo sich an. Er mochte die orientalischen Wraps mit frittierten Kichererbsenbällchen, und bei Aische waren sie besonders gut: außen heiß und knusprig, innen locker und würzig.

Sie setzten sich an einen der blitzsauberen, hohen Resopaltische. Auf jedem lag ein Spitzendeckchen aus Plastik, auf dem eine akkurat ausgerichtete Menage mit Salz, Pfeffer und diversen Würzsoßen stand.

»Wie war die Beerdigung?« Fatihs Mutter stellte jedem einen Teller vor die Nase.

Fatih zuckte die Achseln. »Ziemlich viele Leute.«

Sie sah ihren Sohn prüfend an, tätschelte ihm dann kurz die Schulter und zog sich zurück.

Einen Moment lang verzehrten sie in einträchtigem Schweigen die Kichererbsenbällchen mit Salat und scharfer Soße, die Aische gekonnt in ein dünnes Fladenbrot gerollt hatte.

Nach ein paar Bissen legte Theo seinen Dürüm auf den Teller. Fatihs Mutter war in den Lagerraum jenseits des Tresens verschwunden. Ihm schien der Moment günstig.

»Sag mal, wieso ist dieser Typ da vorhin eigentlich so auf dich losgegangen?«

»Romani?« Fatih biss von seinem Falafel ab, kaute, schluckte. »Eifersüchtig, denke ich mal.«

»Und?«

»Und was?«

»Hatte er Grund dazu?«

»Nee, Quatsch.« Fatih hob abwehrend die Hände. »Jedenfalls nicht wirklich.«

›Dem Jungen muss man aber auch jedes Wort aus der Nase ziehen‹, dachte Theo. »Was heißt, nicht wirklich?«

»Na ja, Jenay wollte komponieren lernen. Und ich habe ihr ein bisschen gezeigt, wie das läuft. So ein-, zweimal die Woche.«

Theo konnte sich die Szene bildlich vorstellen: Zwei junge Leute, die stundenlang zusammenhocken, auf ihren Gitarren klimpern, die Köpfe dicht zusammengesteckt über einer Komposition. Das bot durchaus Potenzial für Eifersucht. »Und sonst lief da nichts zwischen euch?«

Auf Fatihs sonst so blassem Gesicht flammte Röte auf. »Gar nichts, wirklich nicht. Jenay, die war nicht so. Die wollte keinen Freund. Die wollte sich auf ihre Ausbildung konzentrieren und Musik machen – vor allem Musik. Sonst nichts.«

»Aber du? Du hättest schon Interesse gehabt?«

»Kann schon sein«, murmelte Fatih und biss in sein Falafel.

Theo hatte sich schon so was gedacht. Armer Kerl.

»Wenn ihr so viel Zeit miteinander verbracht habt …«

»Na, so viel ja nun auch wieder nicht!«

»Ich will nur wissen: Ist dir in letzter Zeit irgendwas an ihr aufgefallen? War sie anders als sonst? Traurig? Unruhig? Hat sie irgendwas gesagt?«

Fatih runzelte die schwarzen Brauen. »Glaub nicht. Wieso willst du das denn wissen?«

»Ihre Mutter ist felsenfest davon überzeugt, dass Jenays Tod kein Unfall war.«

Fatih starrte ihn an. »Verdammt, ich glaub's ja nicht! Das ist doch Blödsinn!«

»Wahrscheinlich.«

»Und was hast du damit zu tun?«

»Ich kenn die von früher. Rubina und Manusch. Vor allem Manusch.«

»Das sind ihre Eltern, oder?«

Theo nickte.

»Glauben die im Ernst, Jenay hat sich umgebracht? Ganz ehrlich, die war so wenig depressiv wie Pippi Langstrumpf.«

»Na ja …«

Fatih starrte ihn weiter an. Dann dämmerte es ihm. »Die denken, jemand hat sie umgebracht? Das ist doch total verrückt!«

Ein alter Mann kam in den Laden geschlurft. Seine Haltung war tief gebeugt. Er trug einen viel zu weiten, altmodischen Wintermantel. Theo vermutete dennoch, dass es sein eigener war, ein Kleidungsstück, das er einst, in einem früheren Leben, besser mit seinem Köper ausgefüllt hatte. Der Mann fummelte mit zittrigen Händen eine Lesebrille aus der Tasche, setzte sie auf die Nase und klemmte sich die Bügel hinter die Ohren, aus denen drahtige weiße Haare sprossen. Dann beugte er sich tief vor, um die Auslagen in der Vitrine zu betrachten. Dabei schob er die weichen Lippen, hinter denen ganz offensichtlich kein Gebiss mehr steckte, weit nach vorne. Aische kam aus ihrem Hinterzimmer, die Perlenschnüre, die die Blicke halbwegs abschirmten, klirrten ein wenig. Sie wischte sich die Hände an der Schürze ab.

»Na, Herr Köhler, wie geht's denn immer so?«

Er murmelte etwas, dass Theo als »Muss ja, muss ja« interpretierte.

»Ich habe hier was Leckeres für Sie: Mercimek Çorbası.«

»Was ist denn das, schöne Frau?«

»Rote Linsensuppe, die wird Ihnen schmecken.«

»Ist sie auch nicht zu scharf? Sie wissen ja, mein Magen …«

»Kein Problem. Die ist so mild wie Muttermilch«, sagte Aische.

Theo und Fatih verzogen bei der Vorstellung gleichzeitig das Gesicht. Dann mussten sie grinsen.

»Ja, dann. Bitte gerne«, nuschelte der Alte.

Aische füllte die Suppe in einen fest schließenden Behälter, nahm dann das Portemonnaie aus den zitternden Händen in Empfang, um sich selbst das Geld herauszunehmen. »Macht drei Euro«, sagte sie laut.

»Wird schon stimmen.« Der Alte verstaute beides, Suppe und Portemonnaie, in einem mitgebrachten Netz.

»Da möchte man echt nicht alt werden«, sagte Fatih, dem Alten nachblickend, der wieder davonschlurfte. »Der reine Horror.«

Theo konnte ihm insgeheim nur zustimmen.

Fatihs Blick kehrte zurück und fokussierte sich wieder auf Theo.

»Glaubst du das auch, dass jemand Jenay umgebracht hat?«

»Ich glaub erst mal gar nichts. Ich hör mich um. Beispielsweise bei dir.«

Fatih runzelte die Stirn.

»Was ist?«

»Ehrlich gesagt, eine Sache gab's doch, die ich ein bisschen komisch fand.«

»Erzähl.«

Es war eines der letzten Male gewesen, dass Jenay und Fatih sich getroffen hatten. Wie üblich hatten sie in Jenays WG-Zimmer gesessen – die Wohnung teilte sie mit Magda, einer jungen Kollegin aus dem Krankenhaus Groß-Sand, in dem sie als Lernschwester arbeitete. Mit ihnen lebte dort noch Magdas kleiner Sohn, von dessen Vater sie sich getrennt hatte.

Wie üblich hatten sie einige Zeit konzentriert gearbeitet. Sie hatte ihm auf ihrer Gitarre ein neues Stück vorgespielt. Fatih hatte dazu Anmerkungen gemacht und Verbesserungsvorschläge auf seinem Instrument improvisiert. Für ihn waren die Stunden, die er mit Jenay Munk verbrachte, kostbar gewesen. Sicher, sie sahen sich öfter – auf Konzerten von Bands, die sie beide mochten. Und natürlich ließ er sich keinen ihrer Auftritte entgehen. Aber allein mit ihr war er nur während des Kompositionsunterrichts. Da Jenay stets sehr konzentriert auf ihre Musik war, konnte er sie dann in aller Ruhe anschauen: Wie sie ihr Haar aus der Stirn pustete, das sie sich vor ein paar Monaten kurz geschnitten und blondiert hatte (»Meine Mutter hat einen Anfall gekriegt«). Die schmalen, aber durch das jahrelange Gitarrespielen kräftigen Finger, die über den Hals des Musikinstruments glitten. Ihr Nacken, den die neue Frisur enthüllte, und der so zerbrechlich wirkte wie der eines Kindes. Auch ihr Körper war zierlich, mit schmalen Hüften und kleinen Brüsten. Doch der Anblick täuschte, wie Fatih wusste. Jenay wusste genau, was sie wollte. Sie ließ sich von niemandem verbiegen, legte es nicht darauf an, zu gefallen. Und genau das war es, was er so an ihr mochte.

»Und? Wie findest du es?« Ihre Frage hatte ihn aus seinen Träumereien gerissen.

»Ich weiß nicht. Irgendwas fehlt noch. Ich finde, das könnte noch etwas temperamentvoller sein.«

»Nur weil ich eine verdammte Zigeunerin bin, oder was?« Sie funkelte ihn an.

Fatih seufzte. Er wusste, Jenay hasste es, dass die Leute sie sofort in die Schublade mit Gipsy-Musik stecken wollten, sobald sie erfuhren, dass sie eine Sinteza war. »Du weißt genau, dass es mir nicht darum geht. Aber sorry, in deinen Song gehört mehr Feuer – meine Meinung. Und wenn du den nur deshalb nicht so spielst, weil du auf keinen Fall das Klischee von ›Zigeunermusik‹ bedienen willst, dann schränkst du dich selbst ein. Dein Problem.«

Sie schaute ihn erst finster an. Dann lachte sie. »Du hast recht.« Sie legte die Gitarre sorgfältig beiseite. »Schluss für heute.« Sie erhob sich, streckte sich und verzog schmerzhaft das Gesicht. »Nach einer Stunde Spielen bin ich immer total verspannt.«

Er hütete sich, ihr eine Schultermassage anzubieten. Bei jeder anderen Freundin hätte er das getan, aber Jenay war unnahbar. Sie ließ sich ungern berühren, verteilte auch keine Küsschen, hakte sich nicht ein – auch nicht bei anderen Frauen. Es war, als würde sie eine gläserne Wand umgeben.

Sie trat ans Fenster und sah hinaus auf die Straße.

»Kann ich dich mal was ganz anderes fragen?« Sie wandte sich zu ihm um.

»Na klar.«

Hinter ihr flammte die erste Straßenlaterne auf, dann die zweite. »Wenn du den Verdacht hast, dass jemand … jemand, den du sehr gernhast … etwas Schlimmes tut, ich meine, was richtig Schlimmes, aber du bist nicht ganz sicher – was würdest du tun?«

»Das ist jetzt ziemlich hypothetisch.«

Sie zupfte ihren Jeansrock zurecht.

»Wie sicher bist du denn?«, wollte er wissen.

»Ich weiß es nicht! Ich kann es mir nicht vorstellen, dass es tatsächlich so ist, aber ich habe auch keine andere Erklärung dafür!« Sie verschränkte die Arme und schniefte. Sie sah aus, als ob sie gleich losheulen würde. So hatte Fatih Jenay noch nie erlebt.

»Du könntest die Person natürlich mit deinem Verdacht konfrontieren.«

»Und wenn derjenige dann alles abstreitet? Dann bin ich nicht schlauer als zuvor und habe die Beziehung für immer ruiniert.«

»Verstehe.«

»Andererseits, wenn ich nichts mache, und es stimmt doch …«

»Vielleicht kannst du erst mal versuchen, ein bisschen mehr rauszukriegen.«

»Vielleicht.« Sie klang nicht überzeugt.

Sie sah so klein und so verzweifelt aus. Fatih hätte sie am liebsten in den Arm genommen, aber dann wäre es mit Sicherheit aus gewesen mit den Unterrichtsstunden. Und das war so ungefähr das Letzte, was Fatih wollte. »Willst du mir nicht ein bisschen genauer sagen, worum es geht? Vielleicht kann ich dir dann besser helfen.«

Sie presste die Lippen aufeinander und schüttelte den

Kopf. »Danke, wirklich, aber das muss ich irgendwie alleine hinkriegen.«

Von Theos Falafel waren nur noch wenige Brösel übrig geblieben. »Etwas wirklich Schlimmes?«, wiederholte er nachdenklich. »Und sie hat nicht angedeutet, worum es geht?«

»Nein. Mehr hat sie nicht gesagt.« Fatih hatte seinen Dürüm zu einem unansehnlichen Haufen zerpflückt. »Das kann wirklich alles Mögliche sein. Jenay hat ziemlich strenge Moralvorstellungen gehabt. Schon jemanden anzulügen, wäre ihr nie in den Sinn gekommen.«

»Das heißt, es kann alles sein – von Fremdgehen bis zum Kapitalverbrechen.«

»Du sagst es.«

»Das heißt aber auch, dahinter könnte sich das Mordmotiv verbergen.«

Sie beschlossen spontan, bei Jenays Mitbewohnerin vorbeizuschauen. Magda war die Erste gewesen, die Fatih auf Theos Frage eingefallen war, wer Jenay außerhalb ihrer Familie nahegestanden habe. »Die beiden waren ziemlich so«, hatte Fatih gesagt und Zeige- und Mittelfinger gekreuzt.

Die Sonne kämpfte sich ein wenig durch den verhangenen Himmel, und so entschieden sie, zu Fuß zu gehen – ebenjenen Weg, den auch Jenay am Abend ihres Todes genommen hatte. Am Wilhelmsburger Veringkanal, der nahe der Grenze zum Hamburger Freihafen verlief, hatte man über eine Strecke von etwa anderthalb Kilometern eine Promenade angelegt. Am gegenüberliegenden Ufer ragten die Türme der Honigfabrik auf, an die sich flache, hafentypische Schuppen und Gebäude reihten. Davor lag vertäut ein fliederfarben gestrichener alter Schlepper, der den passenden Namen

»Heideblume« trug. Theo lächelte, als er zwei bunt bemalte Seeschlangen aus Fiberglas bemerkte, die wie das Ungeheuer von Loch Ness im Wasser dümpelten. Die Gegend um den Veringkanal lag etwas abseits vom beliebten Wilhelmsburger Reiherstiegviertel. Doch sprossen hier, ausgehend vom Gravitationszentrum der vergleichsweise altehrwürdigen Honigfabrik, verschiedene Kunst- und Kulturprojekte. Darunter waren das am Wilhelmsburger Hafen gelegene Festivalgelände Dockville, wo sich im Sommer Musiker in einer losen Kette von Open-Air-Konzerten ablösten, außerdem die »Soul Kitchen«, eine ehemalige Lagerhalle, die dank des gleichnamigen tragikomischen Films von Fatih Akin bekannt geworden war.

Ein Stück des Weges gingen sie über einen Steg, auf dem eine Gruppe Jugendlicher saß, jeder für sich mit großen Kopfhörern über den Ohren und versonnen in unterschiedlichem Takt mit dem Kopf wippend. Kurz vor dem Krankenhaus Groß-Sand, in dem Jenay gearbeitet hatte und das ebenfalls direkt am Kanal lag, führte sie der Weg zurück auf die Neuhöfer Straße, in der Jenay gelebt hatte.

Sie hatten Glück. Wenige Sekunden, nachdem sie geklingelt hatten, summte der Türöffner. Eine Gegensprechanlage gab es nicht.

Magda erwartete sie in der Wohnungstür im dritten Stock. Sie war blass und ungeschminkt, mit tiefen Schatten unter den Augen. Ihr hennarot gefärbtes Haar hatte sie zu einem unordentlichen Knoten geschlungen. Es wuchs am Ansatz aschblond nach. Sie hätte unscheinbar gewirkt, wären da nicht die ungewöhnlichen, fast türkisfarbenen Augen gewesen, die man unmöglich übersehen konnte. Sie trug eine graue, übergroße Strickjacke, ihre Füße steckten in Ringelsocken, handgestrickt, wie Theo vermutete. Ein kleiner Junge, den Theo auf drei Jahre schätzte, klammerte sich an ihr Bein. Er erinnerte sich nicht, sie auf der Beerdigung gesehen zu haben.

»Ach, Fatih, du bist es.«

»Hallo, Magda, das ist mein Kumpel Theo. Können wir vielleicht einen Moment reinkommen?«

»Sicher.« Ihre Stimme klang genauso erschöpft, wie sie aussah. »Es ist allerdings ein bisschen unordentlich.« Sie machte eine flatternde Bewegung mit der Hand. Dann hob sie das Kind auf ihre Hüfte und ging voran in die Wohnung.

Das Chaos war beachtlich. Theo vermutete, dass es eher der Normal- als der Ausnahmezustand war. Der kurze Flur war vollgestopft mit Schuhen, Stapeln von Altpapier und diversen Spielzeugen. Auf einem kleinen Beistelltisch lagen geöffnete und ungeöffnete Briefe in archäologischen Schichten. Der angebissene Apfel obenauf thronte dort sicher nicht erst seit heute. Die Unordnung setzte sich in der Küche fort, wo sich schmutziges Geschirr, leere Flaschen und Lebensmittelpakete in buntem Durcheinander auf jeder freien Fläche stapelten. Einen Geschirrspüler hatten die beiden jungen Frauen offenbar nicht besessen. Zwei offen stehende Türen führten in ein Zimmer mit einem ungemachten Bett, auf dessen Boden Kleidung lag, und in ein verblüffend aufgeräumtes Kinderzimmer.

»Ich schaffe es ja sonst schon kaum, aber jetzt, wo Jenay nicht mehr da ist, weiß ich nicht mehr ein noch aus.« Magda setzte den Jungen behutsam auf dem Boden ab, der sich sofort wieder an ihr Bein klammerte und die Nase an ihre Jeans presste.

»Du kannst mich jederzeit anrufen, wenn du Hilfe brauchst, Magda. Wenn ich mal den Kleinen hüten soll, oder so. Wir sind doch ein prima Team, Lennie, oder?«

Der Kleine, der die Besucher bis dahin nur stumm angestarrt hatte, zeigte zum ersten Mal ein schüchternes Grinsen. Magda legte eine Hand auf die schmalen Schultern des Kindes. »Das ist nett von dir, Fatih, aber du weißt ja, das ist nicht ganz so einfach.«

»Jenay hat doch auch ab und zu den Babysitter gespielt.« Fatih hockte sich hin und hob eine Hand. »Was geht, Alter?«, sagte er zu dem Jungen. Der kam zu ihm hinüber und schlug mit seiner winzigen Handfläche leicht gegen Fatihs große. »Was geht«, piepste er.

»Vielleicht mache ich das irgendwann mal«, sagte Magda lahm. Sie fing an, das schmutzige Geschirr unsystematisch hin und her zu räumen.

»Ich habe dich vorhin gar nicht auf der Beerdigung gesehen.«

Magda drehte sich um, eine fettverklebte Pfanne in der Rechten. »Ich wollte ja, aber es ging einfach nicht.« Sie blickte entschuldigend von Fatih zu Theo. Dem fiel auf, dass sie überhaupt nicht gefragt hatte, warum sie unangemeldet bei ihr aufgetaucht waren. »Der Kleine hat Fieber.«

»Schon wieder.« Fatih fasste den Jungen sanft an den Schultern. »Was machst du denn bloß immer für Sachen, Lennie?«

»Ich mach Fieber«, sagte Lennie.

»Genau«, sagte seine Mutter. »Und darum gehörst du auch ins Bett.« Widerspruchslos ließ sich das Kind von ihr hinaustragen. Durch die offene Tür beobachtete Theo, wie sie ihrem Sohn noch einmal über die Stirn strich. Dann kam sie zurück in die Küche. Die Tür zum Kinderzimmer schloss sie hinter sich.

Fatih hatte bereits begonnen, das Geschirr aus dem Spülbecken zu nehmen, um Platz zum Abwaschen zu schaffen.

»Lass doch.« Magda zupfte am Gürtel ihrer Strickjacke.

»Setz dich hin. Theo und ich sind ein Abwaschdreamteam.« Tatsächlich hatte Fatih öfter mit ihm, Lilly und May zu Abend gegessen. Gemeinsamer Abwasch hinterher gehörte zum Programm.

»Los geht's.« Fatih warf ein Geschirrhandtuch in die Luft. Theo fing es instinktiv auf. ›Und wieder bin ich der Abtrockner‹, dachte er.

Magda fügte sich und ließ sich auf einem Küchenstuhl nieder. »Ihr seid aber nicht zum Abwaschen hergekommen, oder?«

»Theo hätte ein paar Fragen an dich.« Fatih reichte ihm den ersten Teller.

»Das ist jetzt etwas heikel«, sagte dieser, während er routiniert den Teller polierte. »Jenays Eltern möchten, dass ich ein paar Nachforschungen anstelle. Zu Jenays Tod, meine ich.«

Magda richtete sich erschrocken auf ihrem Stuhl auf. »Warum denn das? Ich dachte, die Polizei hat den Fall längst abgeschlossen?«

»Hat sie auch, hat sie auch. Nur ist es so, dass es in solchen Fällen tatsächlich nie ganz sicher sein kann, ob es wirklich ein Unfall war oder vielleicht nicht doch … Fremdverschulden.«

»Fremdverschulden? Etwa Mord?«

»Oder ein Unglücksfall. Sehen Sie, es geht einfach nur darum, alles noch einmal nachzuprüfen, damit die Eltern das für sich abschließen können. Die trauen der Polizei nicht so recht.«

»Also gut, was wollen Sie wissen?«

»Ob Ihnen irgendwas aufgefallen ist an Jenay in letzter Zeit. Ob sie irgendwie nervös wirkte oder niedergeschlagen.

Hat sie irgendwas zu Ihnen gesagt? Oder ist irgendetwas Ungewöhnliches passiert?«

»Ich weiß nicht.« Hilflos blickte sie zu Fatih. »Ist dir denn was aufgefallen?«

»Mich hat er schon ausgequetscht.« Fatih lächelte ihr über die Schulter aufmunternd zu.

Sie runzelte die Stirn. »Das Einzige, was mir spontan einfällt, ist, dass vor ein paar Tagen ein Verwandter von ihr hier aufgekreuzt ist. Das war ungewöhnlich. Außer ihrem Vater und ihrem Bruder hat sich hier keiner von denen blicken lassen. Nicht mal die Mutter. Die fanden es wohl nicht so toll, na ja, dass sie hier bei mir eingezogen ist. Ich war natürlich heilfroh, denn nachdem Anders ausgezogen ist, wusste ich nicht, wie ich die Miete zahlen soll. Anders, das ist mein Ex. Aber ihre Familie fand das unpassend, dass sie überhaupt raus ist aus der Siedlung.«

»Aber dann ist da dieser Verwandte aufgetaucht – wissen Sie, wer das war?«

»Ach, das war so ein junger Typ. Jedenfalls haben sie ziemlich laut gestritten.«

»Und worüber?«, mischte Fatih sich in das Gespräch.

»Das habe ich nicht verstanden. Sie haben sich in ihrer eigenen Sprache angebrüllt. Wie heißt die noch – Roma, oder so?«

»Romanes«, sagte Theo.

»Nie gehört.« Fatih ließ das schmutzige Spülwasser gurgelnd ablaufen und füllte das Becken mit frischem Wasser auf.

»Das ist übrigens eine Mischung aus uraltem Sanskrit und Deutsch.«

»Ach was. Aber Sanskrit ist doch altes Indisch! Ich dachte, die kommen aus Rumänien und Bulgarien.«

»Ursprünglich wohl nicht. Ein Teil von ihnen ist in Osteuropa hängen geblieben, die anderen sind nach Westeuropa, Deutschland, Frankreich, Spanien … die leben hier schon seit ein paar Jahrhunderten – mehr oder weniger jedenfalls.«

»Woher weißt du das alles?« Fatih weichte die Gläser ein.

»Ich sag doch, ich bin so eine Art Freund der Familie. Und da interessiert man sich für so was.« Theo wandte sich wieder an Magda, die inzwischen geistesabwesend Brotkrümel und andere Partikel, von denen Theo lieber nicht wissen wollte, was es war, auf dem sich leerenden Tisch zu kleinen Häufchen zusammenschob.

»Wie hat er denn ausgesehen, dieser Verwandte?«

Sie sah Theo an. Und wieder fielen ihm ihre unfassbar türkisfarbenen Augen auf. »Etwas kleiner als Sie vielleicht, aber ziemlich kräftig. Ich meine nicht dick. Ich meine kräftig.« Sie deutete einen beachtlichen Oberarmumfang mit der Hand an. »Kurzes schwarzes Haar, kein Bart. Und, ach ja, er hatte auf einem Arm ein Tattoo. Das konnte ich sehen, weil er unter seiner Jacke nur ein T-Shirt anhatte – dabei war es ganz schön kalt.«

»Was denn für ein Tattoo?«, fragte Theo, der die Antwort schon zu kennen glaubte.

»Irgend so ein Fabelwesen. Ein Löwe mit einem Vogelkopf.«

Theo und Fatih warfen einander einen Blick zu. »Ein Greif. Das war Romani.«

»Das stimmt! So hieß er!« Sie lächelte. Zum ersten Mal, seit sie da waren. Es war ein sehr schönes Lächeln.

Nach einer Dreiviertelstunde sah die Küche wieder manierlich aus und Fatih und Theo verabschiedeten sich. Theo überreichte Magda noch eine seiner Visitenkarten. »Für den Fall, dass Ihnen noch etwas einfällt.« Er kam sich vor wie die schlechte Kopie eines Fernsehkommissars. Sie starrte entgeistert auf das Stück Karton – eine Reaktion, mit der Theo bereits vertraut war. Nur wenige brachten ihr inneres Bild von einem Bestatter mit Theos Person in Einklang.

»Sie sind Bestatter?«

»Wie Sie sehen.«

Theo ertappte sich bei dem Gedanken, dass eine Krankenschwester, die Tote gewohnt war, seinen Beruf vielleicht nicht ganz so abschreckend finden würde wie die meisten anderen Frauen.

»Und wie geht's jetzt weiter?«, wollte Fatih wissen, als sie vor der Tür standen.

»Na, ich werde wohl morgen mal mit diesem Romani reden. Du weißt nicht zufällig, wo ich den tagsüber finde?«

»Soweit ich weiß, arbeitet er auf dem Schrottplatz. Seinem Vater gehört der Laden.«

»Arbeitet da nicht auch Jenays Vater, Manusch?«

»Kann schon sein. Das ist der reinste Familienbetrieb.«

»Da fahre ich besser alleine hin. Sonst fängst du womöglich eine Prügelei an.«

»Mensch, ich bin doch so was von harmlos!«

Sie gingen zurück in Richtung Reiherstiegviertel, dieses Mal an der Straße entlang. Der Weg führte sie an den Zinnwerken vorbei, einem charmanten industriellen Ziegelsteinbau, in dem sich Künstler, Handwerker und Kleinbetriebe niedergelassen hatten. Vor der Tür stand ein Mann und rauchte. Er trug einen ölverschmierten Blaumann. Fatih hob grüßend die Hand. »Das ist ein Kumpel von mir, der hat hier eine Werkstatt. Er hat erzählt, dass sie den Laden dichtmachen und alles abreißen wollen.«

Theo nickte. »Ich hab's mitgekriegt.«

»Und wozu das Ganze? Die wollen hier die Bühnenklamotten aus der Staatsoper lagern! Das muss man sich mal vorstellen. Ist doch absurd: Einerseits investieren die Millionen und Abermillionen, um Wilhelmsburg attraktiv zu machen. Und dann wollen sie andererseits so ein gewachsenes, total lebendiges Stück Kultur einfach plattmachen und da 'ne riesige Halle hinklotzen.«

»Ich habe gelesen, da ist das letzte Wort noch nicht gesprochen. Offenbar haben die Proteste gewirkt.«

Die Wilhelmsburger hatten sich in den letzten Jahren zu einem sehr petitionsfreudigen Völkchen entwickelt. Sie protestierten gegen die Verlegung der Reichsstraße, die Wilhelmsburg in zwei Hälften zerschnitt und den Verkehr als zweite Trasse neben der Autobahn vom Stadtzentrum in den Süden nach Harburg lenkte. Sie hatten gegen Urantransporte protestiert, die auf Schienen durch das Viertel rollen sollten. Und auch gegen den Abriss der Zinnwerke machten sie Front.

Theo fand die Streitkultur gut. Wer seine Klappe nicht aufmachte, sollte hinterher nicht meckern, fand er.

Fatih sah ihn schräg von der Seite an.

Theo stieß ihn mit dem Ellenbogen an. »Ist was? Du bist so still.«

»Ich habe nur überlegt … war da eigentlich gerade was – zwischen dir und Magda?«, wollte Fatih wissen.

»Wieso?«

»Ich hatte irgendwie den Eindruck.«

Theo zuckte die Achseln. »Sie hat interessante Augen«, gab er schließlich zu.

»Dachte ich es mir doch.«

Sie überholten eine ziemlich große, enorm dicke Frau. An

einer Leine führte sie einen winzigen Rehpinscher, der ein Mäntelchen mit Leoprint trug – so wie seine Besitzerin, nur circa 100 Kleidergrößen kleiner.

Schließlich kamen sie vor dem Haus in der Veringstraße an, in dem Fatih mit seiner Mutter über dem von ihr betriebenen Dönerladen lebte. Er zog seinen Schlüssel hervor, machte aber keine Anstalten hineinzugehen. »Ich habe zufällig Hanna neulich gesehen«, sagte er.

Hanna. Fünf Buchstaben, die Theo mitten ins Herz trafen. Ihm blieb kurz die Luft weg. Es war, als würde ihm jemand ein Messer direkt in die Brust rammen und dann am Griff noch einmal herumdrehen. Rumms. Knirsch. Noch kein halbes Jahr war es her, dass sich die Journalistin von ihm getrennt hatte. Es war ein schöner Herbstabend gewesen, sie waren bei Mario essen gewesen, dem rothaarigen riesigen Koch, den Theo bei einer Mordermittlung im vergangenen Jahr kennengelernt hatte. An diesem Abend hatte Hanna in ihren Spaghetti Vongole lustlos herumgestochert, was für sie gänzlich untypisch war – sonst aß sie immer mit großem Appetit. Schon da hatte Theo gewusst, dass auch dieser Abend ungut verlaufen würde – wie die meisten, die sie miteinander verbracht hatten, seit Hanna ihr Kind verloren hatte. Es war ein harter Schlag für sie gewesen. Nachdem sie sich einmal dazu entschlossen hatte, trotz ihres unabhängigen Lebensstils und ihrer mittlerweile 42 Jahre, ein völlig ungeplantes Kind zu bekommen, hatte sie sich darauf gefreut. Und dann hatte sie es doch verloren, in ihrem Alter keine Seltenheit. »Aber das bedeutet nicht, dass es nicht beim nächsten Mal klappen kann«, hatte die mitfühlende Frauenärztin ihnen mitgeteilt. »Mit 42 das erste Kind zu kriegen, das ist vielleicht nicht ganz optimal, aber auch nichts Außergewöhnliches mehr.«

Aber Hanna wollte es offenbar nicht noch einmal versuchen. »Dann sollte es wohl ganz einfach so sein, dass ich kein Kind habe«, hatte sie an jenem Abend gesagt und das Besteck sorgfältig über die ungegessenen Nudeln gelegt. Theo hatte versucht, ihr gut zuzureden, gesagt, sie müsse ja noch keine endgültige Entscheidung treffen, sondern könne sich die Sache noch einmal überlegen, in ein paar Wochen oder Monaten. Sie hatte nur den Kopf geschüttelt. »In ein paar Monaten – da bin ich noch mal älter, da ist es dann noch unwahrscheinlicher, dass es klappt. Und ganz ehrlich, noch mal möchte ich so was wirklich nicht mitmachen.« Und dann hatte sie ihm eröffnet, dass sie einen Auftrag im Ausland angenommen hatte. In Theos Ohren hatte das Blut gerauscht, und er hatte gar nicht richtig mitbekommen, was für ein Auftrag das überhaupt war.

›Das war es jetzt, endgültig‹, hatte er gedacht. Es war von Anfang an kompliziert gewesen mit Hanna.

»Immer wenn es schwierig wird, verschwindest du einfach«, hatte er ihr wütend entgegengeschleudert und gar nicht mehr richtig zugehört, was sie gesagt hatte.

Sie hatte quer über den Tisch, auf dem der fast unberührte Brotkorb stand, nach seiner Hand gegriffen, die er erst wegziehen wollte, aber ihr dann doch überließ. »Die Wahrheit ist doch, du willst Kinder, hast immer welche gewollt. Ich war mir da nie so sicher. Mir hat der Gedanke immer auch ein bisschen Angst gemacht, all die Verantwortung, all die Einschränkungen, die das mit sich bringt, du weißt schon … Und jetzt, nach der Fehlgeburt, habe ich festgestellt, dass ich das Thema für mich abgeschlossen habe. Und das ist nun mal eines, bei dem es keine Kompromisse gibt. Entweder man hat Kinder, oder nicht.«

Er hatte sich gezwungen, sie noch einmal genau anzuschauen, auch wenn es schon in diesem Moment wehtat: die wilden schwarzen Locken und die Lücke zwischen ihren Schneidezähnen. Dass er seither nichts von ihr gehört hatte, keine E-Mail, keine SMS, hatte ihn nicht überrascht.

Und jetzt war sie also wieder da. Er seufzte. Im Grunde änderte es nichts.

»Hast du mit ihr geredet?«

»Nee«, sage Fatih. »Es war wie in einem bescheuerten Film. Ich bin die Rolltreppe am Jungfernstieg hochgefahren und sie gegenüber runter. Wir haben uns nur angestarrt und keiner hat was gesagt. Und dann war es auch schon zu spät.« Er drückte kurz Theos Schulter. »Tut mir leid, Kumpel.« Dann wandte er sich um und verschwand im Haus.

Theo bohrte seine Fäuste in die Jackentaschen und ging steif hinüber zu seinem alten Citroën DS. Bei solch feuchtkaltem Wetter bereute er es mitunter, nicht doch einen komfortablen Neuwagen zu fahren. So eine Sitzheizung wäre jetzt nicht verkehrt. Vor allem aber sprangen neuere Wagen in der Regel zuverlässig an, während Theos Zündkerzen regelmäßig streikten und sorgsam trockengelegt werden mussten. Andererseits wurden Autos, wie er es fuhr, zunehmend rarer, und der Gedanke, eines der gesichtslosen neuen Modelle zu erwerben, gefiel ihm nicht. Komfort war was für Weicheier, seine Karre hatte wenigstens Stil.

DER SECHSTE TAG

Der Schrottplatz erinnerte Theo immer an einen Friedhof großer Tiere. Die Autowracks lagen aufeinandergestapelt, viele bereits ausgeschlachtet wie die Überreste urzeitlicher Wesen. Er war schon als Kind mit seinem Vater oft hier gewesen, wo sie nach günstigen Ersatzteilen für den alten VW-Käfer gesucht hatten. Von ihm hatte Theo gelernt, wie man Autos repariert, eine Fähigkeit, die es ihm jetzt erlaubte, seinen alten Wagen zu fahren, ohne dass es ihn in den Ruin trieb. Allerdings wurde es zunehmend schwerer, passende Ersatzteile auf dem Schrottplatz zu finden. Wagen wie seiner waren selten geworden.

Der Mann mit Schnauzbart kam ihm entgegen, der am Vortag den aufgebrachten Romani von Fatih weggelotst hatte. Jetzt trug er einen Blaumann und wischte sich die Hände an einem ölverschmierten Tuch ab. Er nickte Theo zu. »Nettes Auto«, sagte er und fuhr anerkennend mit der Hand über die schwarz lackierte Kühlerhaube.

»Herr Munk? Ich würde mich gerne mit Ihrem Sohn unterhalten. Romani. Ist der da?«

Der Schrottplatzbesitzer sah ihn prüfend an. »Was wollen Sie denn von ihm?«

»Ich würde gern mit ihm über Jenay reden.«

»Warum?« Er verschränkte die Arme.

»Er hat sie ganz gut gekannt, habe ich gehört.«

»Tatsächlich? Nun ja, wir alle haben Jenay gekannt.«

»Ist er da?«

»Lass gut sein, Bibbo.« Manusch war aus einem der Unterstände getreten. »Rubina will, dass sich Theo ein bisschen umhört.«

Bibbo, Schrottplatzbesitzer in der zweiten Generation, sah seinen Vetter zweifelnd an.

Manusch kam näher und legte ihm eine Hand auf die Schulter. »Rubina glaubt, dass ihm die Leute vielleicht mehr erzählen als der Polizei.«

Bibbos Bart sträubte sich.

»Es ist ja nur, damit sie sicher sein kann, dass nicht doch etwas Finsteres dahintersteckt.«

»Und warum muss er da ausgerechnet mit meinem Sohn reden?«

Theo klinkte sich in das Gespräch ein: »Er hat Jenay in der Woche vor ihrem Tod besucht. Das hat ihre Mitbewohnerin erzählt. Und es war wohl eher ungewöhnlich. Vielleicht hat sie ihm ja etwas anvertraut.« Theo fühlte sich ein wenig unbehaglich, weil er den Streit verschwieg, den Romani und Jenay gehabt hatten.

Bibbo kapitulierte widerwillig. Dass ein Fremder sich in ihre Angelegenheiten mischte, schmeckte ihm nicht. Aber er wollte gern für die trauernden Eltern tun, was er konnte. »Also gut. Er ist dahinten. Im Container.«

Im Inneren des blauen Containers war es stickig. Den meisten Raum nahm ein riesiger Schreibtisch aus poliertem, reich verziertem dunklem Holz ein, der sich gut als Requisit im Büro eines Mafiapaten gemacht hätte. Hinter ihm saß Romani Munk in einem Fantrikot des Fußballklubs St. Pauli, auf dem ein großer Totenkopf auf schwarzem Untergrund prangte. Es spannte sich straff über seinen muskulösen Oberkörper. Vor ihm lag ein dicker Stapel mit Formularen, daneben stand eine halb geleerte Flasche Cola. Offensichtlich war er mit der Buchhaltung beschäftigt.

»Was will denn der Totengräber hier?«, wollte er wissen.

»Romani, das ist Theo, ein alter Freund.« Manusch hatte sich hinter Theo in das enge Kabuff geschoben. »Ich möchte gern, dass du ihm hilfst.«

»Ich wüsste nicht, wie.«

»Mach keinen Ärger, Junge.« Der junge und der ältere Sinto kreuzten die Blicke wie Schwerter. Dann gab Romani nach.

»Also gut.« Er wies mit einer übertriebenen Geste auf den freien Bürostuhl, der dem Schreibtisch gegenüberstand. Dann lehnte er sich zurück und legte die Fingerspitzen aneinander wie ein Politiker.

›Na, das kann ja was geben‹, dachte Theo. Er setzte sich und wandte dann den Kopf zu Manusch, der mit überkreuzten Armen an der Rückwand lehnte. »Macht es dir etwas aus, wenn ich alleine mit Romani rede?«

Manusch zuckte die Achseln. »Kein Problem.« Und mit strengem Blick zu Romani: »Aber du wirst dich anständig benehmen, Freundchen.« Er schloss die Tür leise, aber mit Nachdruck hinter sich.

Theo und Romani musterten einander.

»Also, worum geht es?«

Theo beschloss, direkt zur Sache zu kommen. »Du hast letzte Woche Jenay in ihrer Wohnung besucht.«

»Wer sagt das?«

»Magda. Die Mitbewohnerin. Und«, Theo neigte sich vor, »sie sagt auch, dass ihr gestritten habt, du und Jenay.«

Romani nahm einen Schluck aus der Colaflasche und rülpste. Theo bemerkte den Umfang seiner Oberarme. Solche

Pakete waren mit Training allein nur schwer zu züchten. Er vermutete, dass Romani Anabolika schluckte. Dafür sprach auch die Akne auf seinen Wangen, für die er eigentlich schon zu alt war. Die Hormone ließen zwar die Muskeln schwellen. Sie machten aber auch verdammt aggressiv. Trotzdem, er hatte nicht vor, den Knaben mit Samthandschuhen anzufassen. Der Typ ging ihm wahnsinnig auf die Nerven. Aus dem würde er schon rausholen, was er wissen wollte. »Worüber habt ihr gestritten?«, insistierte er.

»Wüsste nicht, dass das irgendjemanden etwas angeht. Und dich schon gar nicht.«

»Du hast sie ganz schön gern gemocht, oder?« Als Romani weiter schwieg, hakte Theo nach: »Das hat dir bestimmt nicht gefallen, oder? Dass sie ihr eigenes Ding gemacht hat. Mit einer Frau zusammenwohnen, die keine Sinteza ist. Auch noch eine Alleinerziehende! Dass sie sich auf die Bühne gestellt hat, sich von fremden Männern hat anschauen lassen. Aber von dir hat sie nichts wissen wollen, nicht wahr?«

Weiter kam er nicht.

Romani sprang auf, schoss hinter seinem Schreibtisch hervor und stürzte sich auf ihn. Der Bürostuhl, auf dem Theo saß, rollte nach hinten und knallte in voller Fahrt mitsamt den beiden Männern gegen die Containerwand. Romani rappelte sich auf, griff nach Theos Kehle und hob die Faust. Theo winkelte die Beine an, stemmte die Füße mit aller Macht gegen Romanis Leib. Es gelang ihm, seinen Gegner wegzudrücken. Dieser ließ von Theos Hals ab und taumelte nach hinten gegen den Schreibtisch. Dabei stieß er gegen einen Bilderrahmen, der krachend zerbrach. In diesem Augenblick wurde die Tür des Containers aufgerissen. Manusch stürmte herein. »Was ist hier los!«, brüllte er und sah sich um. Dann ging er zu seinem Neffen hinüber und packte ihn am Kragen. »Ich habe dir doch gesagt, du sollst dich benehmen! Du bist wirklich eine Schande für die Familie!«

»Aber dein blöder Kumpel da, der hat so eine Scheiße gelabert!«

»Red' nie wieder in diesem Ton mit mir!« Manusch sagte es leise, doch es klang gefährlich. Er ließ Romani los und lehnte sich wieder mit überkreuzten Armen an die Wand des Containers. »Alles okay?«, fragte er Theo. Der nickte.

Romani allerdings stützte sich mit gebeugtem Rücken auf dem Schreibtisch ab. Sein Atem klang mühsam und pfeifend. Theo kannte die Anzeichen. »Er hat einen Asthmaanfall«, sagte er und wollte zu ihm gehen. Doch der junge Sinto hob abwehrend die Hand. Noch immer schwer atmend ging er um den Schreibtisch herum und zog einen Inhalator aus einer der Schubladen. Manusch betrachtete seinen Neffen nun mit Sorge. Doch das bronchienerweiternde Mittel wirkte zuverlässig und schnell. Schließlich normalisierte sich sein Atem wieder halbwegs. Er richtete sich auf und nickte Manusch zu.

»Also«, sagte der, »vergessen wir dieses unerfreuliche Zwischenspiel. Wo wart ihr stehen geblieben?«

Theo atmete einmal tief durch. »Ich wollte von Romani wissen, worüber er mit Jenay gestritten hat in der Woche vor ihrem Tod.«

»Du hast dich mit meiner Tochter gestritten?«

Romani senkte den Blick. »Ich war gerade in der Gegend. Wollte eigentlich nur nach ihr sehen. Immerhin ist sie meine Cousine.« Romani kratzte sich am Hals. »Ich meine, sie war meine Cousine.«

»Also gut. Was hast du mit ihr besprochen?«

Theo war froh, dass Manusch das Ruder übernahm.

Romani blies die Backen auf und blickte zur Decke. »Ich wollte, dass sie zurückkommt. Zu uns. In die Siedlung«, sagte er schließlich. »Ich fand das nicht gut, wie sie gelebt hat. Und abends immer unterwegs mit den schrägen Typen aus ihrer Band. Oder diesem Türken!« Er blickte kurz zu Theo und verzog das Gesicht. »Sie hat sich ja kaum noch blicken lassen, bei uns, meine ich.«

›Das war ja mal 'ne richtig lange Rede‹, dachte Theo.

»Du hast also geglaubt, dass du dich da einfach einmischen kannst! Du meinst also nicht, dass das, wenn überhaupt, meine Sache gewesen wäre? Immerhin bin ich ihr Vater!«

»Aber du hast ja nicht eingegriffen, und da dachte ich, ich rede mal mit ihr.«

»Sie war erwachsen. Es war ihr Leben. Wir sind freie Menschen. Ich habe es ihr erlaubt!«

»Wie hat sie denn darauf reagiert, dass du sie zurückholen wolltest?«, mischte Theo sich ein.

Romani bückte sich und hob das Foto aus dem zerstörten Bilderrahmen auf. Theo konnte eine Gruppe von Menschen erkennen, die vor einigen altertümlichen Wohnwagen posierten. Die Familie vor vielen Jahren, vermutete er.

Romani betrachtete das Bild in seiner Hand. »Dass es mich nichts angeht, was sie mit ihrem Leben macht, hat sie gesagt«, murmelte er.

»Und das hast du anders gesehen.« Theo übernahm jetzt wieder die Befragung, während Manusch die beiden schweigend beobachtete.

»Immerhin gehört sie zur Familie.«

»Du hast sie gemocht.«

»Klar. Sie war was Besonderes. Sie wollte immer was machen aus ihrem Leben. So wie ich. Hat sich in der Schule ins Zeug gelegt und so. Und dass sie dann diese Ausbildung zur Krankenschwester angefangen hat, das konnte ich auch noch akzeptieren, obwohl es mir nicht gefallen hat. Keinem von uns.«

»Warum? Ist doch eine sinnvolle Aufgabe.«

»Wir haben es eben nicht so mit Krankheit und Sterben«, klinkte Manusch sich ein. »Von solchen Berufen halten wir uns immer noch lieber fern. Die sind gewissermaßen tabu.« Er lächelte entschuldigend. »Bestatter zu werden, wäre da auch keine Option.«

In Theos Kopf tauchte eine Erinnerung auf. In der Siedlung hatten die Männer die Grills angeworfen, man hatte Campingstühle vor den Häusern aufgestellt, und sie hatten in großer Runde zusammengesessen. Manuschs Mutter hatte ihnen fürsorglich immer wieder Würstchen auf den Teller gelegt, ihm und Manusch. Er erinnerte sich noch an den Druck seines überfüllten Magens und dass er sich trotzdem wohlgefühlt hatte. Nicht einmal die bösen Blicke, mit denen Manuschs Großmutter ihn die ganze Zeit durchbohrte, hatten ihn gestört.

Und dann hatte irgendjemand gefragt: »Was macht eigentlich dein Vater so?«

»Der ist Bestatter«, hatte Theo gesagt. Und das Wort fiel wie ein großer Stein in einen Teich und verursachte Wellen, die sich kreisförmig in der Runde ausbreiteten. Plötzlich waren alle still, selbst die, die nicht gehört hatten, was er gesagt hatte, spürten die abrupte Veränderung der Stimmung. Plötzlich waren alle Augen auf Theo gerichtet gewesen.

Es war das letzte Mal, dass er zu Gast bei den Sinti gewesen war.

»Tut mir leid, Alter«, hatte Manusch damals zum Abschied

gesagt. »Ich hätte dir sagen sollen, dass du das besser für dich behältst.« Danach hatten sie sich immer seltener getroffen.

»Ich hätte mich von ihr nicht abwimmeln lassen dürfen.« Romanis Stimme holte ihn aus der Vergangenheit zurück.

»Wäre sie mit mir zusammen gewesen, wäre ihr nichts passiert, aber sie wollte ja nicht, dass ich sie begleite.«

»Wovon sprichst du?« Manusch löste sich von der Wand und machte einen Schritt auf seinen Neffen zu.

»Ich war da. Auf Jenays letztem Konzert. Und ich wollte sie nach Hause bringen.«

»Hast du das der Polizei erzählt? Dass du da warst?«, wollte Theo wissen.

Romani stieß ein bitteres Lachen aus. »Wohl kaum. Erstens hat mich keiner gefragt, und zweitens gab es ja auch nichts zu erzählen. Sie hat gesagt, sie will nicht, dass ich sie nach Hause bringe, und dann bin ich gegangen. End of Story.«

»Trotzdem.«

»Ich hatte einfach keinen Bock auf Stress. Wenn irgendwas passiert und irgendwo ein Zigeuner in der Nähe ist – rate mal, was dann passiert.«

›Sie haben ihn auf dem Kieker‹, dachte Theo. Er wusste, dass die Befürchtung nicht aus der Luft gegriffen war. Er hatte es selbst erlebt. Auf einer Hochzeit hatte eine Sinti-Combo gespielt. Alle waren beste Buddies gewesen. Bis zu dem Moment, an dem einer der Gäste seine Brieftasche vermisste. Der Mann hatte sie später wiedergefunden – aber bis dahin hatte sich der allgemeine Verdacht sofort gegen die Musiker gerichtet.

»Eine Sache fand ich dann allerdings doch komisch.«

Romani schluckte. »Sie ist ziemlich lange stehen geblieben, irgendwo mitten am Veringkanal.«

»Und das weißt du woher?«

»Ich hab ihr Smartphonesignal getrackt.« Romani sah ihn trotzig an.

»Das heißt, du konntest jederzeit orten, wo sie war?«

Romani nickte. Theo überlegte. Das konnte heißen, dass sie jemanden getroffen hatte. Es war kalt geworden in der Nacht, und sie war sicher nicht stehen geblieben, um den Sternenhimmel zu betrachten. Andererseits konnte man bei zarten Musikerseelen nie so recht wissen.

»Und dann?«

»Dann habe ich das Handy eingesteckt und bin nach Hause gefahren.« Er nahm die Colaflasche in die Hand und warf sie an die Wand des Containers, wo sie zerbarst. Die braune Limonade hinterließ dunkle Rinnsale auf einem Kalender mit niedlichen Kätzchen. ›Nichts, was man in einem Schrottplatzbüro erwarten würde‹, dachte Theo bei dem Anblick.

DER SIEBTE TAG

Die Flammen loderten hoch, leckten an der Matratze, tanzten über die Kleider, die Bücher, die Notenhefte, die Gitarre. Alles, was Jenay Munk in ihrem Leben besessen hatte, brannte lichterloh. Die Familie hatte alles zu einem hohen Scheiterhaufen aufgeschichtet – so war es Sitte. Was den Verstorbenen gehörte, wurde verbrannt. Früher war es neben anderen Habseligkeiten auch der hölzerne Wohnwagen gewesen, heute waren es Möbel und alle persönlichen Gegenstände. Schwarzer, beißender Rauch stieg in den Himmel.

Theo hatte sich trotz des Qualms nah ans Feuer gestellt. Er zuckte kurz zurück, als ein glühender Gegenstand mit lautem Knall zerbarst. Funken stoben in alle Richtungen. Von dem bereits schwarz verkohlten Leichnam eines Teddybären würden nur noch die gläsernen Augen übrig bleiben. Theo, der hinter den Kulissen des Krematoriums schon viele menschliche Körper hatte brennen sehen, rührte der Anblick des Teddys seltsam an. Doch was aus heutiger Sicht wie Verschwendung anmutete, war einst, als die Menschen noch an Pest, Cholera und anderen Infektionskrankheiten starben, ein Gebot der Sicherheit für die Lebenden gewesen.

Er fuhr zusammen, als sich eine Hand auf seine Schulter legte. Es war Manusch.

»Hast du mich erschreckt!«

»Komm mit, ich möchte dir jemanden vorstellen.«

Er dirigierte ihn zu einem Grüppchen junger Sinti, die biertrinkend zusammenstanden. »Nino, das ist Theo. Ich habe dir schon von ihm erzählt.«

Nino nickte ihm zu. »Was geht?«, fragte er. Theo schätzte ihn auf Anfang zwanzig. Er trug ein Kapuzenshirt unter einer schwarzen Lederjacke sowie eine der derzeit offenbar unvermeidlichen Raverstrickmützen.

»Theo, das ist Nino, mein Sohn. Er und Jenay haben einander nahegestanden. Ihr solltet euch also mal unterhalten.«

»Alles klar.« Nino wischte sich mit dem Handrücken die wohl durch die Kälte etwas feuchte Nase ab. Er zog die Schultern hoch. »Gehen wir rein.«

»Gerne«, sagte Theo, dem mit zunehmender Distanz zum Feuer ebenfalls kalt geworden war. Er folgte dem jungen Sinto, der schnurstracks auf eines der Reihenhäuser zusteuerte.

»Du musst die Schuhe ausziehen«, sagte Nino, als sie im engen Flur standen, während er sich seine Sneakers bereits von den Füßen trat. »Sonst macht Mama einen Aufstand. Man sollte meinen, dass ihr so was momentan total egal ist. Stattdessen regt sie sich noch mehr auf als sonst.«

Theo tat wie ihm geheißen und folgte dem Sohn seines Freundes auf Strümpfen in einen Raum, der sich als Wohnküche entpuppte: ›Ein Albtraum in Marmor‹, dachte er, ihn erinnerte das vornehme Material unweigerlich an Grabplatten. Hier waren alle vorstellbaren Flächen damit ausgerüstet: die Arbeitsplatten, die Fensterbänke, natürlich der Fußboden und auch der große ovale Esstisch. Trotzdem wirkte das Ganze nicht ungemütlich. Ein paar Zeitschriften, ein Strickzeug und eine angefangene Kinderzeichnung mit einem schiefen Auto lagen auf dem Tisch. Über einen Stuhl hatte jemand eine violette Strickjacke geworfen. Auf der

Arbeitsplatte standen allerlei Körbe mit Obst und Gemüse, Gläser mit diversen Gewürzen sowie ein angeschnittener Napfkuchen. ›Ein Marmorkuchen, was sonst?‹, konstatierte Theo.

Nino steuerte schnurstracks auf das Backwerk zu. »Auch eins?«, fragte er und deutete darauf.

Theo merkte erst jetzt, wie hungrig er war.

»Unbedingt.«

Nino säbelte zwei dicke Scheiben herunter und legte sie auf Teller mit Goldrand, dann tupfte er die herabgebröselte Schokoglasur mit dem Finger auf und lutschte ihn ab wie ein Kind.

»Hat meine Großmutter gebacken«, sagte er.

»Jasminda?«

»Du kennst sie?«

Theo dachte an die Frau, die ihm vor so vielen Jahren ein wenig Mütterlichkeit geschenkt hatte.

»Das ist lange her. Damals war ich noch nicht mal so alt wie du heute.«

»Echt?« Nino war beeindruckt. »Na, das erklärt einiges.«

»Was denn?«

»Warum du hier so plötzlich auftauchst und Papa so tut, als seist du ein Teil der Familie.«

Theo zuckte mit den Schultern. »Ehrlich gesagt bin ich nur hier, weil mich deine Mutter darum gebeten hat.«

»Ich weiß. Sie glaubt, jemand hat Jenay … umgebracht.« Nino setzte sich breitbeinig auf einen Stuhl und trommelte mit den Fingern auf die Marmorplatte.

Theo musste insgeheim über die Machopose lächeln, die die Unsicherheit nur mangelhaft überspielte. »Und du? Was denkst du?«

»Weiß nicht.« Nino betrachtete das Kuchenstück vor

ihm, als habe es sich überraschend aus dem Nichts auf seinem Teller materialisiert. Er griff nach der Gabel, biss in das aufgespießte Kuchenstück und kaute.

Theo schwieg abwartend. Schließlich würgte Nino den viel zu großen Kuchenbissen hinunter. »Ich habe wirklich keine Ahnung.«

»Dann erzähl mir einfach von ihr.« Theo schob sich einen Stuhl zurecht und setzte sich zu ihm.

»Sie war meine kleine Schwester.« Nino biss ein weiteres Mal in den Kuchen. »Als sie noch klein war, kam sie immer sofort zu mir gerannt, wenn sie irgendwas erlebt hatte«, sagte er mit vollem Mund. »Wenn sie hingefallen ist und sich das Knie aufgeschlagen hat. Als Papa ihr ihre erste Gitarre gekauft hat, so ein winziges Kinderding – da war sie neun. Sie war so stolz darauf.« Er schluckte. »Ein paar Jahre später hat sich das geändert. Da kam sie immer seltener. Ihre Probleme hat sie da schon lieber selbst geregelt. Hat sich in ihr Zimmer verzogen und Gitarre gespielt.« Er legte die Gabel auf den Tisch. »Ich habe trotzdem immer gemerkt, wenn was nicht stimmte. Wie es Jenay gerade ging, hat man immer an der Musik gemerkt, die sie gespielt hat. Sogar ich – und ich bin total unmusikalisch.«

Theo schmunzelte. Ein unmusikalischer Sinto. So was gab's also auch. »Was hatte sie denn für Probleme?«

»Na, in der Schule zum Beispiel. Da gab es so eine Clique von Leuten, die hatten sie echt auf dem Kieker. Haben sich immer die Nase zugehalten, wenn sie vorbeigegangen ist. Weil sie doch ein dreckiges Zigeunermädchen war. Einmal haben sie ihr Hundekacke in die Schultasche gesteckt. Da hat es im Klassenzimmer dann furchtbar gestunken.« Zornig bohrte er seine Gabel erneut in das Kuchenstück. »Erzählt hat sie mir das aber erst, nachdem das wohl schon über ein

Jahr so ging. Da habe ich sie weinend in ihrem Zimmer gefunden. Ihr T-Shirt war zerrissen. Schließlich habe ich aus ihr rausgeholt, dass sie sie begrapscht hatten. Da habe ich dann dafür gesorgt, dass die Typen sie nie mehr anfassen.« Herausfordernd sah er Theo an, der sich gut vorstellen konnte, dass Nino furchterregend sein konnte, wenn er wütend war. »Sie hat nur den Realschulabschluss gemacht, dabei war sie schlau genug fürs Abi«, fuhr dieser fort. »Die haben ihr systematisch die Lust an der Schule verdorben. Auch die Lehrer. Die haben einfach nicht gesehen, was sie draufhatte. Das steckt immer noch tief genug in vielen Köpfen drin, dass wir Sinti alle ein bisschen blöd sein sollen.« Er beugte sich vor, die Handflächen fest auf den Tisch gepresst. »Weißt du was? Als meine Großeltern Kinder waren, haben die Lehrer sie in der Schule noch mit Papier und Buntstiften ins Nebenzimmer geschickt. Weil die angeblich zu dumm zum Lesenlernen waren.« Er schnaubte und lehnte sich mit ausgestreckten Armen, die Handflächen noch immer auf die Tischplatte gedrückt, zurück.

Theo, der nicht wusste, was er dazu sagen sollte, schwieg. Nach einer Pause sagte er zögerlich: »Und ist es dann so geblieben, dass dir Jenay ihre Sorgen eher nicht mehr anvertraut hat?«

Nino fuhr sich mit beiden Händen übers Gesicht. »Ab und zu hat sie noch bei mir Rat gesucht. Das kam aber immer seltener vor. Sie hat sich immer mehr von uns entfernt.«

»Und hast du ihr das übel genommen?«

»Nein. Ich war traurig, aber nicht sauer. Dass sie ihren eigenen Weg gehen muss, das habe ich schon ganz früh gewusst. Sie war immer ganz anders als die meisten Mädchen in unserer Familie. Heiraten, Kinderkriegen, das hat sie nicht so interessiert. Aber dass der Weg so kurz sein würde, das habe ich nicht geahnt.«

»Verstehe.« Theo überlegte, was er den Jungen noch fragen konnte, aber ihm fiel nichts ein. Er erhob sich. »Danke jedenfalls für deine Offenheit. Wenn dir noch was einfällt ...« Er legte seine Karte auf den Tisch. Nino griff danach, betrachtete sie geistesabwesend. Dann hob er noch einmal den Kopf und sah Theo an. »Eine Sache war tatsächlich merkwürdig.« Er zögerte. »Ich habe nicht wirklich kapiert, was sie gemeint hat.«

Theo ging zurück zu seinem Stuhl und ließ sich erneut darauf sinken. Erst jetzt bemerkte er, dass er seinen Kuchen überhaupt nicht angerührt hatte.

»Neulich hat Jenay irgendwas Seltsames gesagt. Über ihren Job.« Nino runzelte die Stirn. »So was wie, dass dort im Krankenhaus auch nicht nur lauter nette Menschen arbeiten. ›Unter den weißen Kitteln steckt manchmal ganz schön viel Dreck‹, hat sie gesagt.«

›Da schau mal einer an‹, dachte Theo.

Draußen wurden plötzlich aufgeregte Stimmen laut. Nino erhob sich mit einem Ruck, ging schnellen Schritts zum Küchenfenster und schob die Gardine beiseite. »Verdammt!«, sagte er. Dann machte er kehrt, schlüpfte in seine Sneakers und rannte aus dem Haus. Theo beeilte sich, ebenfalls seine Schuhe wieder anzuziehen, und folgte ihm.

Auf dem Platz, auf dem immer noch das Feuer züngelte, standen zwei Streifenpolizisten. Der eine, ein jüngerer Vertreter seiner Art, aber mit stattlicher Plauze, stand stramm und breitbeinig da, die Daumen in die Gürtelschlaufen gehakt. Der andere, ein fit wirkender Typ Ende vierzig, hatte die Dienstmütze nach hinten geschoben und kratzte sich an der kahlen Stirn. Vor ihm standen mehrere Sinti, die gestikulierend auf ihn einredeten.

»Offenes Feuer ist nun mal ohne Genehmigung verboten, Leute«, hörte Theo den Kahlköpfigen sagen, als er näher kam. »Und die gibt's höchstens an Ostern.«

»Polizeiobermeister Klasen, nicht wahr?«, sagte Theo und streckte ihm die Hand hin.

Der Polizist blickte ihn verwirrt an. Dann erhellte eine Erkenntnis seine Züge. »Sieh an, der Herr Bestatter. Matthies, nicht wahr? Was machen Sie denn hier?« Klasen war im Jahr zuvor dabei gewesen, als die Polizei Theo aus einer misslichen Lage befreien musste.

»Waren Sie nicht bei dieser Spezialeinheit?«, fragte Theo.

Klasen zuckte die Schultern. »Ich muss ein bisschen kürzertreten. Die Pumpe, wissen Sie?« Er deutete auf seinen noch immer muskulösen Brustkorb. »Bürodienst ist nichts für mich, da geh ich ein. Also gehe ich wieder auf Streife.«

»Kann ich verstehen.« Theo blinzelte ihm zu. »Und hier? Was gibt's hier für ein Problem?«

»Na ja, offenes Feuer ist verboten. Das gibt ein ziemlich saftiges Bußgeld. Leider.«

»Können Sie nicht ein Auge zudrücken? Die Leute hier haben gerade ein junges Mädchen verloren. Und das hier«, er breitete die Arme aus, »ist gewissermaßen ein traditionelles Trauerritual.«

Der Polizist verzog das Gesicht zu einer mitfühlenden Grimasse. »Die Kleine aus dem Veringkanal?«

»Ebendie.«

»Schlimme Sache.« Er ließ den Blick über die Menschen wandern, die ihn schweigend ansahen. Sein Kollege starrte unterdessen unbewegt in die züngelnden Flammen, von denen noch immer beißender Qualm aufstieg.

»Also eine Art religiöse Zeremonie, oder wie?«

Theo nickte, obwohl er wusste, dass das nicht so ganz stimmte.

»Na, dann wollen wir mal nicht so sein. Aber das nächste Mal holen Sie sich vorher eine Genehmigung, Herrschaften, wenn ich bitten darf!«, sagte er dann laut an die Familienmitglieder gewandt.

Manusch trat vor und streckte dem Polizisten die Hand entgegen. »Natürlich. Vielen Dank«, sagte er ruhig.

Der Polizist schüttelte sie verlegen. »Also dann, nichts für ungut.« Er tippte sich noch einmal an die Mütze und stiefelte in Richtung Streifenwagen. »Komm schon, Jens«, sagte er im Vorübergehen zu seinem Kollegen, der noch immer in die Flammen starrte. Der riss sich vom Anblick los. »Hast du das gesehen? Die haben da sogar einen Flachbildschirm verbrannt, glaube ich.« Theo sah, wie er im Weggehen den Kopf schüttelte. »Ist doch total verrückt.«

Theo atmete aus und merkte erst jetzt, wie angespannt er gewesen war. Ein Eklat mit der Polizei hätte noch gefehlt.

Manusch kam herüber zu ihm. Er lächelte. »Gut gemacht, Meister.« Er deutete mit einer Kopfbewegung zu einem der Häuser. »Hast du noch einen Moment? Der alte Eduard will dich sprechen.«

Der alte Mann saß mit dem Rücken zur Tür, als Theo das Zimmer betrat. Langes, weißes Haar fiel ihm in Wellen bis über die Schultern. Er erinnerte Theo an den Zauberer Gandalf aus »Herr der Ringe«. Nur dass dieser natürlich nicht in einem Rollstuhl saß. Unbewegt blickte er durch das Fenster auf das Feuer, das in der Mitte des Platzes nach und nach erlosch. Theo blieb abwartend in der Tür stehen und schaute sich verblüfft um. So etwas hatte er noch nie gesehen. In deckenhohen Regalen, an allen Wänden, auf der Anrichte, den Beistelltischchen – überall standen und hingen Uhren in allen nur denkbaren Ausführungen. Da gab es mehrere Schweizer Kuckucksuhren, aufwendig mit Blüten und Putten verzierte Messinguhren, einen riesigen digitalen Radiowecker, vermutlich einer der ersten seiner Art. Zwei Standuhren, eine schwarz, eine weiß, die um die Wette ihre Pendel schwangen. Uhren in Form von Schweinchen, Pinguinen und Hasen, große, kleine, hübsche, scheußliche: ein unfassbares Sammelsurium. Und sie alle tickten um die Wette. Es klang wie das Wispern von tausend Stimmen. Theo schwirrte der Kopf.

Schließlich griff der Alte in die Räder seines Rollstuhls und drehe sich überraschend behände zu Theo um. Er war sorgfältig gekleidet: schwarze Nadelstreifenhose blütenweißes Seidenhemd, darüber eine Weste, aus deren Tasche die Kette einer Taschenuhr hing.

»Die meisten davon waren ein Geschenk«, sagte er unvermittelt. »Tatsächlich habe ich Uhren immer gemocht, mit ihrer wunderbaren raffinierten Mechanik. Aber als ich dann ein paar Exemplare hatte, haben die Leute angefangen, mir immer mehr davon zu schenken. Die Sache hat sich vollkommen verselbstständigt.« Er lächelte und tausend Falten gruben sich tiefer in sein Gesicht.

»Ich habe jede einzelne von ihnen behalten«, fuhr der Alte fort. »Sie erinnern mich jeden Tag daran, wie schnell die Zeit verstreicht.« Er hob die buschigen weißen Brauen. »Ich erinnere mich an dich, du warst früher schon bei uns in der Siedlung.«

»Das stimmt.« Theo war überrascht, dass der alte Mann ihn nach so langer Zeit noch erkannte. »Ich bin Theo, Theo Matthies.« Er streckte ihm die Hand entgegen.

Der ergriff sie. An seinem kleinen Finger bemerkte Theo einen schweren Siegelring. »Der Sohn des Bestatters.«

»Jetzt bin ich der Bestatter.«

»Du bist wegen Jenay gekommen.« Das war eine Feststellung, keine Frage.

»Rubina hat mich darum gebeten.«

Der alte Mann schwieg und blickte zum Fenster. »So was machen wir immer seltener«, sagte er dann. Seine Stimme klang sachlich.

»Was denn?«

»Dass wir den Besitz unserer Toten verbrennen.« Er verzog das Gesicht zu einem bedauernden Lächeln. »Man kann es ja verstehen, dass die Leute die Dinge der Toten zum Angedenken behalten wollen, aber mit jedem Stück Tradition, das stirbt, verschwindet auch ein Stück unserer Seele. Aber setz dich doch.«

»Danke.« Theo nahm auf einem rostroten, kratzigen Sofa Platz, während der Alte seinen Rollstuhl gekonnt zwischen eine Standuhr und einen Sessel manövrierte.

Wie auf ein Stichwort wieselte eine kleine Frau herein, in den Händen ein Tablett mit einer Teekanne und Keksen. Sie schien kaum jünger zu sein als der Mann. Dennoch überwogen in dem langen Haar, das sie mit einer goldenen Spange am Hinterkopf zusammengefasst hatte, noch immer die schwarzen Strähnen. Wortlos schenkte sie den Tee ein und verschwand wieder ohne ein Wort.

»Das war meine Frau. Millie. Sie spricht nicht gern mit Fremden«, sagte der Alte entschuldigend. »Bedien' dich.« Er machte eine einladende Geste. Dabei rutschte der Ärmel seines Seidenhemds nach oben und entblößte eine Reihe eintätowierter Zahlen und einen diesen vorangestellten Buchstaben. »Z« hatten ihm die Aufseher im KZ in bläulicher

Farbe vor mehr als 70 Jahren in die Haut gestanzt. »Z« wie Zigeuner.

›Auschwitz‹, dachte Theo. Er wusste nicht, aus welchem Winkel seines Hirns die Information aufgetaucht war, dass das Eintätowieren der Nummern nur dort Praxis gewesen war.

»Was kann ich für Sie tun?«, fragte Theo.

Der Alte musterte ihn, griff dann nach seiner Tasse und nahm bedächtig einen Schluck Tee. Seine Augen waren ungewöhnlich für einen Sinto, blau unter einem milchigen Film, den das Alter darübergelegt hatte. »Danke, dass du gekommen bist. Ich wollte mir einfach gern ein Bild von dir machen. Immerhin ist es meine Urgroßnichte, um deren Tod es hier geht. Und ich sorge mich um alle meine Familienangehörigen – die lebenden wie die toten.«

»Offen gesagt weiß ich selbst nicht genau, ob ich überhaupt etwas ausrichten kann. Die Polizei hat den Fall bereits untersucht.«

»Nimm es mir nicht übel. Aber mit der Polizei haben wir nicht immer die allerbesten Erfahrungen gemacht.«

»In diesem Fall können Sie unbesorgt sein, glauben Sie mir. Ich kenne die ermittelnde Kommissarin. Sehr gut sogar. Hadice Öztürk ist viel zu intelligent und zu integer, um voreingenommen zu sein.«

Der Alte lachte. »Das glaubst du wirklich, oder?«

»Ich kenne Hadice wirklich schon sehr lange.«

»Daran zweifle ich nicht. Und vielleicht hat deine Kommissarin auch tatsächlich die allerbesten Absichten. Aber darum geht es nicht, mein Junge.«

›Worum denn sonst?‹, dachte Theo, schwieg jedoch. Der alte Mann flößte ihm noch immer genauso viel Respekt ein wie zwei Jahrzehnte zuvor.

»Wir alle sind voreingenommen. Jeder Einzelne von uns«, fuhr der Alte fort und fixierte Theo mit seinen milchigen Augen. »Jeder von uns ist geprägt von den Erfahrungen, die er im Laufe seines Lebens gemacht hat, und von den Wahrheiten, die ihm vermittelt wurden. Wir können also gar nicht vorurteilsfrei sein.« Er machte eine Pause und musterte Theo, als wollte er überprüfen, ob dieser ihm folgen konnte. »Und das ist ja auch gut so«, fuhr er fort. »Die Furcht vor dem Fremden, das ist ein uralter Reflex, der überlebenswichtig ist. Und er führt dazu, dass wir allen, die anders sind als wir, mit Misstrauen begegnen. Die einen mehr, die anderen weniger. Das ist ganz natürlich.«

Theo nickte nachdenklich. Der alte Mann hatte recht. Wenn ihm ein Glatzkopf mit Springerstiefeln begegnete, erwartete er auch nicht unbedingt, dass er ein netter Kerl war. »Wir können unsere Vorurteile aber überwinden«, wandte er ein.

»Sicher«, nickte der Alte. »Wenn wir dazu den Mut haben – und den Willen. Ich persönlich habe mich schon sehr früh entschieden, das nicht zu tun.« Er lachte über Theos verdutzte Miene. »Wir Sinti sind natürlich ganz besonders misstrauisch. Das haben uns Jahrhunderte der Ausgrenzung und Verfolgung gelehrt. Darum bleiben wir lieber für uns – aber nicht nur deswegen.« Er machte eine Pause, um einen weiteren Schluck Tee zu trinken. »Wir stecken in einem Teufelskreis. Wenn wir uns mehr öffnen, mehr anpassen würden, uns mehr unter euch Gatsche, euch Nicht-Sinti, mischen, dann würden wir über kurz oder lang unsere Identität verlieren – und damit unsere Seele. Tun wir das aber nicht, wird man uns weiterhin mit Misstrauen, Ablehnung und Feindlichkeit begegnen. So ist das nun einmal. Ich bin bereit gewesen, diesen Preis zu zahlen, und ich tue alles, um unsere Traditionen zu erhalten und an die nächste Generation weiterzugeben. Aber ich kann auch junge Leute verstehen, die ein anderes Leben wählen – so wie Jenay. Ich frage mich nur, ob nicht der Tod der Preis ist, den sie für ihre Freiheit zahlen musste.«

»Sie meinen, Jenay musste sterben, weil sie eine Sinteza war und das jemanden gestört hat?«

Der Alte wiegte den Kopf. »Nicht unbedingt, vielleicht musste sie sterben, weil sie aufgehört hat, eine zu sein.«

›Und das kann natürlich zweierlei bedeuten‹, dachte Theo bei sich. ›Entweder, dass Jenay gestorben ist, weil sie die Geborgenheit der Sippe verlassen hat. Oder aber, dass jemand aus dem Clan für ihren Tod verantwortlich ist, der mit ihrem Weg nicht einverstanden war.‹ In diesem Moment begann die schwarze Standuhr die volle Stunde zu schlagen. Unmittelbar darauf fielen die anderen Uhren ein – eine Kakofonie von Klängen, gemischt mit den Rufen der Kuckucksuhr.

»Wir haben einen XXL reingekriegt«, begrüßte May ihn, als er wieder im Bestattungsinstitut angekommen war. »XXL«, das war ihr Code für stark fettleibige Verstorbene, die sie immer zu zweit versorgten.

»Geht klar, ich zieh mich nur rasch um.«

Der Mann lag auf dem stählernen Versorgungstisch wie ein gestrandeter weißer Wal. Sein mächtiger Bauch wölbte sich grotesk in die Höhe, die Oberschenkel waren so dick, dass er zu Lebzeiten einen watschelnden Gang gehabt haben musste. Die geschlossenen Augen wurden von Fettwülsten fast erdrückt, sein Kopf ging fast übergangslos in den Rumpf über. Hände und Füße wirkten an dem aufgeblasenen Leib unverhältnismäßig klein. Erst auf den zweiten Blick entdeckte Theo, dass er mit 100 Kilo weniger ein auffallend attraktiver Mann gewesen wäre: mit dichtem dunklem Haar, langen Wimpern, einem gut geschnittenen Mund und einem Grübchen im Kinn, für das ihm die Frauen zu Füßen gelegen hätten. Für seine Leibesfülle war der Tote viel zu jung gewesen.

»Stanislaw Lewinsky, Herzinfarkt mit 34 Jahren«, informierte May ihn. »Der hat sich buchstäblich zu Tode gefressen.« Ihre Worte klangen sachlich, nicht zynisch.

Theo seufzte. Kundschaft in Übergröße hatten sie von Jahr zu Jahr häufiger. Hatte sein Vater einst die extragroßen Särge noch bei Bedarf geordert, hatten sie inzwischen immer ein, zwei Exemplare in ihrem Lager vorrätig.

Als Arzt machte es Theo wütend, dass die Politik so wenig unternahm, um die voranschreitende Verfettung der Bevölkerung zu bremsen. Man beschränkte sich darauf, die Menschen gebetsmühlenartig zu ermahnen, sich mehr zu bewegen und gesünder und weniger zu essen. Das war ungefähr so effektiv, wie einem Alkoholiker zu sagen, er solle es doch bitte bei einer Flasche Bier am Tag belassen. Übermäßiges Essen war ebenso eine Sucht wie Alkohol – oder Nikotinabhängigkeit. Auch Zucker und Fett aktivierten das Belohnungszentrum im Gehirn. Trotzdem wurde Übergewicht erst dann als Krankheit anerkannt, wenn es bereits massiv war – zu einem Zeitpunkt also, an dem es sich kaum noch wieder effektiv abbauen ließ. Es war ein Trauerspiel, und eines seiner Opfer lag nun bei ihnen auf dem Tisch.

In gemeinsamer Anstrengung drehten und wendeten sie den Körper, um ihn für die Abschiednahme seiner Familie herzurichten. Als sie ihn schließlich mithilfe der Hebevorrichtung in seinen Sarg gebettet hatten, war Theo trotz der kühlen Temperaturen, die im »OP« herrschten, schweißgebadet. May hingegen wirkte frisch und kühl wie immer. Theo fragte sich, ob sie jemals schwitzte. Dankbar schälte er sich aus seinem grünen Kittel.

»Ich hoffe, sie lassen ihn einäschern.«

Theo wusste, worauf May hinauswollte. Stark übergewichtige Menschen verwesten nur schlecht. Das Fett unter ihrer Haut verwandelte sich häufig in eine wachsartige Substanz, die über Jahrzehnte in der Erde überdauern konnte. Für die Totengräber, die nach Ablauf der Ruhepflicht das Grab auflösen mussten, war das eine schaurige Angelegenheit.

DER ACHTE TAG

Am nächsten Tag machte sich Theo gleich nach dem Frühstück auf ins Wilhelmsburger Krankenhaus Groß-Sand. Es lag am Veringkanal direkt neben einem Wilhelmsburger Wahrzeichen, dem Wasserturm. Das backsteinerne Bauwerk mit dem typisch hanseatischen, mit Grünspan bedeckten Kupferdach hatte Anfang des 19. Jahrhunderts der Altonaer Architekt Wilhelm Brünicke gestaltet. Es war an der Elbbucht am Großen Sand errichtet worden, ein schwieriger Untergrund, weshalb man für den Bau des Turmes zwölf mächtige Pfähle in den Sand hatte rammen müssen. Anlass für den Bau waren die Menschen gewesen, die in der florierenden Wollkämmerei Arbeit fanden. Die Zahl der Anwohner auf der Elbinsel erhöhte sich rasant. Nachdem verseuchtes Wasser 1902 eine Typhusepidemie ausgelöst hatte, wurde zur Versorgung der Bewohner der Wasserturm gebaut. Gleichzeitig entstand ein erstes kleines Krankenhaus, das von der katholischen Kirche gegründet worden war – denn die meisten Einwanderer kamen aus Polen und waren katholischen Glaubens.

Katholisch war das – inzwischen mit mehr als 200 Betten ausgerüstete – Krankenhaus noch heute. Theos erste Erinnerung daran war eher unangenehm gewesen. Er war im Alter von 13 Jahren beim Klettern von einem Pflaumenbaum im Garten seiner Eltern gestürzt und hatte sich das Bein gebrochen. Wochenlang lag er mit eingegipstem hochgelagertem

Bein in der Klinik – damals noch gängige Praxis. Als der juckende Gips schließlich entfernt wurde, war sein linkes Bein grotesk dünn gewesen.

Bis zu seinem Termin mit Dr. Michel Dibrani, dem Leiter der Pädiatrie, in der Jenay zuletzt gearbeitet hatte, hatte er noch ein wenig Zeit. Er ging die paar Schritte hinunter zum Kanal. Früher war hier eine Durchfahrtsstraße gewesen. Im Rahmen der Sanierung der Kanalanlagen mündete die Straße zum Wasserturm und Krankenhaus nun in eine Sackgasse. Jetzt, in der Frühlingssonne, mit den zartgrünen Büschen und einer Japanischen Kirsche, die schon erste Blüten trieb, war es ein ausgesprochen idyllischer Ort.

Doch Theo hatte keinen Blick für den Zauber und auch nicht für die Schönheit des glitzernden Wassers des Kanals. Er dachte daran, wie Jenays Leichnam hier vor zwei Wochen, sich tief unten am Grund überschlagend, vorbeigetrieben war, mit blinden Augen und weit geöffnetem Mund, die Lungen voller Elbwasser. Schließlich war ihr Körper in der Schleuse hängen geblieben, die er von seinem Standpunkt aus sehen konnte. Bis sich der Haken eines Anglers darin verfangen hatte. Sonst hätte man sie wohl erst sehr viel später gefunden, wenn die Gase, die die Bakterien in ihren Innereien freigesetzt hätten, sie so weit aufgebläht hätten, dass ihr Leib an die Oberfläche gestiegen wäre. Ihn schauderte in der warmen Sonne. An den Anblick von Wasserleichen würde er sich nie gewöhnen.

Er wandte sich ab und ging zum Hauptgebäude hinüber, das mit seinem moderneren gläsernen Satellitenanbau über eine ebenso gläserne Brücke verbunden war. In einer Ecke des Foyers wartete eine greise Türkin in Kopftuch und langer Hose unter dem Kittel offenbar geduldig darauf, zur ambulanten Sprechstunde vorgelassen zu werden. Neben ihr saß ein kleines Mädchen und ließ die Beine baumeln. Theo schätzte das Kind auf sieben oder acht Jahre. Noch immer sprachen die Gastarbeiterfrauen der ersten Generation oft kaum Deutsch, sodass die Kinder – und nun offenbar auch die Enkelkinder – als Dolmetscher einspringen mussten.

Das Mädchen begann, in der Nase zu bohren. »Lass das, Selma, so was machen junge Damen doch nicht«, sagte die alte Frau. Sie sagte es in perfektem Hochdeutsch.

›Manche Dinge ändern sich eben doch‹, dachte Theo überrascht und leicht beschämt.

Er nickte der Frau am geschwungenen Empfangstresen kurz zu und machte sich dann auf in die pädiatrische Abteilung.

Das Krankenhaus Groß-Sand kannte er wie seine Westentasche. Er hatte hier vor mehr als zehn Jahren sein PJ – sein praktisches Jahr – im Anschluss an das Medizinstudium gemacht. Hundert Wochenstunden Arbeit, nicht selten 30-Stunden-Schichten – aber endlich mit Patienten arbeiten dürfen!

Über den Kontakt zu Schwester Heidemarie hatte er schnell und unbürokratisch einen Termin mit Jenays ehemaligem Chef bekommen. Heidemarie, inzwischen 62 Jahre alt, war erst Schwesternschülerin, dann Krankenschwester und schließlich Oberschwester in Groß-Sand geworden. Und da ihr die Menschen – Patienten, wie auch das Personal – das Herz ausschütteten, wusste Heidemarie alles. Über jeden. Ob Chefarzt oder Hilfspfleger. Heidemarie hatte die besten Kontakte. Und das war der Grund, warum Theo mit ihr hatte reden wollen.

»Theo Matthies!«, hatte sie erfreut in den Hörer gerufen, als Theo auf gut Glück ihre alte Handynummer gewählt hatte. »Das ist ja Ewigkeiten her. Wie geht es dir?«

»Alles in allem ganz gut«, antwortete er verlegen. Ihm graute jedes Mal davor, Menschen, die er lange nicht gesehen hatte, von den Umbrüchen in seinem Leben zu berichten. Dem Tod seiner Frau. Seinem Entschluss, den Arztberuf an den Nagel zu hängen und als Bestatter zu arbeiten. All das rief immer wieder erneut betroffenes Schweigen und unbeholfene Beileidsbekundungen hervor, die ihm unangenehm waren.

»Seltsam, dass wir uns in den letzten Jahren nicht über den Weg gelaufen sind. Du bist ja wohl jetzt wieder häufig da, um unsere armen Verstorbenen abzuholen.«

›Natürlich‹, dachte Theo. Natürlich war Heidemarie im Bilde. Wie hatte er daran auch nur einen Moment zweifeln können! Er lächelte in sich hinein und fragte sich, ob sie ihr Haar noch immer buschfeuerrot färbte.

»Es geht um Jenay«, sagte er. »Jenay Munk.«

»Ach Gott, das arme Ding! Wenn Menschen so jung sterben, ist das immer eine Tragödie.« Sie schwieg, um Theo Raum zu geben, sein Anliegen vorzubringen.

»Um offen zu sein, ich kenne ihre Eltern von früher, und die haben mich gebeten, mich noch einmal ein wenig umzuhören.«

»Da sprichst du am besten mit Michel Dibrani, ihrem Chef.«

Theo erinnerte sich noch gut an den dynamischen kleinen Mann, dem er auf der Beerdigung begegnet war.

»Und wie ist er so?«

»Oh, sehr charmant. Du wirst ihn mögen.«

Aber es schwang etwas Unterschwelliges in Heidemaries Stimme mit, das ihn aufhorchen ließ.

Und genau daran musste er jetzt denken.

Die Kinderstation des Krankenhauses Groß-Sand sah genauso aus wie alle übrigen Abteilungen. Nur dass hier nicht Bilder mit maritimen Motiven die Wände schmückten – eine Reminiszenz an die unmittelbare Nähe des Hafens –, sondern Kinderzeichnungen.

Michel Dibrani kam ihm federnden Schrittes entgegen, wobei Theo ihn genauer in Augenschein nahm: ein zierlicher, braun gebrannter Mann mit sehr kurz geschnittenem, fast schwarzem Haar. Theo schätzte ihn auf Anfang dreißig. Er ergriff Theos Hand mit breitem Lächeln. »Dr. Matthies? Willkommen! Bitte begleiten Sie mich doch in mein Kabuff.« Wie schon auf Jenays Beerdigung fiel Theo der leichte französische Akzent auf. Dibrani dirigierte ihn in sein Büro, das in der Tat winzig war. »Möchten Sie einen Kaffee?«

»Sie retten mir das Leben.« Theo fühlte sich von seinem energiesprühenden Gegenüber überwältigt. Obwohl seine Herzlichkeit ein wenig überzogen, ja aufgesetzt wirkte, konnte man sich seines Charmes nicht entziehen.

»Dauert nur einen winzigen Moment.« Dibrani wirbelte wieder hinaus. Theo holte erst einmal Luft und sah sich um. Auch hier waren die Wände mit Kinderzeichnungen gepflastert. Auf vielen entdeckte er die mehr oder weniger ungelenke Darstellung eines schwarzhaarigen Mannes mit breitem Lächeln, gekleidet in etwas, das offenbar ein weißer Arztkittel sein sollte. An der Hand hielt er jeweils ein Kind. Dibrani war bei seinen kleinen Patienten offenbar ausgesprochen beliebt. Schon war er wieder zurück, in der Hand, wie Theo erfreut feststellte, nicht etwa Kaffeebecher mit dem üblichen Krankenhausgebräu, sondern zwei Espressotassen, denen deutlich luxuriöserer Duft entstieg. Schwungvoll stellte Dibrani die beiden Tassen auf den Tisch und schlüpfte dann hinter seinen Schreibtisch.

»Oh«, sagte er zerknirscht, »ich habe ganz vergessen zu fragen, ob Sie Zucker möchten oder Milch.«

Theo schüttelte den Kopf. »Grässliche Vorstellung.«

Dibrani strahlte. »Sie sind ein Mann nach meinem Herzen.« Er legte sich eine Hand auf die Brust und verdrehte die Augen. »Mich schüttelt es auch immer bei dem Gedanken.« Dann wurde er ernst. »Heidemarie hat mich gebeten, mit Ihnen zu sprechen.«

»Vielen Dank, dass Sie sich die Zeit nehmen.«

Dibrani beugte sich verschwörerisch vor. »Sie haben doch selbst hier gearbeitet. Heidemarie etwas abschlagen – undenkbar.«

Theo lachte.

»Sie sind wegen Jenay Munk hier.«

»Richtig.« Theo machte eine Pause. Suchte nach einem Anfang. Sein Gegenüber musterte ihn mit aufmerksamem Blick aus ungewöhnlich goldfarbenen Augen.

»Sie glauben, an ihrem Tod ist etwas faul«, sagte der Arzt direkt.

»Ihre Mutter glaubt das – sie ist eine alte Freundin von mir. Und ehrlich gesagt, je mehr ich mich mit der Sache beschäftige, desto dubioser erscheint sie mir.«

»Und nun möchten Sie von mir wissen, ob mir irgendetwas, sagen wir mal Ungewöhnliches, aufgefallen ist.«

»Das wäre sehr hilfreich.« Theo zweifelte nicht daran, dass hinter dem goldgelben Blick ein hellwacher Verstand und eine hervorragende Beobachtungsgabe steckten. ›Tigeraugen‹, dachte er.

Dibrani griff nach seiner Tasse, trank einen Schluck und stellte sie bedächtig wieder ab.

»Glauben Sie mir. Darüber habe ich in den letzten Tagen immer wieder nachgedacht. Eine junge Frau stürzt nachts in einen Kanal und ertrinkt. So etwas passiert. Aber es passt einfach nicht zu Jenay. Sie war ein Mensch, der besonders …« Er suchte nach dem richtigen Wort. »Nicht vorsichtig oder ängstlich, aber umsichtig war. Und sie war immer sehr beherrscht. Nein, ich halte es für schwer vorstellbar, dass das ein Unfall war.«

Theo war überrascht. Mit einer derart klaren Aussage hatte er nicht gerechnet.

Ein amüsierter Blick blitzte in den Augen des Kinderchirurgen auf. Ihm schien es Spaß zu machen, sein Gegenüber aus dem Konzept zu bringen.

»Sie haben sie gut gekannt«, stellte Theo fest.

»Ja, das habe ich wohl. Soweit das überhaupt möglich war. Wissen Sie, Jenay war nicht besonders mitteilsam. Aber das eine oder andere hat sie doch durchblicken lassen.« Er rückte eine Gipsbüste auf seinem Schreibtisch zurecht, die Napoleon darstellte. Dibrani zwinkerte ihm zu. »Scheußliches Ding, nicht wahr? Ein Geschenk meiner Kollegen.« Dann wurde er wieder ernst. »Jenay hatte offenbar Probleme mit ihrer Familie. Vor allem mit ihrer Mutter. Wegen ihrer Berufswahl. Und weil sie, jung und unverheiratet, wie sie war, ausgezogen ist. Ich habe sie darin bestärkt, ihren eigenen Weg zu gehen. Man hat ja nur dieses eine Leben.«

Sein Tonfall ließ Theo aufhorchen. Er fand, dass es ein wenig klang, als spräche er auch von sich selbst. Vorsichtig gab er zu bedenken: »Aber sich von seiner Familie zu distanzieren, das ist ein hoher Preis.«

»Glauben Sie mir, niemand weiß das besser als ich.« Dibranis Lächeln wirkte plötzlich tieftraurig.

»Aber Jenay war eine Sinteza – da ist die Familie besonders wichtig«, wandte Theo ein. »War das hier im Krankenhaus eigentlich bekannt?«

»Nun, sie hat da nie ein Geheimnis draus gemacht. Im Gegenteil: Sie war sogar stolz darauf. Sie war sehr ... geradlinig.«

»Und? Hat sie irgendwann mal Probleme bekommen – deswegen oder wegen etwas anderem?«

»Nicht dass ich wüsste.«

Draußen auf dem Flur erklang das Getrappel kleiner Füße, eifrige Kinderstimmen, Gekicher.

Dibrani lächelte nachsichtig. »Sobald es den Zwergen besser geht, sind sie außer Rand und Band.«

»Sie können gut mit Kindern«, stellte Theo fest und deutete auf eine weitere Kinderzeichnung, die auf dem Schreibtisch lag. Sie zeigte ein Strichmännchen im weißen Kittel mit schwarzen Locken, abstehenden Ohren und zwei Gebilden, die offenbar Engelsflügel darstellen sollten.

»Oh, das.« Dibrani griff danach. »Das hat mir Kiki gemalt. Der habe ich gestern den Blinddarm rausgenommen. Keine große Sache. Ich habe ein bisschen den Verdacht, sie spekuliert darauf, dass sie eher nach Hause darf, wenn sie sich bei mir einschmeichelt.« Er zwinkerte Theo zu. »Aber es stimmt schon, ich kann gut mit Kindern«, fuhr er fort. »Dabei kann ich nicht einmal behaupten, dass ich sie übermäßig mag.« Ein amüsiertes Lächeln zuckte um seine Mundwinkel. Theo starrte ihn an. »Warum sind Sie Pädiater geworden, wenn Sie keine Kinder mögen?«

»So ist es nun auch wieder nicht. Ich verkläre Kinder nur nicht so, wie andere das tun. Es gibt ausgesprochen nette und ausgesprochen grässliche Exemplare – so wie bei Erwachsenen eben auch. Wobei die Quote mit zunehmendem Alter zugegebenermaßen steigt – die der grässlichen Exemplare, meine ich.« Er neigte den Kopf zur Seite. »Sie sind immer noch schockiert.«

»Ich bin eher – verwirrt. Gute Kinderärzte sollten Kinder mögen, meinen Sie nicht?«

»Offen gestanden sehe ich das anders. Wer ein guter Arzt sein will, darf nicht zu sentimental sein, was seine Patienten betrifft. Und glauben Sie mir, ich bin ein sehr guter Arzt, Dr. Matthies.«

Theo schwieg. Der Mann vor ihm irritierte ihn. Er fühlte sich gleichermaßen von ihm angezogen, wie von seinen Worten abgestoßen. Und er war sich nicht sicher, ob Dibrani tatsächlich meinte, was er sagte, oder ob er ihn, Theo, nur ein wenig provozieren wollte.

»Sentimentalität verunsichert uns nur«, fuhr Dibrani fort, »sie hindert uns, das Richtige für unsere Patienten zu tun, auch wenn das mit Risiken und Schmerzen verbunden ist. Ihnen Therapien zuzumuten. In ihr Fleisch zu schneiden. Ihren Brustkorb aufzusägen, um an ihrem Herzen zu operieren. Bei Kindern fällt das den meisten noch schwerer. Und es ist ja ohnehin schwierig genug, an diesen winzigen, empfindlichen Körpern zu arbeiten. Rein handwerklich, meine ich. Ich finde, das ist eine spannende, eine einzigartige Herausforderung.« Dibranis Augen leuchteten.

Theo war lange genug selbst Chirurg gewesen, um zu wissen, wovon der Arzt sprach. Im OP zu stehen, hatte ihm jahrelang einen einzigartigen Kick gegeben. Die absolute Präzision, die gefordert war, die Schnelligkeit, mit der man Entscheidungen treffen musste, das alles hatte ihn einst in eine Art Rausch versetzt, den er noch heute vermisste. Je schwieriger der Eingriff, desto größer der Adrenalinstoß – und die anschließende Euphorie, wenn alles glattgegangen war. Oh ja, Theo verstand nur zu gut, wovon Dibrani sprach. Dennoch bereitete ihm dessen Offenheit Unbehagen. Der Mann brannte für seinen Beruf, zweifellos, doch es war ein kaltes Feuer. Die Kinder, um die es ging, schienen zumindest nicht die erste Rolle für ihn zu spielen. Aber war es bei ihm, Theo, damals anders gewesen?

Er schüttelte die Gedanken ab und beschloss, nicht um den heißen Brei herumzureden. »Sie scheinen bei Ihren kleinen Patienten überaus beliebt zu sein, und ich wette, bei deren Eltern und Ihren Kollegen sind Sie es auch.« Er zögerte kurz, dann sprach er weiter. »Andererseits scheinen Sie selbst Ihre Mitmenschen nicht übermäßig zu schätzen. Wie passt das zusammen?«

Dibrani öffnete eine Keksdose, die auf dem Tisch stand und die randvoll mit Süßigkeiten gefüllt war. Er bot Theo davon an, der aber ablehnte. Dibrani selbst fischte sich eine Lakritzschnecke heraus. »Eigentlich sind die ja für meine Patienten, aber ich fürchte, die meisten esse ich selbst.« Er klopfte sich schmunzelnd auf den kleinen Bauch, der sich unter seinem Kittel wölbte. »Um auf Ihre Frage zurückzukommen, ich lasse es mir nicht unbedingt anmerken, wenn ich jemanden nicht mag. Das ist meistens, sagen wir mal, wenig hilfreich.« Er zwinkerte Theo zu und begann, die Lakritzschnecke abzurollen. »Und wie ich schon sagte, mag ich manche Menschen durchaus.«

»Aber Sie lassen niemanden an sich heran.«

Dibranis goldgelbe Augen funkelten amüsiert. »Sie haben recht. Auch das ist nur selten hilfreich.«

Theo starrte ihn stirnrunzelnd an. War das tatsächlich ernst gemeint? Sah der Arzt seine Beziehung zu seinen Mitmenschen tatsächlich nur unter dem Kosten-Nutzen-Aspekt? Oder machte er sich über ihn lustig? Dibrani grinste diabolisch und biss das abgewickelte Stück Lakritzschnur ab. Plötzlich erinnerte er Theo an Puck, den Faun aus Shakespeares Sommernachtstraum, den charmanten Strippenzieher, der mit Menschen und Göttern agierte wie ein Puppenspieler. »Was war mit Jenay Munk?«, fragte Theo.

»Jenay? Natürlich habe ich sie gemocht. Das sagte ich doch bereits.« Dibrani verschlang den Rest der Schnecke mit einem Bissen. Plötzlich wirkte er sehr ernst. »Sie war ungeheuer … authentisch. Sie schien mir immer ganz sie selbst zu sein, nicht von dem Wunsch getrieben, der Welt eine bessere, beeindruckendere Version ihrer selbst vorzugaukeln. So etwas ist selten. Und gleichzeitig hatte sie die Fähigkeit, hinter die Fassaden der Menschen zu schauen. Das konnte ein wenig furchterregend sein. Aber sie hat niemanden dafür verurteilt, was er war.«

»Vielleicht hat sie hinter eine Fassade zu viel geschaut«, überlegte Theo laut und fixierte Dibranis goldene Augen. ›Und vielleicht war das sogar deine‹, dachte er, sprach es aber nicht aus.

Dibrani hielt seinem Blick mühelos stand. Und wieder hatte Theo den Eindruck, der Mann wusste nur allzu gut, was in ihm, Theo, vorging.

»Und von ihr durchschaut zu werden, konnte demjenigen gefährlich werden?«, spann Dibrani den Faden weiter. »Eine interessante Hypothese. Aber wenn es so war, hat sie mir nicht anvertraut, wer oder was es war.« Er lehnte sich zurück und überkreuzte die Arme vor der Brust.

Theo beugte sich vor. »Jenays Bruder hat mir erzählt, sie habe in letzter Zeit niedergeschlagen gewirkt. Sie soll außerdem sinngemäß gesagt haben, unter den weißen Kitteln verberge sich mitunter sehr viel Schwarzes. Können Sie sich vorstellen, was sie gemeint hat?«

Dibrani musterte ihn. »Nein, tut mir leid. Mir fällt da nichts Spezielles ein. Aber natürlich stecken in Arztkitteln auch nur Menschen. Das wissen Sie ja.«

Theo nickte ungeduldig. Der Mann, der ihm gegenübersaß, glitschte ihm durch die Finger wie rohes Eiweiß. »Aber hat sie auf Sie ebenfalls verändert gewirkt?«

»Doch. Ich meine, da war nichts, worauf man den Finger legen könnte. Aber Jenay war in den Tagen vor ihrem Tod definitiv anders als sonst. Sie war auch sonst immer sehr zurückhaltend – außer mit den Kindern. Im Umgang mit denen war sie wie verwandelt. Hat herumgealbert, Faxen gemacht. Mit ihnen gekuschelt …« Er seufzte. »Die Kleinen, die sie noch kennen, fragen jeden Tag nach ihr. Immer noch. Ich hatte nicht das Herz, es ihnen zu sagen. Dass sie nicht wiederkommt, meine ich.«

»Was glauben Sie, war der Grund für Jenays Veränderung?«

Dibrani hob die Hände in einer Geste der Ohnmacht.

»Wenn ich das wüsste! Aber irgendwas hat sie gequält, da bin ich sicher.«

»War sie so bedrückt, dass sie sich freiwillig in den Kanal gestürzt hätte?«

»Ich weiß es nicht. Ich glaube es nicht, aber ich weiß es wirklich nicht. Und ich mache mir die allergrößten Vorwürfe, dass ich sie nicht danach gefragt habe.«

»Das hätte vermutlich nichts geändert.« Theo wusste, dass das ein billiger Trost war.

»Das weiß man hinterher nie mit Sicherheit.«

Als Theo hinausgegangen war, fegte Dibrani mit einer Handbewegung die Süßigkeitendose vom Tisch, woraufhin sich Lakritzschnecken, Schokoladenbonbons und Weingummis über den Boden verteilten. »Merde!«, fluchte er.

Im Foyer merkte Theo, wie hungrig er war. Er kaufte sich im Café des Krankenhauses einen Schokoriegel und verschluckte sich prompt, als jemand ihn von hinten ansprach.

»Hab ich doch richtig gesehen: Theo Matthies!«

Theo drehte sich um.

Vor ihm stand ein Hüne mit Glatzkopf und breitem Grinsen. Seine Kahlheit wurde von einem schwarzen, säuberlich gestutzten Vollbart konterkariert. Sein linkes Ohr zierte ein silberner Ohrring. Hätte er nicht einen Arztkittel getragen, hätte er als Türsteher für einen angesagten Club durchgehen können. Nur die Stimme kam Theo bekannt vor. Verdammt bekannt.

»Na, komm schon. Sag nicht, du erinnerst dich nicht mehr!«

»Django.« Theo schüttelte den Kopf. Die Bilder von dem schlanken, schwarz gelockten Typen in Lederkluft, der immer mit seiner Honda, Baujahr '80, angebraust kam, war nur schwer mit dem Mann in Einklang zu bringen, der jetzt vor ihm stand. Nur die Stimme war die gleiche geblieben.

Django strahlte. »Mensch, Alter, das muss zehn Jahre her sein.« Er fuhr sich mit beiden Händen über sein spiegelndes Haupt. »Was treibst du hier? Bist du auf Jobsuche?«

»Nein, die Medizin habe ich an den Nagel gehängt.«

»Was, du? Du warst doch immer der Liebling aller Profs. Der aufgehende Stern am Chirurgenhimmel – ganz im Gegensatz zu mir.«

»Das Leben läuft nicht immer geradeaus. Und du?«

»Oh, bei mir ist auch nicht alles nach Plan verlaufen.«

Theo erinnerte sich noch gut. Django, der wie er einst Assistenzarzt am Uniklinikum Eppendorf gewesen war, war immer auf Abenteuer aus gewesen. Hatte davon gesprochen, für Ärzte ohne Grenzen in Krisengebiete zu reisen oder als

Buscharzt in einer Cessna kreuz und quer durch Australien zu jetten. Und nun also Groß-Sand, Wilhelmsburg?

Django sah ihm seine Zweifel an. »Kaum zu glauben, was? Aber komm, ich zeige es dir, wenn du gerade nichts Besseres vorhast.«

Theo zögerte kurz, dachte an die Berge von Papierkram, die im Bestattungsinstitut auf ihn warteten. Aber dann siegte die Neugier. Und, wer weiß, vielleicht hatte Django ja noch die eine oder andere Information zum Fall Jenay Munk für ihn. »Na, denn mal los«, sagte er deshalb.

»Großartig.« Der ehemalige Kollege legte ihm die Hand auf die Schulter. »Hier geht's lang.«

»Ins Untergeschoss? Hast du dich auf Radiologie spezialisiert?«

»Um Himmels willen, nein! Auf blauschwarze Bilder starren, statt mit Menschen zu reden, da würde ich kaputtgehen.«

Gemeinsam stiegen sie die Treppe hinunter.

»Und was treibst du sonst in diesen Katakomben?«

»Wart's ab.« Sie waren vor einer Tür angekommen, neben der ein Schild die dahinterliegende Abteilung bezeichnete.

Theo feixte. »Ich verstehe.«

Django zwinkerte ihm zu und öffnete die Tür.

»Trara!«, machte er.

Theo staunte. So etwas hatte er noch nie gesehen.

Das Wartezimmer zu Djangos Spezialstation sah aus wie kein anderes im Krankenhaus – und vermutlich auch kein anderes auf der Welt. Es war bevölkert von Heerscharen von Teddybären in Matrosenuniform. Kleine und große, braune und weiße, in Streifenpullis, mit Kapitänsmütze oder mit Pfeife in den Pfoten. »Die kommen aus aller Welt. Die ersten waren Geschenke von dankbaren Patienten. Und dann haben sie sich wie von selbst vermehrt«, sagte Django nicht ohne Stolz.

Seit sieben Jahren leitete er die Seemannsambulanz, die wegen der strategisch günstigen Lage im Krankenhaus Groß-Sand untergebracht war. Von hier aus hatte Django per Boot über den Veringkanal direkten Zugang zum Hafen.

»Ich betreue aber nicht nur die Seeleute an Bord. Wenn jemand schwerer erkrankt ist, holen wir ihn natürlich hierher.«

Röntgen, Bluttests, MRT – alles Untersuchungen, die möglicherweise notwendig waren, wurden bei den Seeleuten in kürzest möglichem Zeitraum durchgeführt, erklärte Django.

»Die Zeiten, in denen die Schiffe über Tage im Hafen lagen und die Seeleute Freigang hatten, sind schließlich lange vorbei«, sagte er. In seiner Stimme schwang Bedauern mit. ›Sicher hätte ihm so ein Seefahrerleben wie in alten Zeiten auch gefallen können‹, dachte Theo.

»Anders als viele Landratten sind die Jungs an Bord natürlich überhaupt nicht scharf drauf, krankgeschrieben zu werden. Die wollen zurück aufs Schiff, bevor es ausläuft. Darum muss hier alles zack, zack gehen.«

Einc junge Frau im Schwesternkittel kam herein. Ihre Augenbrauen waren gepierct, die Augen dick mit Kajal umrandet. Ihr Haar hatte sie zu einer Frisur aufgetürmt, die Theo stark an Amy Winehouse erinnerte.

»Hey, Djang«, sagte sie und stützte die Hände in die Hüften, »nun mach mal hinne! Die Patienten warten schon auf dich.«

»Was? Jetzt? Verdammt!« Django schlug sich an die Stirn. Die Winehouse-Kopie drückte ihm einen Rucksack in die Hand, der, so mutmaßte Theo, seine Arztutensilien enthielt.

»Tut mir leid, Theo, ich muss raus in den Hafen. Wir unterhalten uns ein andermal, okay?« Und schon stürmte er in Richtung Tür. Dann bremste er abrupt ab und machte auf dem Absatz kehrt. »Oder hast du gerade Zeit?«

Theo ging blitzschnell im Geiste seinen Terminkalender durch. »Bis um halb fünf hätte ich Luft.«

Django strahlte. »Dann komm man mit an Bord, du stinkige Landratte.«

Die Barkasse, die sie wenige Minuten später über die Elbe schipperte, pflügte durch das ruhige Wasser. Theo genoss die Fahrt durch den verzweigten Wilhelmsburger Freihafen, den er sonst nur von der Landseite aus kannte. Je weiter sie sich von der Elbinsel entfernten, desto mächtiger wurden die Anlagen. An den Seiten türmten sich Container aus aller Herren Länder in Blau und Rot, die von den emsig auf Rollen dahingleitenden Lastkränen bewegt wurden. Sie erinnerten Theo an stählerne, gut dressierte Saurier.

Als sie hinaus auf den breiteren Köhlbrand kamen, pfiff ihnen der Wind um die Ohren. Theo schlug den Kragen seiner Lederjacke hoch und steckte die Hände tief in die für diesen Zweck zu kleinen Taschen. Django grinste ihn von der Seite an, zog eine Strickmütze aus seinem Rucksack hervor und reichte sie Theo, der sie dankbar annahm. Normalerweise trug er keine Kopfbedeckung, auch im tiefsten Winter nicht. Aber hier draußen biss ihn der Wind schmerzhaft bis hinunter aufs Trommelfell. Django selbst schien die steife Brise trotz seines kahlen Schädels nichts auszumachen. Er pfiff vergnügt vor sich hin. »Smoke on the Water«, erkannte Theo und grinste. »In zehn Minuten sind wir da«, brüllte Django.

Theo beschloss, die knapp bemessene Zeit für ein paar

Fragen zu nutzen. Zum Glück bog das Boot nun in einen Seitenkanal ab, wo der Wind weniger stark war.

»Was hältst du eigentlich von diesem Dibrani?«

»Schon in Ordnung. Ist ziemlich auf Zack, der Franzmann.«

»Er scheint ja allgemein recht beliebt zu sein.«

»Vor allem bei den Damen – und das, obwohl er so ein seltsamer Vogel ist.« Django schüttelte lachend den Kopf. »Franzosen haben bei denen einfach 'nen Punktvorsprung. Frag mich nicht, warum. Aber der kann auch was. Lang wird der uns wohl nicht erhalten bleiben.«

»Wie meinst du das?«

»Oh, Dibrani, der strebt nach höheren Weihen. Der macht nur einen Zwischenstopp in unserem bescheidenen Krankenhaus, weil er hier so jung eine Stelle als Oberarzt bekommen hat. Glaub mir, der zieht bald weiter.«

»Und das wäre?«

»Na ja, UKE, mindestens.« Das Universitätsklinikum Eppendorf – eines der renommiertesten Krankenhäuser Deutschlands. Auch Theo hatte einst gehofft, dort Karriere zu machen. Aber das war in einem anderen Leben gewesen, bevor das Schicksal seinen Lebensentwurf zu Makulatur gemacht hatte.

»Ich glaube, der sammelt hier so viel praktische Erfahrung in der Kinderchirurgie wie möglich. Und dann geht's auf zu neuen Ufern. Kann man ihm nicht direkt verdenken. Er kann sicher mehr als Blinddarm.«

Eine Möwe umkreiste das Boot und beäugte sie aus der Luft. Als sie feststellte, dass dort offenbar kein Futter zu holen war, drehte sie bei.

»Warum fragst du?«

»Ach, ich kenne die Eltern von Jenay Munk. Sie kommen

nicht so recht klar mit ihrem Tod und wollen, dass ich noch etwas nachforsche.«

Django warf ihm einen Blick von der Seite zu. »Bist du jetzt unter die Privatdetektive gegangen?«

»Nicht wirklich. Allerdings scheint sich das gerade zu so einer Art Hobby zu entwickeln.«

»Und was treibst du sonst?«

»Ich bin Bestatter.«

Django lachte laut auf. »Alter, du machst vielleicht Sachen.«

Auch Theo musste plötzlich lachen. Auf einmal war ihm leichter ums Herz als seit Wochen. Wenn nicht Monaten. Das Leben war manchmal ein Witz, warum also nicht darüber lachen?

Sie hatten inzwischen eines der Hafenbecken erreicht, in dem die großen Pötte lagen. Von Nahem betrachtet, sahen sie alle mehr oder weniger heruntergewirtschaftet aus. So auch die MSC Ottokar, die das Ziel ihrer kleinen Exkursion war. Das Meerwasser hatte überall Rost hinterlassen, der sich in langen Streifen über den Schiffsrumpf zog. Der Steuermann legte das Boot in elegantem Bogen an das Dock an, und Django kletterte, das Tau in der Hand, behände empor und fixierte es mit routiniertem Griff. Dann kletterte auch Theo an Land. Polternd stiegen sie anschließend die metallene Gangway empor, wo man sie bereits erwartete. Obwohl das Schiff der wehenden Fahne zufolge unter panamaischer Flagge fuhr, war der Kapitän ganz offenbar nordischer Herkunft: groß, blond und wettergegerbt. »Moin, Doktor«, begrüßte er Django mit kräftigem Handschlag. »Wen hast du denn da im Schlepptau?«

»Meinen Praktikanten.« Django feixte.

Anschließend impften sie einträchtig die Seeleute, augenscheinlich alle Filipinos, gegen Gelbfieber. Django versorgte ein paar kleine Blessuren: ein Abszess in der Leiste, eine schwere Bronchitis. Nach einer guten Stunde stiegen sie die Gangway hinunter und kletterten auf die wartende Barkasse. Oben an der Reling standen ihre Patienten und winkten fröhlich.

Als das Boot unter der mehr als 50 Meter hohen Köhlbrandbrücke hindurchglitt, die sich elegant über die Elbe schwang, schaute Django Theo prüfend von der Seite an.

»Warum hast du dich vorhin nach Dibrani erkundigt? Ich dachte, es geht um den Tod von Jenay Munk.«

Theo, der wieder die Pudelmütze trug, klemmte sich die fröstelnden Hände unter die Achseln. »Ich werde einfach nicht so recht schlau aus dem Typen.«

Django schwieg, blickte stur durch das dunkle Elbwasser.

»Es gibt da eine hässliche Geschichte«, sagte er schließlich. »Eine, die Dibrani betrifft.«

»Erzähl.«

»Ich wüsste allerdings nicht, was das mit dem Tod von Jenay Munk zu tun haben könnte.«

Mit einer Hand fischte er ein abgewetztes Tütchen Fisherman's Friend aus der Brusttasche und bot Theo davon an. Wider besseres Wissen nahm er eines und verzog sogleich das Gesicht. Der beißende Geschmack schockierte ihn immer wieder.

Django steckte sich gleich drei der höllischen Bonbons in den Mund. »Er hat eine Untersuchung wegen eines angeblichen Behandlungsfehlers am Hals, unser Dr. Charming – und zwar einen besonders hässlichen.«

Theo beschloss, sich des grässlichen Bonbons zu entledigen, indem er es herunterschluckte.

»Wie kann man das Zeug nur freiwillig essen«, keuchte er.

Django grinste. »Habe ich mir angewöhnt, als ich das Rauchen aufgegeben habe. Allerdings bin ich mir nicht sicher, was schädlicher ist: Zigaretten oder diese Dinger.«

»Was ist mit dem Behandlungsfehler?«

»Irgendwas ist bei einer simplen OP schiefgegangen. Ich glaube, es waren die Mandeln. Ende letzten Jahres, glaube ich. Schlimme Sache. Die Kleine, die er operiert hat, liegt jetzt im Wachkoma.«

»Verdammt.« Theo mochte sich gar nicht ausmalen, was das für die Familie bedeutete.

»Jedenfalls haben die Eltern Dibrani verklagt, glaube ich. Aber das muss natürlich nichts heißen.«

Theo nickte. Zwar war man in Deutschland weniger prozesswütig als in den USA, dennoch blieb kaum ein Klinikarzt davon verschont. Natürlich waren auch Ärzte Menschen, die Fehler machten – nur dass diese, anders als in anderen Berufen, gravierendere, manchmal nicht mehr gutzumachende Folgen haben konnten. Das musste jeder Arzt mit seinem Gewissen ausmachen. Andererseits gab es aber auch immer wieder Komplikationen, die kein Arzt hätte vorhersehen können. Doch dass die ärztliche Kunst mitunter versagte, war für die medizinisch extrem gut versorgten Menschen zunehmend schwer zu akzeptieren.

»Mir ist nur gerade eingefallen, dass Jenay bei der Operation assistiert hat.«

Theo verspürte ein Kribbeln im Nacken. Natürlich hatte auch das noch lange nichts zu bedeuten. Er beschloss, der Sache trotzdem nachzugehen.

Er verabschiedete sich von Django mit einem ausholenden Handschlag und dem Versprechen, einander bald wieder einmal treffen zu wollen. Auf dem Weg zu seinem Wagen stieß er fast mit Magda zusammen, die geistesabwesend über den gepflasterten Weg stolperte. Obwohl die Luft hier, jenseits des Wassers, lau war, trug sie eine dicke Strickjacke über ihrem Kittel. Sie hatte die Schultern hochgezogen und die Arme fest um ihren schmächtigen Körper geschlungen. An den Füßen trug sie noch jene klobigen Gummiclogs, die seit ihrer Erfindung die Krankenhäuser in aller Welt erobert hatten: saubequem, abwaschbar und durch ihre Knallfarben leuchtend bunte Tupfer in die sterile Krankenhauswelt bringend.

»Hoppla«, sagte Theo.

Sie sah zu ihm auf und blinzelte zweimal verwirrt, bevor sie ihn erkannte.

»Ach, Sie sind es.« Ihre Stimme klang flach.

»Wo wollen Sie denn hin, in Ihrer Krankenhauskluft?«

Sie sah an sich herab und blickte ihn dann wieder aus ihren türkisfarbenen Augen an. »Mein Nachbar hat angerufen. Dem Kleinen geht's nicht gut.«

»Ich kann Sie schnell hinfahren, wenn Sie möchten.«

Sie zögerte. »Ich hab's ja nicht weit.«

»Kommen Sie.« Er berührte sie leicht an der Schulter. So geistesabwesend, wie sie hier herumlief, sollte sie keine 50 Meter über die Straße laufen. Sie folgte ihm zu seinem Wagen, setzte sich schweigend neben ihn. Die mageren Knie, die sie zusammenpresste, waren spitz wie die einer Zwölfjährigen.

Die Fahrt dauerte nur wenige Minuten.

»Möchten Sie, dass ich mir den Jungen einmal anschaue?«, fragte er. »Ich bin nämlich auch Arzt. Auch wenn ich nicht mehr praktiziere.« Einmal Mediziner, immer Mediziner. Das war nichts, was man abstreifen konnte wie irgendeinen anderen Job.

»Sie?« Sie schien ihn zum ersten Mal wirklich wahrzunehmen. »Das wird wohl nicht nötig sein. Ihm geht es ab und zu einfach nicht gut.«

»Na, es kann ja nicht schaden.« Entschlossen parkte Theo den Wagen ein, stieg aus und öffnete ihr dann die Beifahrertür.

Sie zögerte einen Moment, dann reichte sie ihm die Hand und schwang die Beine heraus, die Knie züchtig aneinandergepresst wie eine Filmdiva.

Sie brauchte eine Weile, bis sie den Schlüssel, immer hektischer werdend, aus der verblichenen geblümten Leinentasche gekramt hatte. Dann eilte sie vor ihm die Treppen hinauf. Oben in der Wohnung erwartete sie ein älterer Mann. Er trug eine ausgebeulte Nadelstreifenhose, dazu Hosenträger über einem Oberhemd, dessen leichter Roséstich verriet, dass es einmal mit etwas Farbigem in die Waschmaschine geraten war. Üppiges weißes Brusthaar quoll aus dem Kragen hervor. Er fuhr sich mit der Hand durchs weiße Haar, das ohnehin schon wirr von seinem Kopf abstand. Theo blickte in ein kummervoll verzogenes Gesicht, das von einer riesigen Nase dominiert wurde. Offensichtlich war er mit der Situation heillos überfordert.

»Gott sei Dank bist du da!«, nahm er Magda in Empfang. »Er hat sich übergeben. In sein Bett!«

»Danke, Nikos. Ich mach das jetzt schon.« Sie drückte flüchtig den Oberarm des alten Mannes. Dann eilte sie ins Kinderzimmer.

»Einfach ins Bett gekotzt«, sagte der, sich nun hilflos an Theo wendend. »Es kam ganz plötzlich und hat einfach nicht mehr aufgehört.«

»Das kommt schon mal vor bei Kindern. Machen Sie sich keine Gedanken.« Theo bemerkte, dass der Alte sehnsüchtig zur Tür blickte, die noch immer halb offen stand. Theo öffnete sie bereitwillig ganz. »Gehen Sie nur, ich kümmere mich darum.«

Nikos nickte erleichtert. Dann tapste er hinaus. »Einfach ins Bett«, hörte Theo ihn noch murmeln.

Im Kinderzimmer roch es beißend nach Erbrochenem. Magda kniete vor dem Bett des Jungen und hielt ihn eng umschlungen. Sie wiegte ihn leise hin und her und flüsterte ihm beruhigende Worte ins Ohr.

Theo trat näher. »Na, junger Mann, was hast du denn heute gegessen, dass dir so schlecht geworden ist?« Der Junge schlug die Augen auf, und Theo stellte beruhigt fest, dass sein Blick klar war. Ernsthaft krank schien er nicht zu sein.

»Kartoffelbrei«, flüsterte der Junge.

»Na, daran kann's wohl kaum gelegen haben. Wahrscheinlich irgendein Infekt«, sagte Theo, zu Magda gewandt. »Sie sollten das Bettzeug heiß waschen – aber das wissen Sie ja selbst«, sagte er dann, sich an ihren Beruf erinnernd. Sie nickte geistesabwesend. »Wollen Sie den Jungen ein bisschen frisch machen? Ich kümmere mich um das Bett.«

»Vielen Dank.« Sie erhob sich, nahm dabei den Jungen mit, der sich mit Armen und Beinen wie ein Äffchen an sie klammerte.

In einer Kommode fand Theo frisches Bettzeug, bedruckt mit Lokomotiven. Sie stießen weißen Rauch aus ihren Schornsteinen aus und hatten lachende Gesichter, die an Clownsfratzen erinnerten. Theo hatte Clowns schon als Kind nicht ausstehen können.

Als Magda den Jungen zurückbrachte, ließ Theo die beiden allein und ging in die Küche, in der sich bereits wieder eine beträchtliche Menge Geschirr angesammelt hatte. Er checkte sein Handy. Verdammt! Drei verpasste Anrufe von May. Doch als er versuchte, sie zurückzurufen, war die Leitung besetzt. Er hinterließ ihr eine Nachricht und wandte sich dann zu Magda um, die hinüber zum Kühlschrank ging, ihn öffnete und dann resigniert seufzend wieder schloss.

»Ich habe leider nichts da, was ich Ihnen anbieten könnte. Außer einem Kaffee vielleicht.« Auch das klang zweifelnd.

»Ein Kaffee wäre perfekt.«

Sie füllte eine billige Espressokanne aus Aluminium mit Wasser und Espressopulver und setzte sie dann auf den Gasherd. Ihre Bewegungen waren langsam und fließend wie die einer Schlafwandlerin. Noch immer trug sie die dicke Strickjacke.

»Sie sehen müde aus.«

Sie lächelte unbestimmt. »Ach, ich bin immer müde. Aber seit Jenays Tod scheint mir alles endgültig über den Kopf zu wachsen. Nikos springt ja ab und zu ein, wenn ich ihn nicht in die Kita bringen kann, aber der ist schnell überfordert mit dem Ganzen.«

»Was ist mit dem Vater des Jungen?«

»Der?« Sie lachte bitter. »Der hat eine einstweilige Verfügung, sich uns nicht auf hundert Meter zu nähern. Zum Glück hält er sich daran.«

Das war nicht selbstverständlich, wie Theo aus einem Prozess wusste, in dem er einst als Arzt als Zeuge hatte aussagen müssen. Männern, die ihren ehemaligen Familien schaden wollten, waren solche richterlichen Anweisungen oft gleichgültig. Sie spürten ihre Frauen und Kinder überall auf, bedrohten sie, schlugen sie, töteten sie mitunter.

Das Wasser bahnte sich blubbernd seinen Weg durch das gepresste Espressopulver. Magda stellte den Herd ab, schenkte zwei Tassen ein und stellte sie auf den Tisch.

Dann setzte sie sich zu ihm.

»Ich hätte ihn viel früher verlassen sollen. Aber ich hatte einfach nicht die Kraft.«

»Hat er Sie misshandelt?«

Sie sah ihn ruhig an. »Nicht schlimmer als andere vor ihm.«

Theo schwieg. Was sie sagte, schockierte ihn – obwohl er wusste, dass es Frauen gab, die immer wieder an Männer gerieten, die sie schlugen. Opfer und Täter – sie fanden einander mit traumwandlerischem Instinkt.

»Ich bin erst gegangen, als ich mitbekommen habe, dass er auch den Kleinen quält – wer weiß, wie lange das so ging.«

Sie seufzte und starrte in ihre Tasse, als könnte sie am Grund der schwarzen Flüssigkeit eine Antwort auf ungestellte Fragen finden.

»Lennies Probleme – diese ganzen Magen-Darm-Geschichten, die immer wiederkommen, das Bauchweh, das Erbrechen, die Durchfälle, das Fieber –, ich bin sicher, die haben etwas mit den Umständen zu tun, unter denen er aufgewachsen ist.«

»Haben Sie ihn mal gründlich durchchecken lassen?«

Sie lachte auf. »X-mal. Magenspiegelung, Darmspiegelung, Bluttests. Ultraschall. Das ganze Programm. Immer wieder. Gefunden hat keiner etwas.«

Er berührte kurz ihre Hand, die so dünn war, dass sich die bläulichen Adern deutlich unter der blassen Haut abzeichneten. Sie schwiegen, während der Kaffee auf dem Tisch langsam erkaltete.

»Was wolltest du heute eigentlich im Krankenhaus?«, sagte sie schließlich. Theo fiel auf, dass sie ins vertraulichere Du gewechselt war.

»Ich war bei Dr. Dibrani.«

»Wegen Jenay?«

Er nickte. »Ich habe da was gehört. Dass er Ärger wegen eines angeblichen Behandlungsfehlers am Hals hat. Weißt du da etwas drüber?«

Sie schüttelte den Kopf. »Nicht mehr als jeder andere.«

»Hat Jenay dir nichts erzählt? Ich meine, weil sie doch bei der betreffenden OP dabei war.«

»Oh, was Dibrani betrifft, da war sie immer etwas zugeknöpft.«

Sie sah ihn an. »Ich nehme an, er hat dir nichts erzählt. Von ihrer kleinen Affäre.«

Theo richtete sich mit einem Ruck auf. »Sie waren ein Paar? Dibrani und Jenay?«

»Dachte ich's mir doch.« Sie lächelte spöttisch. »Wäre auch nicht gut für seinen Ruf, wenn das bekannt würde – auf den ist er doch so bedacht.«

Ein leises Wimmern kam aus dem Kinderzimmer. Magdas Gesichtsausdruck wechselte von spöttisch zu besorgt. Sie erhob sich und glitt hinüber zu ihrem Kind. Theo hörte sie beruhigend murmeln, dann kam sie auch schon wieder zurück.

»Bloß ein böser Traum«, sagte sie.

Theo schob den Stuhl zurück und stand auf. Die Lehne war etwas wackelig. »Ich muss los. Danke für den Kaffee.«

Sie machte einen Schritt auf ihn zu. »Musst du wirklich schon gehen? Es ist schön, mal mit jemandem abends einfach nur zusammenzusitzen.«

»Jemandem, der älter ist als fünf Jahre, meinst du.«

Sie sah ihn ernst an. »Genau.«

»Tut mir leid, wirklich. Aber meine Kollegin braucht mich.« Er hob wie zum Beweis sein Handy in die Höhe.

Sie neigte den Kopf und ließ ihm dann den Vortritt durch den schmalen Flur. Beim Hinausgehen bemerkte er, dass seine Schuhsohlen unangenehm am Boden klebten. Er dachte an das blitzsaubere Kinderzimmer und rechnete es der Mutter hoch an, dass sie trotz ihrer Mehrfachbelastung offenbar dafür sorgte, dass sich der Kleine wohlfühlen konnte. Schon auf dem Hausflur stehend, drehte er sich noch einmal zu ihr um. »Wenn ich dir irgendwie helfen kann, kannst du mich gern anrufen.«

Sie sagte nichts, trat stattdessen zu ihm und schmiegte sich an ihn. Überrumpelt stand er zunächst regungslos da, dann legte er vorsichtig die Arme um sie. Sie ließ den Kopf an seine Schulter sinken. Ihre Strickjacke hatte sich geöffnet, sodass er durch den Klinikkittel, den sie noch immer trug, ihren schmalen Körper spürte. ›Keine gute Idee‹, dachte er, wusste aber nicht, wie er sich der Situation elegant entziehen konnte.

»Danke«, sagte sie.

Er drückte sie kurz und ein wenig steif, kameradschaftlich, hoffte er. »Ich muss jetzt wirklich los.«

Während er die Treppe hinunterstieg, stellte er sich vor, wie sie ihm im Türrahmen stehend nachblickte.

»Alarmstufe rot«, zischte May, als Theo im Bestattungsinstitut aufschlug.

Er hängte seine Lederjacke an die Garderobe. »Was ist denn los?«

»Da streiten sich zwei Frauen um einen Leichnam. Wie die Krähen!« May verdrehte die Augen. Normalerweise war sie im Umgang mit den Kunden sehr souverän. Wenn sie schon nicht weiterwusste, musste es wirklich ein Problem geben. »Die eine ist die Ehefrau. Die andere offenbar die

Geliebte. Soweit ich verstanden habe, ist er bei ihr im Bett gestorben. Herzinfarkt.«

»Der Glückliche.«

»Jedenfalls hat die Geliebte wohl eine Verfügung, wie der Mann bestattet zu werden wünscht. Aber die Frau ist auf hundertachtzig. Die will davon nichts wissen.«

»Oha. Na, dann will ich mal.«

»Die Ehefrau ist die kleine Dunkle mit der Rüschenbluse«, gab May ihm noch schnell mit auf dem Weg zur Tür. »Sie heißt Marlies Schlatermund. Die Geliebte ist das Modell lebenslanger Vamp.«

»Ok.«

Im Büro schlug Theo eine Atmosphäre eisigen Schweigens entgegen. Die eine, offenbar die Ehefrau, stand mit verschränkten Armen vor dem Bücherregal, möglichst weit entfernt von der Kontrahentin.

Diese saß auf einem der Besucherstühle, die schlanken Beine in einer damenhaften Position leicht schräg abgewinkelt. Theo erkannte sie sofort. »Sie!«, platzte er heraus.

»Dr. Matthies.« Sie erhob sich und reichte ihm die Hand. Jutta Schulenburg trug ein enges taubenblaues Kostüm, das ihre noch immer üppigen Kurven vorteilhaft zur Geltung brachte. Das silbergraue Haar fiel ihr in Wellen bis über die Schulter. An der Hand funkelte ein einziger geschmackvoller Ring. Sie sah aus wie Ende sechzig – sehr gut erhaltene Ende sechzig, obwohl sie um einiges älter war. Theo hatte die lebenslustige Witwe vor ein paar Jahren kennengelernt, als er den Tod ihrer Freundin Anna Florin untersucht hatte. Jutta hatte damals den entscheidenden Hinweis geliefert, mit dessen Hilfe der Mörder überführt werden konnte.

Rasch wandte sich Theo der zweiten Frau im Raum zu, die die Szene misstrauisch beäugte. Sie war deutlich jünger als Jutta Schulenburg, ein Umstand, der ihr vermutlich eine zusätzliche Demütigung bereitete. »Sie kennen einander?« Marlies Schlatermund ließ die Blicke zwischen Theo und ihrer Nebenbuhlerin hin- und herwandern.

»In meinem Beruf kennt man viele Menschen«, versuchte Theo, seinen Fauxpas wiedergutzumachen.

»Diese Person«, ging Marlies Schlatermund zum Angriff über, »diese Person hat hier nichts verloren.«

»Oh. Ich wollte nur sichergehen, dass das hier in die richtigen Hände kommt.« Jutta öffnete die elegante Kelly Bag und zog einen Umschlag daraus hervor, den sie Theo reichte. »Das sind Martins Wünsche für seine Beerdigung.«

»Eine Bestattungsverfügung?« Theo nahm den Umschlag entgegen und warf einen kurzen Blick hinein. Offenbar hatte der Tote seine Geliebte zur sogenannten Totenfürsorgeberechtigten bestimmt. Das war die Person, der jemand die Regelung seiner Bestattung anvertraut hatte. Normalerweise war das allerdings der Ehepartner. ›Das kann ja heiter werden‹, dachte Theo, verzog aber keine Miene.

»Was ist das für ein Wisch?« Die Ehefrau war mit ein paar Schritten herangetreten.

»Offenbar der Wille Ihres Gatten, was nach seinem Tod mit ihm geschehen soll.«

»Und das hat er dieser Person anvertraut?«

Sie sah aus, als würde sie gleich ebenfalls einen Herzinfarkt erleiden – was die Angelegenheit unter Umständen vereinfacht hätte.

»Nun, ich gehe dann vielleicht mal besser. Meine Mobilnummer steht ja da drin.« Jutta deutete mit einem manikürten Fingernagel auf den Umschlag.

»Wieso steht da ihr Name drin?«

Jutta zog eine Augenbraue hoch, die sie im Stil eines 50er-

Jahre-Filmstars schmal gezupft und sorgfältig nachgemalt hatte. Dann drehte sie sich um und schritt mit bewunderns-werter Eleganz auf ihren halsbrecherisch hohen Pumps zur Tür. Theo begleitete sie, verabschiedete sich kurz und schloss die Tür dann mit einem erleichterten Seufzen.

Die Ehefrau stand wie erstarrt vor Theos Schreibtisch, die Hände zu Fäusten geballt. Sie trug eine Jeans und eine karierte Bluse, das Haar zu einem Pagenkopf geschnitten, den sie selbst sicher als praktisch bezeichnete. Links und rechts der Mundwinkel hatten sich tiefe Kerben eingegraben, die ihr ein verbittertes Aussehen verliehen. Sie tat Theo leid. »Setzen Sie sich doch«, sagte er freundlich. Sie verschmähte den Stuhl, auf dem noch eben ihre Nebenbuhlerin gesessen hatte, und nahm dann zögernd auf dem anderen Platz.

»Hat er ihr wirklich diese Verfügung überlassen?«

»Es scheint ganz so.«

»Aber warum nur?«

»Das kann ich Ihnen nicht sagen.«

Sie starrte ihn ratlos an. »Dass er andere Frauen hatte, das wusste ich ja. Wissen Sie, unsere Ehe war ja nicht die beste. Aber so eine alte Schachtel! Und dass er der dann auch noch diesen Wisch überlässt! Das ist eine solche Beleidigung.«

Sie kniff die Lippen zusammen und schniefte. Theo zog ein Tuch aus der Kleenexbox, die vor ihm auf dem Schreibtisch stand. In Bestattungsinstituten und psychotherapeutischen Praxen standen immer Taschentücher parat.

Sie schnäuzte sich geräuschvoll die Nase.

»Muss ich mich daran halten? An das, was in diesem Ding steht?«

Theo zögerte. Tatsächlich gab es keine rechtliche Verbindlichkeit. »Wollen Sie sich nicht erst einmal anschauen, was er sich vorgestellt hat?«

Sie schüttelte vehement den Kopf. »Das interessiert mich nicht. Ich lass ihn einäschern und anonym beisetzen.« Ihr Tonfall war trotzig entschlossen.

»Sie können ja noch eine Nacht drüber schlafen.«

»Brauche ich nicht.« Sie erhob sich.

»Sie müssten noch einen Sarg auswählen. Und eine Urne.«

»Nehmen Sie einfach das Billigste. Das Allerbilligste!« Sie stolzierte hinaus.

Theo seufzte und öffnete den Umschlag. Er las, stutzte und lachte laut.

Martin Schlatermund hatte sich gewünscht, verbrannt und anonym beigesetzt zu werden. Ohne es zu wissen, erfüllte seine tief gekränkte Frau nun exakt seinen Wunsch.

DER NEUNTE TAG

Sie saßen im »Duckdalben«, Theo und sein bester Freund Lars, Entrümplungsunternehmer, Philosoph und Künstler in Personalunion. Der Duckdalben war eine Hamburger Institution, benannt nach den mächtigen mehrbeinigen Holzpfosten, die man zum Vertäuen der Schiffe in den Hafengrund rammte. Mitten im Hafen gelegen, bot der Klub Seeleuten seit 1986 Zerstreuung und ein wenig Heimeligkeit. Sie konnten für wenig Geld nach Hause telefonieren, Billard spielen oder auch beten. Denn der Duckdalben wurde von der christlichen Seemannsmission betrieben. Bekehrt werden sollte hier aber niemand, im Raum der Stille gab es für alle großen Weltreligionen einen kleinen Altar: Da saß der elefantenköpfige Ganesha in stiller Eintracht mit russisch-orthodoxen Ikonen und einer jüdischen Menora, dem siebenarmigen Kerzenleuchter.

Und natürlich konnte man im Biergarten unter den Kränen oder in der urigen Bar, von deren Decke orangefarbene Rettungsringe baumelten, auch für wenig Geld ein Würstchen essen oder etwas trinken. Bier, Cola, Wein – nur harte Getränke gab es hier nicht.

Hinterm Tresen, der neben Getränken auch allerlei Artikel zur Körperpflege enthielt, stand Fatih und polierte Gläser. Der junge Türke arbeitete seit Kurzem als Ehrenamtlicher im Duckdalben, in dem neben den Seeleuten auch Landratten herzlich willkommen waren.

»Ich bin echt ein solcher Vollpfosten«, hatte er gesagt, als er Theo am frühen Abend angerufen hatte.

»Darauf will ich mal nicht näher eingehen.«

»Ich habe noch ihren Rechner.«

»Wessen Rechner?«

»Na, den von Jenay!«

»Ach, komm!«

»Sag ich ja! Es ist so: Ich wollte für sie ein paar Updates machen und hatte ihn in all der Aufregung völlig vergessen!«

Fatih hatte den Duckdalben als Treffpunkt vorgeschlagen, und nachdem sich Theos alter Citroën wieder einmal weigerte anzuspringen, hatte er Lars gebeten, ihn zu chauffieren. So saßen Theo und sein Freund also hier, Theo ein Bier, Lars wie üblich eine in Hamburg produzierte »fritzkola« vor sich.

Theo brachte Lars auf den neusten Stand in der Sache Jenay. Von nebenan klang das helle Klicken der Billardkugeln zu ihnen hinüber, in der Bar selbst saßen ein tiefdunkler Afrikaner, der selbstvergessen auf einer Gitarre klimperte, sowie ein Grüppchen zierlicher, junger Asiaten. Filipinos, vermutete Theo, der irgendwann in der Herkunftsstatistik der Seemannsmission gelesen hatte, dass diese die mit Abstand häufigsten Gäste waren. Seit der Gründung im Jahr 1986 waren es mehr als eine Viertelmillion gewesen, gefolgt von über hunderttausend Seeleuten aus der Volksrepublik China. Doch es gab auch Gegenden der Erde, aus denen bislang nur ein einziger Seefahrer dem Außenposten der Seemannsmission einen Besuch abgestattet hatte: der winzige Inselstaat Palau beispielsweise, aber auch Usbekistan, die Mongolei und Luxemburg – die aufgrund ihrer Binnenlage nicht eben zu den Seefahrernationen gehörten.

»Schrecklich, wenn so etwas bei einer simplen Operation

passiert«, kommentierte Lars Theos Bericht über Dibranis Behandlungsfehler.

»Es gibt eben keine simplen Operationen. Das vergessen die Leute immer. Weil es heute eben fast immer gut ausgeht.«

»Trotzdem machen Ärzte Fehler.«

»Natürlich machen sie Fehler! Das Schlimme ist nur, dass das in unserem Verständnis von Medizin nicht vorgesehen ist.« Erregt stopfte Theo sich eine Handvoll Knabberkram in den Mund, der auf dem kleinen Tisch vor ihnen stand. »Und weil das nicht vorgesehen ist, wird es totgeschwiegen, abgestritten, verleugnet. Das ist schlimm, besonders für die Patienten und Angehörigen, die es trifft. Aber auch für die Ärzte. Wenn da mal einer zugibt, ›ja, da habe ich Mist gebaut‹, ist er ruiniert.«

Lars grinste.

»Was ist daran so lustig?«

»Ich dachte nur gerade, dass in dir noch immer mehr von einem Mediziner steckt, als du wahrhaben willst.«

Ein kleiner, stämmiger Mann, etwa Mitte sechzig, mit grauem Vollbart und schwarzem T-Shirt kam herein. Er blickte sich um und kam dann mit wiegenden Schritten hinüber zu ihnen, um Lars zu begrüßen. Der Schlaks und der kleine Kompakte klatschten sich ab. Theo staunte immer wieder, dass Lars in Wilhelmsburg und Umgebung wirklich jeden Menschen zu kennen schien.

»Lange nicht gesehen, Digger.« In Hamburg war eben jeder ein Digger – auch so ein schmales Hemd wie Lars.

»Alles bestens.«

»Wir schnacken ein andermal. Muss die Jungs da drüben in ihre Kojen verfrachten.« Der Shuttleservice war Teil des Konzepts, das der Duckdalben seinen Gästen anbot. Sie holten die Männer von den Schiffen und brachten sie auch wieder zurück. Die meisten von ihnen hatten das Geld nicht übrig, das ein Taxi in die Stadt gekostet hätte. Sie sparten jeden Dollar, um ihre Familien zu versorgen oder sich nach ein paar entbehrungsreichen Jahren auf hoher See eine Existenz in der Heimat aufbauen zu können. Die Reeperbahn, einst erste Anlaufstation der Seefahrer aus aller Welt, bekamen die meisten in ihrem Leben nicht zu Gesicht.

Theo warf einen Blick auf seine Armbanduhr. Es war kurz vor halb elf.

Der Bärtige nickte ihnen noch einmal kurz und freundlich zu und ging dann hinüber zu den mutmaßlichen Filipinos. Sein Gang verriet, dass auch er einst zur See gefahren war.

»Sorry, guys, time to finish your drinks. We have to leave soon. I'm waiting outside.« Anschließend ging er zu dem Afrikaner hinüber und verschwand dann im Billardzimmer.

Lars wandte seine Aufmerksamkeit wieder Theo zu.

»Und? Was willst du jetzt machen?«

»Ich werde versuchen, mit den Eltern des geschädigten Mädchens zu sprechen. Diese Geschichte mit dem Behandlungsfehler gefällt mir nicht. Und Jenay hat offenbar mittendrin gesteckt.«

Fatih kam hinterm Tresen hervor, ein Handtuch zum Gläserpolieren über die Schulter geworfen.

»Schluss für heute.« Er gähnte herzhaft. »Dann kommt mal mit.«

Sie begleiteten ihn in das Computerzimmer, dessen Rechner schon den ganzen Abend verwaist geblieben waren. Seit alle Seeleute ihre eigenen Smartphones und Tablets besaßen, um mit Familien und Freunden Kontakt zu halten, hatte der Andrang hier merklich nachgelassen.

Fatih zog einen Laptop aus einer Schublade und schloss

ihn an einen der Monitore an. Flink bewegten sich seine schmalen Finger über die Tastatur, gaben das geforderte Passwort ein. Dann fuhr der Rechner endgültig hoch. »Ich würde vorschlagen, wir checken erst mal ihre letzten Mails und dann die Seiten, auf denen sie zuletzt gesurft hat.«

»Dann leg mal los.«

Fatih zögerte kurz, dann öffnete er mit einem Klick Jenays Postfach.

Sogleich begannen ungelesene Nachrichten hineinzulaufen, fünf, zehn, zwanzig. Ein großer Teil davon war offensichtlich Spam, beispielsweise das Angebot für Potenzmittel und eine Aufforderung, sich seine Website für Suchmaschinen optimieren zu lassen. Ansonsten aber auch Nachrichten, die offenbar von Freunden und Musikerkollegen kamen. Die letzte hatte der Schreiber erst vor ein paar Stunden geschickt. »Gemeinsamer Gig???« stand im Betreff. Die Nachricht von Jenays Tod hatte sich trotz der sozialen Netzwerke erstaunlicherweise noch nicht überall verbreitet.

»Ich komme mir vor wie ein Schnüffler«, sagte Fatih, dessen Finger über der Taste zum Öffnen der ersten Mail schwebte. ›Ich auch‹, dachte Theo, sagte aber: »Hilft nichts, da müssen wir jetzt durch.«

»Fangen wir doch mit den Mails an, die sie im letzten Monat vor ihrem Tod geschrieben hat. Da ist die Wahrscheinlichkeit am größten, dass wir etwas Interessantes finden.« Lars ging die Dinge, wie üblich, pragmatisch an.

»Sie scheint nicht besonders viel privat gemailt zu haben«, stellte Theo fest.

»Vermutlich hat sie die meisten Sachen über Facebook oder WhatsApp laufen lassen«, erwiderte Fatih. »Die schauen wir uns als Nächstes an. Als Erstes knöpfen wir uns die eingegangenen Mails vor.«

Sie lasen eine Weile stumm, die Köpfe vor dem Monitor zusammengesteckt.

»Da!« Theo packte Fatih am Arm.

»Liebe Frau Munk«, stand in einer Mail, die sie gut fünf Tage vor ihrem Tod erhalten hatte. »Bitte überlegen Sie sich doch noch einmal, ob Sie uns nicht doch unterstützen wollen. Ihre Aussage in einem Prozess würde uns sehr weiterhelfen. Ich verstehe Ihren Loyalitätskonflikt, aber denken Sie auch an unsere Tochter! Mit einer entsprechenden Schadenersatzzahlung könnten wir ihre schlimme Lage ein wenig erleichtern. Herzlichst René Harms.«

»Was ist damit?« Fatih war noch nicht im Bilde.

»Jenays Chef hat eine Untersuchung wegen eines Behandlungsfehlers am Hals. Jenay war bei der besagten Operation dabei. Und ich glaube, das hier ist der Vater des Kindes, der sich an sie wendet.«

»Und darauf hat sie nicht geantwortet?«

»Vielleicht hat sie die Mail gelöscht.« Fatih durchforstete den Ordner mit den gelöschten Mails. »Nichts.« Dann kam er auf die Idee, sich den Ordner mit den Mail-Entwürfen anzuschauen, Mails, die Jenay begonnen hatte zu schreiben, die sie aber nicht abgeschickt hatte. Und tatsächlich: »Liebe Familie Harms«, stand da, »das Schicksal Ihrer Tochter geht mir sehr nahe. Und ich würde Ihnen sehr gerne weiterhelfen, aber …« Das war alles.

»Das ist alles?« Theo war enttäuscht.

»Offenbar hat sie noch damit gerungen, wie sie sich verhalten soll«, sagte Lars.

»Vielleicht hätte ihre Aussage Dibrani ruiniert. Fatih, kannst du mal ›Dibrani‹ in die Suchmaske eingeben?« Theo hätte den jungen Türken am liebsten vom Stuhl geschoben und die Sache selbst in die Hand genommen.

Fatih sagte nichts. Er starrte auf den Bildschirm. »Da ist auch eine angefangene Mail an mich«, sagte er leise.

Theo erhob sich. »Komm, wir gehen mal kurz vor die Tür«, sagte er zu Lars.

Der warf ihm einen Blick zu, stand dann auf und ging mit ihm hinaus.

Der Wind hatte wieder aufgefrischt, aber der Blick auf das Hafenpanorama mit den davor aufragenden Kränen war grandios. Trotz der vorangeschrittenen Stunde funkelten noch überall Lichter. Liegezeiten im Hafen waren teuer, sodass die Entladevorgänge auch nachts weiterliefen. Auf der anderen Seite ragten die mächtigen Pfeiler der Köhlbrandbrücke empor, die den Hafen überspannte und Wilhelmsburg mit Waltershof und mit dem Elbtunnel verband.

»Würdest du jemals woanders leben wollen?«, fragte Lars.

Theo antwortete nicht. Er wusste, dass es eine rhetorische Frage war.

Sein Freund ließ sich auf einem der hölzernen Sessel nieder. »Der Lütte da, der wirkt ja ordentlich mitgenommen. Hatte der was mit dem Mädchen?«

»Wohl nicht.«

»Aber er war verliebt in sie?«

»Scheint so.«

»Lieber Fatih«, las Fatih inzwischen die unbeendete Mail, »vielen Dank für Deine Hilfe und Unterstützung in den letzten Monaten und dass Du Dir immer Zeit für mich nimmst. Ich hoffe, dass diese Mail an unserer Freundschaft nichts ändern wird. Aber ich merke auch, dass es für Dich mehr als nur Freundschaft ist. Das macht die Sache etwas kompliziert.«

›Kompliziert‹, dachte Fatih, ›na toll‹. Er seufzte.

»Du bist wirklich ein ganz großartiger Mensch und ein wahnsinnig toller Musiker.«

›Immerhin‹, dachte er.

»Aber …«

›Jetzt kommt's.‹

»… ich kann Deine Gefühle nicht erwidern.«

Die paar Worte auf dem Bildschirm fraßen sich in sein Herz wie Säure. Er wunderte sich, dass es ihn so traf. Jenay war tot. Also, was für einen Unterschied machte es da noch, ob sie für ihn das Gleiche empfunden hatte wie er für sie? Aber es machte eben doch einen Unterschied. Einen sehr großen sogar.

»Es ist ja nicht so, dass ich Dich nicht süß finde.«

Fatih runzelte die Stirn.

»Aber für so was ist es einfach viel zu früh für mich. Ich muss erst einmal mein Leben auf die Reihe kriegen, meinen Weg suchen als Krankenschwester, als Musikerin UND als Sinteza. Das alles unter einen Hut zu kriegen, ist schwierig, wie Du weißt. In meinem Herzen werde ich immer Sinti bleiben.«

Fatih erinnerte sich an ein Gespräch, das er mit Jenay geführt hatte – eines der wenigen, in dem es nicht um Musik gegangen war. Sie hatte ihm erzählt, dass Liebesbeziehungen außerhalb der Ehe in ihrem Clan noch immer sehr ungern gesehen wurden. »Dafür ist das Heiraten bei uns aber traditionell ziemlich einfach«, hatte sie lachend berichtet. »Früher ist man einfach eine Nacht miteinander durchgebrannt. Danach wurde man von allen als Ehepaar akzeptiert. Die meisten waren dann noch ganz schön jung.«

›Wenigstens konnte ein Typ ein Mädchen so nicht so leicht sitzen lassen, wenn er sie erst mal ins Bett gekriegt hat‹, hatte er damals gedacht. Er hatte das ganz sinnvoll gefunden.

Er las weiter: »Und da ist noch etwas, was Du vielleicht wissen solltest.«

Doch damit endete die Mail.

Fatih holte tief Luft, schob mit einem Ruck den Stuhl zurück und erhob sich. Verdammt! Was hätte er wissen sollen? Hatte sie ihm schreiben wollen, dass sie einen anderen lieber mochte? Oder was hatte sie ihm sonst noch sagen wollen? Nun würde er es nie erfahren! Er fuhr sich durchs Haar, das sich nach all den Jahren mit langer Mähne noch immer ungewohnt kurz anfühlte. Am liebsten hätte er die E-Mail gelöscht. Nicht nur vom Rechner, sondern auch aus seinem Gehirn. Ersteres war komplizierter als die meisten Menschen glaubten, Letzteres war ohnehin unmöglich. Er fuhr den Laptop herunter, klappte ihn zu, klemmte ihn unter den Arm und ging hinaus zu Theo und Lars. Sogar im Dunklen sahen die beiden, dass er noch blasser war als gewöhnlich.

»Ich glaub, ich mach mich vom Acker«, sagte Fatih. »Die ganze Kiste gründlich zu durchforsten, gelöschte Dateien wiederherzustellen, das dauert sowieso ein paar Stunden.«

Theo tat der Junge leid. Trotzdem sagte er: »Lass uns noch kurz schauen, ob du was zu Dibrani auf ihrem Rechner findest. Das ist wichtig.«

»Also gut.« Fatih stellte den Laptop auf einem der niedrigen Tische ab, behutsam, als sei er zerbrechlich. Mit einem Seufzen klappte er ihn auf und startete ihn erneut.

»Dibrani – wie schreibt man das?«

»Wie man's spricht.«

»Wer ist der Typ?«

»Ihr Chef. Hat sie nie von ihm erzählt?«

Fatih zuckte die Schultern. »Ich glaube nicht. Aber wir haben sowieso nicht so viel über die Arbeit gesprochen. Oder mein Studium.« Er tippte den Namen in das Suchfenster ein, mit dem er die gespeicherten Dateien durchforsten konnte. In weniger als einer Sekunde hatte er das Suchergebnis: »Das gesuchte Element wurde nicht gefunden«, stand da.

»Versuch's mal mit dem Vornamen: Michel.«

Fatih tippte, doch das Fenster blieb auch diesmal leer.

»Und du bist sicher, dass sie nie was von ihm erzählt hat?«

»Ziemlich. Am besten fragst du Magda nach ihm. Immerhin haben die alle im selben Krankenhaus gearbeitet.«

»Magda behauptet, Jenay hätte was mit ihm gehabt.« Die Gesichtsfarbe des jungen Türken wechselte langsam ins Grünliche. »Fatih, es tut mir leid, dich damit quälen zu müssen, aber es geht nicht anders. Hältst du das für denkbar?«

Fatih wurde innerlich eiskalt. War es das, was Jenay ihm hatte sagen wollen? Dass sie in einen anderen, nämlich diesen Dibrani, verliebt gewesen war? Er fühlte eine Welle Übelkeit in sich aufsteigen und schluckte.

»Ich weiß es nicht. Wirklich nicht«, zwang er sich zu sagen. »Aber eine Affäre? Das kann ich mir nicht vorstellen.«

»Er ist ziemlich beliebt. Bei den Frauen, meine ich.«

Lars, der das Gespräch schweigend verfolgt hatte, sagte: »Jenay war doch eine Sinteza. Die sind in solchen Sachen ziemlich streng, soweit ich weiß.«

Fatih nickte. »Und sie hatte mit ihrer Familie auch so schon genug Stress gehabt.«

›Dass junge Menschen mit ihrer Familie der Liebe wegen brechen, war ja nun wirklich eine ganz alte Geschichte‹, dachte Theo, sagte aber: »Na gut. Gehen wir.« Er erhob sich. »Aber behalt das ein bisschen im Blick, mit diesem Typen, wenn du ihre Sachen durchschaust.«

»Okay.«

»Wie lange wirst du brauchen?«

»Keine Ahnung. Kommt drauf an.«

»Es ist nur … Wir müssen den Laptop Hadice geben. Und zwar so schnell wie möglich. Eigentlich sofort.«

»Schon klar. Aber erst wollen wir selbst gern wissen, was da drinsteckt.«

»Genau.«

Fatih grinste. Es war ein etwas klägliches Grinsen, aber immerhin.

Lars kutschierte die beiden nach Wilhelmsburg, wo er Fatih als Ersten in der Veringstraße absetzte. Der Dönerladen war noch hell erleuchtet, obwohl seine Mutter das Schild an der Tür bereits umgedreht hatte, sodass es die Seite mit der schnörkeligen Aufschrift »Geschlossen« präsentierte. Sie selbst war noch dabei, die Glasfront der Theke zu wienern. Fatih klopfte an die Scheibe, auf der noch immer »Ismails Dönerladen« stand. Aische sah kurz auf, entdeckte ihren Sohn und winkte ihm freundlich mit dem Putztuch zu. Fatih machte eine Geste mit dem Kopf und formte lautlos, aber übertrieben mit den Lippen: »Soll ich dir helfen?« Sie winkte ab.

Er öffnete die Haustür und stieg die ausgetretenen Holztreppen empor in den ersten Stock. Als er den Schlüssel ins Wohnungsschloss steckte, legte sich eine Hand auf seine Schulter. Er fuhr herum.

Vor ihm stand Romani. »Wird Zeit, dass wir uns mal unterhalten«, sagte er.

Fatih wurde erst siedend heiß und dann eiskalt. Wollte der Typ ihn vermöbeln? Romanis Blick verhieß nichts Gutes. Breitbeinig stand er da, aber wenigstens hatte er die Arme übereinandergekreuzt, was zwar machomäßig wirkte, aber nicht darauf schließen ließ, dass er gleich zuschlagen würde.

»Was willst du? Ich hab noch zu tun.«

»Erst mal reden wir.«

»Ich wüsste nicht, was wir miteinander zu reden hätten.« Mit klopfendem Herzen drehte sich Fatih zur Tür, um den Schlüssel herumzudrehen.

Romani packte ihn am Arm. »Ich sagte, wir reden. Jetzt.«

»Alter, du nervst.« Fatih sah dem jungen Sinto ins Gesicht und entdeckte den gleichen Schmerz unter der aggressiven Maske, den er selbst empfand.

»Ist es wegen Jenay?«

Romani nickte knapp.

Er öffnete die Tür und stieß sie auf. »Komm. Besser wir gehen rein.«

Romani zögerte.

»Ey, ich hab echt keinen Bock, das im Hausflur zu diskutieren.«

Der Sinto gab nach und folgte ihm.

Fatih machte Licht im Wohnzimmer und forderte den Besucher mit einer Handbewegung auf, sich zu setzen. Das Zimmer war nicht klein, aber vollgestellt mit Möbeln. Den größten Teil des Raumes nahmen zwei üppige, mit dunkelrotem Samt bezogene Sofas ein, auf denen eine halbe Großfamilie Platz hatte. Sie waren bestückt mit orientalisch gemusterten Zierkissen. An der Wand klebte eine Tapete mit barockem Dekor in Gold und Violett. Ansonsten eine schwere Schrankwand aus Eiche, zahlreiche runde Beistelltischchen mit Tischplatten aus verziertem Messing, an der Wand ein Teppich in schreiend bunten Farben, auf dem zwei säbelschwingende Reiter galoppierten.

Früher hatte sich Fatih vor seinen Schulkameraden wegen des Pomps geschämt, inzwischen akzeptierte er ihn als Teil seiner geschmacklich orientalisch-opulent geprägten Mutter.

Er überlegte kurz, seinem ungebetenen Gast einen Tee anzubieten, verzichtete dann aber darauf.

»Also, was willst du wissen?«

Romani fühlte sich sichtlich unwohl in seiner Haut, versuchte das aber zu überspielen, indem er sich breitbeinig in einen Sessel fläzte.

»Ich will wissen, warum du dauernd mit Jenay abgehangen hast. Es gibt doch genug türkische Mädchen!«

»Sie war eben was Besonderes.«

»Ganz genau. Was Besonderes. Viel zu schade für einen wie dich!«

»Aber nicht für einen wie dich, was?«

»Ich bin immerhin Sinto!«

»Na und?«

Romanis Kiefer mahlten.

»Ich kann dich beruhigen, Mann. Wir haben Musik gemacht, das war alles.«

Fatihs Gegenüber entspannte sich ein wenig.

»Hat sie dir irgendwas erzählt? Irgendwas, was erklärt, was passiert ist?«

Fatih schüttelte den Kopf. »Nicht wirklich.«

»Was soll das denn heißen?«

»Sie hat sich wegen irgendwas Sorgen gemacht. Irgendwas wegen der Arbeit.«

»Dieser dämliche Job.«

»Hat sie mal mit dir geredet? Über ihren Chef? Diesen Dibrani?«

Zu Fatihs Überraschung nickte Romani. »Dieser Franzose, oder?« Er überlegte. »Sie hat ziemlich gern mit ihm zusammengearbeitet, glaube ich. Sie fand, dass er gut mit Kindern kann. Und dass er ein toller Arzt ist. ›Begnadet‹, hat sie gesagt.« Er dehnte das Wort ins Ironische. Dann seufzte er. »So überkandidelt hat sie früher nie geredet.«

Fatih fiel voll Unbehagen ein, was Magda Theo über die Beziehung der beiden erzählt hatte. Er wollte den Gedanken abschütteln, doch Romani schien in dieselbe Richtung zu denken. »War sie in den verschossen oder was?«

Fatih kniff die Augen zusammen und massierte den Punkt über seiner Nasenwurzel.

»Mir hat sie davon nichts erzählt«, sagte er dann.

Romani spürte, dass er etwas zurückhielt, und wurde argwöhnisch. »Aber jemand anderem?«

»Magda hat wohl so was erwähnt«, murmelte Fatih.

»Der alte Sack! Den hab ich auf der Beerdigung gesehen! Der ist doch zwanzig Jahre älter als sie!« Romani sprang auf. »So ein mieses Schwein!«

»Nun komm mal wieder runter. Ich glaube nicht, dass da was dran ist«, versuchte Fatih, ihn zu beruhigen.

Der Sinto atmete heftig.

»Du kennst doch Jenay. Die wusste, was sie wollte. Das hätte sie sich nicht kaputt gemacht, durch … irgendwas.«

Romani schnaubte nur abfällig. »Ich krieg das raus. Ich schwör's dir, ich krieg das raus.« Dann marschierte er hinaus.

»Na, dann viel Glück«, sagte Fatih leise in den Raum. Die Wohnungstür fiel ins Schloss.

Den Rest der Nacht verbrachte er vor dem Rechner. Er hatte sich mit einem Sixpack Energydrinks eingedeckt, die er um halb drei Uhr morgens geleert hatte. Die Pupillen maximal erweitert vom vielen Koffein las und las und las er. Die Mails in ihrem Posteingang. Die gesendeten Mails in ihrem Postausgang. Die Mails, die sie gelöscht hatte. Die Mails, die sie aus dem Papierkorb entfernt hatte und die er wiederhergestellt hatte. Er las die Konversationen, die sie über ihr Facebook-Profil betrieben hatte. Er las und las und fühlte sich schrecklich dabei. Es war nicht richtig, zu lesen, was er las. Er erfuhr private Dinge von ihr, die ihn nichts angingen. Unbefugtes Eindringen. Er las und las, wie süchtig, wie angefixt. Puzzlestein um Puzzlestein vervollständigte sich sein Bild von ihr. Er fühlte sich ihr paradoxerweise näher als je zuvor, jetzt, da es sie gar nicht mehr gab. Einen Hinweis auf Dibrani fand er nicht. Aber das war natürlich kein Beweis dafür, dass sie keinen Kontakt außerhalb des Krankenhauses miteinander gehabt hatten. Der wäre wohl ohnehin eher über ihr Mobiltelefon gelaufen. Doch darauf hatte nur die Polizei Zugriff gehabt.

Als langsam das Tageslicht die Welt hinter dem Fenster erhellte, machte er sich daran, den Browserverlauf zu überprüfen. So konnte er rekonstruieren, welche Seite Jenay im Internet in den letzten Wochen aufgerufen hatte.

Es waren viele medizinische Informationen dabei, Fachlektüre, die sie über Google Books aufgerufen hatte, aber auch laienverständliche Artikel zu verschiedenen Krankheiten auf einem Gesundheitsportal. Darunter auch zu Mandeloperationen und deren Komplikationen.

Er stieß auf die Seite eines Onlineversands für Musikinstrumente.

Er fand heraus, dass sie sich für die schrägen Wissenschaftsnachrichten auf »I Fucking Love Science!« interessiert hatte.

Und sie war auf einer Forenseite für Sinti und Roma gewesen. Fatih las weiter. Er las Beiträge von Menschen, die Probleme mit den Behörden hatten. Er las Beiträge von Halbblutsinti, die um Hilfe beim Kennenlernen der Kultur baten. Er las viele Beiträge, in denen es um Diskriminierung aufgrund der kulturellen Wurzeln ging. Und er las Beiträge einer jungen Sinteza mit dem Benutzernamen edwards_erbin, die von Problemen mit ihrer Familie schrieb, weil sie nicht den traditionellen Weg gehen wollte. Antwort hatte sie von einer Userin namens gipsygirl89 bekommen. edwards_erbin schrieb, die Mutter stelle sich quer. Bei gipsygirl89 war es der Vater. Zwei junge Frauen, hin- und hergerissen zwischen der Liebe zu ihrer Familie und dem Wunsch nach Selbstbestimmtheit.

›Bingo‹, dachte Fatih.

Er ging auf das Feld zum Einloggen oben rechts auf der Seite und tippte »edwards_erbin« ein. Dabei musste er lächeln. Django Edward, der Gitarrenvirtuose, war der wohl bekannteste Sinti-Musiker aller Zeiten. Stundenlang hatten er und Jenay sich seine Musik angehört. Dass Jenay sich als seine Erbin bezeichnete, konnte er sich gut vorstellen. Kaum hatte er den Benutzernamen eingegeben, erschienen Pünktchen im Feld für das Kennwort, die für das Passwort standen. Es war im Browser gespeichert worden.

›Bingo!‹, dachte Fatih noch einmal und loggte sich ein. Nun war er selbst als edwards_erbin unterwegs.

Das war jetzt zweifellos ein weiterer Vertrauensbruch. Wäre Jenay noch am Leben gewesen, sie hätte es ihm wohl nur schwerlich verziehen. Fatih kam sich immer schuftiger vor. Aber das war seine einzige Möglichkeit, mit gipsygirl89 in Kontakt zu treten. Mit ihr hatte Jenay sich ein paar Mal ausgetauscht, bis die beiden recht schnell in einen privaten Chat gewechselt waren. Und auf den hatte er nur Zugriff, wenn er sich mit Jenays Benutzernamen einloggte. Ihr letzter Beitrag schien ihm wichtig. Darin hatte Jenay alias edwards_erbin geschrieben: »Hab ein Problem, das ich nicht öffentlich diskutieren will. Gehen wir in den Chat?« Dann folgte der Link zu einem privaten Diskussionsraum auf der Site, zu der nur eingeladene Mitglieder Einlass fanden.

Fatih folgte ihm und landete im Chatprotokoll, einer Aufzeichnung all dessen, was in diesem Raum geschrieben wurde. Zu seiner Enttäuschung war es nicht sehr ergiebig.

EDWARDS_ERBIN: Hi!

GIPSYGIRL89: Hi!

EDWARDS_ERBIN: Schön, dass du da bist!

GIPSYGIRL89: Kein Problem. Worum geht's denn?

EDWARDS_ERBIN: Ist ein bisschen kompliziert. Sag mal, vielleicht können wir telefonieren?

GIPSYGIRL89: Na klar.

Es folgte eine Mobilnummer.

Jenay

Sie sah ihr Leben, wie es hätte verlaufen können. Die unendliche Vielfalt der Möglichkeiten. Jede von ihnen abhängig davon, welche Entscheidungen sie irgendwann getroffen hätte, hätte sie dazu eine Chance gehabt. Und jedes dieser Leben wiederum beeinflusst davon, welche Wahl andere Menschen getroffen hätten. Meist geschahen die entscheidenden Dinge unbewusst. Ein kurzes Zögern, eine kleine Bewegung, ein flüchtiger Gedanke stellten unentwegt und unbemerkt neue Weichen, die das Schicksal in neue Bahnen lenkten. Eine Tür schlug zu, eine andere öffnete sich.

Sie sah diese unermessliche Vielfalt der Möglichkeiten nicht nur für sich, sondern auch für jeden Lebenden, den sie traf. Nur dass für diese Menschen noch unendlich viel möglich war – und für sie, die Tote, nichts mehr. Das war der Unterschied.

Sie sah Fatihs Unbehagen, während seine Finger über die Tastatur glitten, seine Scheu, ihre Geheimnisse aufzudecken, seine Furcht, Dinge zu erfahren, die er lieber nicht wissen wollte, aber auch seine Neugier, seine Sehnsucht, ihr noch einmal nahe zu sein.

Als er schließlich auf den entscheidenden Hinweis stieß, der die Geschehnisse klären konnte, der die Wahrheit aufdecken konnte, der – vor allem – jene Varianten des Schicksals verhindern konnte, die noch mehr Unheil bringen würden, rief sie laut seinen Namen. Doch er warf nur einen flüchtigen Blick auf das, was doch so wichtig war. Dann öffnete er ein neues Fenster auf dem Monitor.

DER ZEHNTE TAG

Theo hatte einen Namen: René Harms. Über Facebook hatte er nur eine einzige Person dieses Namens in Hamburg gefunden. Die Profilseite war mit der Panoramaaufnahme eines Strandes aufgemacht, sowie dem kleinen Porträt eines Mannes von etwa Mitte vierzig. Er trug ein blau kariertes Holzfällerhemd und auf dem mutmaßlich eher kahlen Kopf eine Skimütze. Auf seiner fleischigen Nase saß eine Sonnenbrille mit bläulichen Gläsern. Sein breites Lächeln, das einen goldenen Backenzahn blitzen ließ, war offen und sympathisch.

René Harms hatte vor allem Bilder aus seinem Familienleben gepostet, Arm in Arm mit seiner hübschen blonden, etwas molligen Frau, dazwischen ein Mädchen, das Theo auf etwa neun Jahre schätzte. Ihr mausfarbenes Haar war zu einem Pferdeschwanz oben auf dem Kopf zusammengebunden, ihr Lächeln eine Miniaturausgabe von dem ihres Vaters. Im Hintergrund spannte sich eine bogenförmige Brücke. »Wieder zurück am Fehmarnbelt!«, stand darunter. Am unteren Bildrand ragte etwas in den Bildausschnitt, das Theo nach kurzem Zögern als einen Hundeschwanz identifizierte. Fünf Personen hatten das Foto mit einem Klick auf das Daumen-nach-oben-Symbol geliked. Darunter Bilder des Mädchens, schmusend mit dem Hund, einem Golden Retriever, wie Theo nun erkannte, auf einer Blumenwiese: »Lara und Snickers bei Oma im Garten«. Dann ein Bild von

Lara vor einem großen grauen Vogel mit klobigem Schnabel und würdevoller Haltung: »Vorsicht vor dem Schuhschnabel«. Ein Bild von Lara mit Hasenohren und erbeuteten Schokoeiern: »Frohe Ostern!«

Das jüngste Bild hatte Harms vor fast einem Jahr gepostet. Es zeigte das Mädchen, das stolz wie Oskar einen Handstand machte, während ihre Mutter es an den Füßen festhielt. Darunter Kommentare, die nicht zu dem Bild passten.

»Es tut uns so leid. Unsere Gedanken sind bei euch.«

»Ich wünsche euch viel Kraft in dieser schweren Zeit.«

»Gebt die Hoffnung nicht auf!«

Auf keinen der mitfühlenden Einträge hatte Harms geantwortet. Vor nicht ganz einem Jahr hatte eine Tragödie die Familie getroffen. Theo hatte offenbar den richtigen René Harms gefunden.

Allerdings war eine Facebook-Adresse, die nicht mehr genutzt wurde, kaum eine vielversprechende Möglichkeit, in Kontakt zu treten. Laut Telefonbuch gab es nur einen einzigen René Harms in Hamburg – und zwar wohnte der im Wilhelmsburger Stadtteil Kirchdorf. ›Treffer‹, dachte Theo.

Erst am nächsten Abend kam Theo dazu, zu der Anschrift »Bei der Schmiede« zu fahren. Er hatte eine tumultartige Beerdigung hinter sich, auf der zwei Trauergäste zunächst lautstark und wenig später handgreiflich übereinander hergefallen waren. Soweit Theo es mitbekommen hatte, waren die beiden Streithähne Brüder des Verstorbenen, die einander seit Jahren spinnefeind waren. Ähnlich wie auf Hochzeiten trafen auch auf Beerdigungen mitunter zwangsläufig Menschen aufeinander, die miteinander verkracht waren. Und dann schepperte es in einer der Würde des Anlasses wenig angemessenen Weise.

Mit dem Fahrrad brauchte er nur gute zehn Minuten bis zum Haus der Harms'. Er fuhr durch die Straße Am Papenbrack, die sich zwischen zwei Teichen erstreckte, vorbei am Haus von Emil und Line, einem alten Ehepaar, das er sehr gemocht hatte und das im vergangenen Jahr gestorben war – sie an den Folgen von Alzheimer, er noch in derselben Nacht durch Suizid. Die kleine Fachwerkdoppelhaushälfte hatte offenbar inzwischen neue Besitzer gefunden: Der alte Topf, den Line immer für durstige Hunde vor die Tür gestellt hatte, war verschwunden, und auf dem Rasen im Vorgarten lag ein Tretroller. Theo lächelte. Line und Emil hätte es sicher gefreut, dass in ihrem Häuschen nun eine junge Familie wohnte.

Hinter dem Teich, der still in der Abendsonne glitzerte, fuhr er die Brackstraße bis zur Kreuzkirche hinauf, einem Fachwerkbauwerk mit grünem Kupferspitzdach, dessen Grundmauern noch aus dem 14. Jahrhundert stammten. Vor dem Kiosk auf der gegenüberliegenden Straßenseite standen ein paar Männer mit Bierflaschen in der Hand, die ihm zuprosteten. Theo winkte zurück, obwohl er sich nicht sicher war, sie zu kennen. Als Bestatter traf er so viele Menschen – viel mehr als einst in seiner Tätigkeit als Chirurg. Über die Kirchdorfer Straße erreichte er schließlich »Bei der Schmiede«, eine Straße, die in eine Sackgasse mündete. Sie verlief parallel zu einem der vielen kleinen Kanäle, die Wilhelmsburg durchzogen wie ein Adersystem. Die Häuser auf der rechten Seite lagen jenseits des schmalen Wasserweges. Jedes von ihnen war mit einem eigenen, individuell gestalteten Brückchen ausgestattet, das sich über den Kanal spannte. Die frei stehenden Einfamilienhäuser waren begehrt – lagen sie doch direkt an der Grenze, an der der Ortsteil Kirchdorf ins ländliche Moorwerder überging. Zwischen hier und dem

Deich standen nur wenige Gebäude – meist alte Bauernhöfe –, dafür gab es umso mehr Äcker und Weideland.

Einige Bewohner schützten ihr Grundstück mit hohen Hecken oder Koniferen vor neugierigen Blicken, die meisten aber zeigten stolz ihre schmucken Vorgärten. Hier gab es gemauerte Grillöfen, umrankte Blumenspaliere, jede Menge Vogelhäuschen und den einen oder anderen Gartenzwerg. Auf zwei nebeneinanderliegenden Grundstücken flatterten einträchtig die HSV-Flagge und die rote türkische Nationalflagge mit Halbmond und Stern im Wind. In den letzten Jahrzehnten hatten nicht wenige der einst als Gastarbeiter angekommenen Familien es mit Fleiß und Ausdauer zu Geld gebracht, das sie in ein Eigenheim investiert hatten. Und so durchmischten sich die verschiedenen Nationalitäten langsam, aber stetig auch in Gegenden, in denen man früher nur selten ein Kopftuch gesehen hatte.

Das Haus der Harms' lag fast am Ende der gepflasterten Straße, ein roter Klinkerbau mit dunklem Schopfwalmdach, davor eine Schaukel, bei deren Anblick Theo das Herz schwer wurde. Das Kind, für das sie aufgestellt worden war, würde wohl nie mehr darauf schaukeln. Er schloss sein Rennrad ab und ging zögernd auf die Pforte zu. Im Vorgarten lag der Hund, den er von den Facebook-Fotos kannte, flach auf dem Boden. Nun, da sich ein Fremder näherte, hob das Tier neugierig den Kopf und blickte ihm entgegen. ›Snickers‹, dachte Theo. Er öffnete die niedrige Gartenpforte, ließ den Hund, der ihm entgegengetrottet kam, zur Begrüßung an seiner Hand schnüffeln.

Die Haustür öffnete sich und eine Frau trat hinaus. Theo erkannte sie erst auf den zweiten Blick. Manche Menschen magerten ab vor Kummer, andere nahmen zu. War Ruth Harms auf den Bildern bei Facebook noch eine mollige Person gewesen, war sie jetzt stark übergewichtig. Sie trug ein zeltartiges T-Shirt und eine Jogginghose.

»Frau Harms?« Theo richtete sich auf.

»Ja bitte?«, sagte sie. Ihre Stimme klang leise.

»Entschuldigen Sie, dass ich Sie unangekündigt störe. Haben Sie vielleicht einen Moment Zeit?«

»Worum geht es denn?«

»Es geht um Jenay Munk. Ihr Mann hatte ihr eine E-Mail geschrieben.«

Sie straffte sich. »Jenay? Diese junge Krankenschwester aus Groß-Sand?«

Er nickte.

»Bitte kommen Sie doch!« Sie trat einen Schritt zurück und öffnete die Tür, um ihn hereinzulassen.

»Am besten gehen wir nach hinten zu Lara. Ich lasse sie nur ungern länger allein.«

»Natürlich.«

»Wenn Sie von Jenay kommen, dann wissen Sie vermutlich Bescheid? Über ihren Zustand?«

»Nicht genau«, gab Theo zu.

»Dann sehen Sie selbst.« Die Stimme der Mutter klang bitter.

Auf die kleine Terrasse hinter dem Haus schien noch etwas Abendsonne. Neben einem Gartentisch stand ein Rollstuhl. In ihm saß festgegurtet ein zartes Mädchen mit langem mausbraunem Haar. Ihre Arme und Hände waren verdreht – aufgrund von Spastiken, wusste Theo. Ihr Kopf war nach hinten gebogen, die blauen Augen blickten ins Leere, der Mund stand offen. Die Mutter hatte sie in eine dicke Decke gewickelt. Ein Plüschschwein lag wie erschlagen auf ihrem Schoß, die stämmigen Beine in die Luft gereckt.

Theo hatte schon häufig Menschen im Wachkoma gesehen – dem apallischen Syndrom. Ihr Hirnstamm funktionierte und damit auch Atmung und Reflexe – aber sie waren offenen Auges in tiefer Bewusstlosigkeit gefangen. Ob und was ein Wachkomapatient noch mitbekam, war umstritten. Einige zeigten Reaktionen auf Angehörige, die man zwar nicht sehen, aber messen konnte – wie einen beschleunigten Pulsschlag. Immer mehr setzte sich die Ansicht durch, dass das Wachkoma ein Übergangszustand war, eine Schutzreaktion des Gehirns auf ein schweres Trauma oder eine Sauerstoffunterversorgung. Manche Patienten erwachten schrittweise wieder, besonders das kindliche Gehirn war oft in der Lage, sich zu reorganisieren. Doch bei Lara schien das nicht der Fall zu sein. Die verhängnisvolle Operation, die sie ins Koma hatte fallen lassen, war nun fast ein Jahr her. Dass sich ihr Zustand jetzt noch deutlich verbessern würde, war unwahrscheinlich.

Die Mutter ließ sich schwer auf einen der Gartenstühle sinken. Sie sah ihn erwartungsvoll an. »Sie haben eine Nachricht von Jenay für uns?« Hoffnung flackerte in ihrem Blick.

Er schüttelte den Kopf. »Leider nicht.«

»Aber Sie sagten doch …«

»Jenay Munk ist vergangene Woche ums Leben gekommen. Es ist ihre Familie, die mich schickt.«

Die Frau hatte die Hand vor den Mund geschlagen. Dann ließ sie sie kraftlos in den Schoß sinken. »Dann haben wir keine Chance«, sagte sie.

»Sie meinen, in einem eventuellen Schadenersatzprozess gegen Dr. Dibrani.«

Sie nickte. »Wir waren so sicher, dass Jenay etwas wusste, das uns geholfen hätte.«

»Wieso haben Sie das geglaubt?«

»Sie war bei der Operation dabei. Und als Lara nicht wieder aufwachte und klar wurde, dass sie schwere Hirnschäden davongetragen hat, da hat Jenay später spontan etwas gesagt. Sie hat gesagt: ›Er hätte nie operieren dürfen.‹«

Das war in der Tat eine seltsame Bemerkung – aber natürlich kein Beweis dafür, dass Dibrani sich tatsächlich etwas zuschulden hatte kommen lassen.

»Sie müssen mich für einen Unmenschen halten, dass ich nur an die Beweislage denke und nicht an die arme junge Frau.«

»Ich finde, das ist ganz natürlich.«

»Was ist ihr zugestoßen?«

»Sie ist ertrunken. Und ihre Eltern glauben nicht so recht an einen Unfall.«

»Sie meinen Selbstmord?«

»Möglicherweise.« Mit seiner Theorie von Jenays Ermordung wollte er sie lieber nicht zusätzlich schockieren.

»Ich weiß nicht, wie ich Ihnen da weiterhelfen kann.«

»Hat sie sich noch einmal bei Ihnen gemeldet?«, wollte Theo wissen.

Sie schüttelte den Kopf. »Nein. Auf seine E-Mail hat mein Mann keine Antwort bekommen.«

»Wann kommt er denn nach Hause, Ihr Mann?«

»Normalerweise müsste er schon da sein. Aber seit der missglückten Operation bleibt er öfter länger weg. Er erträgt es nur schwer, die Kleine so zu sehen.«

Das Kind, das bisher still dagesessen hatte wie eine Puppe, regte sich, streckte die verkrampften Arme und wandte ihnen den Kopf zu. Die völlige Ausdruckslosigkeit in ihrem Gesicht ließ Theo schaudern. Das Plüschschwein glitt von ihrem Schoß. Theo stand auf, hob es vom Boden und legte es sanft auf den Tisch.

»Ich muss ihr etwas zu essen machen. Aber Sie können gern warten, bis mein Mann kommt.«

»Danke. Das mache ich.«

Sie verschwand im Inneren des Hauses, und Theo war mit der kleinen Wachkomapatientin allein.

Er gab sich einen Ruck und zog seinen Stuhl näher zu ihr heran. »Hallo«, sagte er, »ich heiße Theo. Und du bist Lara, nicht wahr?« Trotz seiner medizinischen Ausbildung fiel ihm der Umgang mit Menschen, die geistig eingeschränkt waren, nicht leicht. Ein Zucken ging über das Gesicht des Kindes, dann lächelte es breit. Er wusste, dass es nur eine reflexhafte Reaktion war, dennoch lächelte er zurück. Sie war immer noch ein sehr hübsches Mädchen. Er hörte, wie sich ein Wagen dem Haus näherte und dann stehen blieb. Eine Autotür fiel ins Schloss.

»Das wird wohl dein Papa sein«, sagte Theo zu dem Kind, dessen Lächeln schon wieder erloschen war.

Anders als seine Frau schien René Harms auf den ersten Blick unverändert. Er war zwar kleiner, als Theo angenommen hatte, wirkte aber genauso kraftstrotzend wie auf den Bildern aus glücklicheren Zeiten. Allerdings hatte das gutmütige Grinsen einem grimmigen Gesichtsausdruck Platz gemacht. Er baute sich in der Terrassentür auf, die kräftig behaarten Arme überkreuzt.

»Meine Frau sagt, Sie sind wegen Jenay Munk hier?«, fragte er, ohne sich mit Höflichkeiten aufzuhalten.

Theo stand auf und ging zu ihm hinüber. »Ja. Sie ist letzte Woche gestorben. Es tut mir leid, wenn ich keine besseren Nachrichten für Sie habe. Ich weiß, Sie haben auf ihre Aussage bei einem Prozess gehofft. Wir haben Ihre E-Mail in ihrem Computer gefunden.«

»Warum interessiert Sie das?«

»Mich interessiert alles, was ungewöhnlich war in der Zeit unmittelbar vor ihrem Tod. Ihre Eltern glauben nicht an einen Unfall.«

»Ich kann mir kaum vorstellen, dass das Schicksal unserer Tochter irgendetwas damit zu tun hat.«

»Vielleicht erzählen Sie mir einfach, was damals geschehen ist.«

Es war ein Routineeingriff gewesen. Der Kinderarzt hatte den Eltern geraten, die Mandeln entfernen zu lassen. Die Operation verlief zunächst ganz normal. Am Morgen darauf jedoch begann das Mädchen, schwallartig aus dem Mund zu bluten. Theo wusste, dass dies eine sehr seltene, aber ebenso auch sehr gefährliche Komplikation bei einer Tonsillenektomie war – so der medizinische Fachbegriff für den Eingriff.

»Es war entsetzlich«, berichtete der Vater. »Wie in einem Horrorfilm. Überall war Blut.«

Da sich die Blutung nicht stillen ließ, wurde Lara sofort notoperiert, um die Gefäße, die die Blutungen verursacht hatten, zu verschließen.

»Aber dabei ist irgendetwas schiefgegangen.«

Theo war skeptisch. Bisher klang das alles nach einer Tragödie, an der niemand Schuld hatte.

»Es war nicht nur die Reaktion von Frau Munk«, sagte Harms, als könne er Theos Gedanken lesen. »Es war auch das Verhalten von diesem Dibrani. Dem stand das Schuldbewusstsein auf die Stirn geschrieben. Ich hoffe, er wird irgendwann dafür in der Hölle schmoren, was er meinem Kind angetan hat.« Er ging die paar Schritte zum Rollstuhl seiner Tochter und riss ihn mit einem Ruck herum, um Theo das Mädchen zu präsentieren. Aus seinen Augen sprühte weißglühend die Wut.

Wut war es, die Romani dazu brachte, die Brustpresse mit den Armen wieder und wieder zu betätigen. Seit über einer Stunde verausgabte er sich schon an den Geräten des Fitnessstudios. Die Belastung der Muskeln bis zum Schmerz und darüber hinaus, das Keuchen der Männer im Raum, der Dunst von Schweiß und Testosteron – er mochte die Atmosphäre, und je grimmiger er trainierte, desto besser ging es ihm anschließend. Romani war schon immer ein explosiver Mensch gewesen, dicht unter der dünnen Hautschicht schien es ständig zu brodeln. »Hulk« hatten ihn seine Mitschüler einst genannt, nach dem riesigen grünen, zerstörerischen Comicmonster, in das sich der Nuklearphysiker Dr. Bruce Banner verwandelte, sobald er zornig wurde. Wenn Romani jedoch bis zur Erschöpfung trainierte, fühlte er sich leicht und versöhnt mit der Welt. Heute jedoch war es anders. Die Wut, die er in seine schmerzenden Muskeln pumpte, schien sich mit jeder Bewegung noch zu steigern. »Push!«, hörte er einen Trainer am anderen Ende des Raumes einen Mann antreiben. »Push!«

Seit der Begegnung mit dem Bestatter ging ihm dieser Arzt nicht mehr aus dem Kopf.

Er erinnerte sich, wie Jenays Augen gestrahlt hatten, als sie von ihm erzählte. »Mit den Kindern ist er einfach toll. Sie LIEBEN ihn.«

Und er dachte daran, wie er auf der Beerdigung gedacht hatte: ›Was? Dieser alte Kerl, das soll der tolle Dr. Dibrani sein?‹

Doch insgeheim hatte er sich eingestehen müssen, was das Besondere an diesem Mann war. Während die anderen Gatsche, Schulkameraden und Lehrer, Kollegen und Musikerfreunde sich zwischen den Mitgliedern des Sinti-Clans sichtlich unwohl fühlten, schien Dibrani völlig entspannt.

Mühelos schien er für jeden die richtige Geste, das richtige Wort zu finden.

Er strahlte eine unerschütterliche Gelassenheit aus, ein Selbstverständnis in allem, was er tat, eine instinktive Fähigkeit, sich in jeder Situation angemessen zu verhalten. Er war das genaue Gegenteil von ihm, Romani.

Im wurde klar, dass er in diesem Moment vor allem eines verspürt hatte: Eifersucht auf Dibranis Selbstbewusstsein, seinen Erfolg, seinen Charme. Und nun hatte Fatih ihm auch noch diesen Floh ins Ohr gesetzt, diesen Gedanken, der sich wie ein Parasit immer weiter in sein Herz fraß: Dass Dibrani und Jenay vielleicht mehr gewesen waren als Kollegen.

Anfangs hatte er noch geglaubt, Jenays Auszug aus der Gemeinschaft sei nur eine vorübergehende Sache, dass sie eher früher als später reumütig zurückkehren würde in die Geborgenheit ihrer Familie.

Doch so war es nicht gekommen.

Die seltenen Male, in denen er danach Gelegenheit hatte, mit ihr zu sprechen, auf einer Familienfeier oder nach einem Konzert, hatte er ihr von seinen Plänen erzählt: Dass er sein Abitur nachholen wollte, dass er studieren wollte, irgendwas Technisches, vielleicht Maschinenbau. Er hatte gehofft, sie damit beeindrucken zu können. Und sie hatte ihn dann auch angesehen, ihm eine Hand auf den Arm gelegt und gesagt: »Wenn du das wirklich willst, dann kannst du es schaffen, ganz sicher.« Da war ihm warm geworden ums Herz, aber er hatte auch gemerkt, dass sie sich für ihn als einen Freund freute und nicht als einen Mann, mit dem sie diese großartige Zukunft teilen wollte. Mit ihrem Tod hatte sich die Entschlossenheit, seine Pläne in die Tat umzusetzen, in Nichts aufgelöst.

Er kämpfte weiter gegen die Gewichte an, die das Gerät immer wieder zurück in die Ausgangsposition zogen. Einmal, zehnmal, dreißigmal.

»Das reicht jetzt, Meister«, hörte er eine Stimme neben sich. Der Besitzer des Studios, ein freundlicher Mann Mitte sechzig, sah ihn besorgt an. Romani griff nach dem Handtuch, das er sich um den Nacken drapiert hatte, und fuhr sich damit über das Gesicht. Sein Herz schlug zu schnell und zu hart in seinem Brustkorb.

Anschließend stand er lange unter der Dusche, ließ sich den fast unerträglich heißen Strahl auf den Rücken prasseln, sodass seine Haut sich krebsrot verfärbte.

Sie hatte ihn nicht haben wollen, ihn nicht und wohl auch diesen Fatih nicht, obwohl der gut aussah und obendrein ein ausgezeichneter Musiker war. Er hatte trotzdem weiter gehofft, Jenay würde sich irgendwann doch noch in ihn verlieben, und der Gedanke, dass sie diesen Arzt ihm vorgezogen haben könnte, machte ihn rasend.

Mit einem Ruck stellte er das Wasser ab und stand dann nass und dampfend da, die Fäuste geballt, die Zähne aufeinandergepresst, und war entschlossen, die Wahrheit herauszufinden.

Auf der anderen Seite der Elbinsel saß Fatih in einem Probenraum der Band »Leuchtzeichen«, deren Frontfrau Jenay gewesen war. Fatih hatte Ernie, den Bassisten, um ein Treffen gebeten. Als Wilhelmsburger Musiker kannte er die Jungs allesamt ganz gut. Nun saßen sie in dem Raum, der lediglich mit dem Schlagzeug sowie einem verschlissenen Sofa, ein paar Sesseln und einem Kühlschrank möbliert war. An der Wand tropfte ein Wasserhahn in ein emailliertes

Waschbecken, von dem der Belag an vielen Stellen abgeplatzt war.

Ernie, der Segelohren und ähnlich wucherndes schwarzes Haar besaß wie die gleichnamige Sesamstraßenfigur, klammerte sich an sein Instrument wie an einen Rettungsanker. »Was für eine Scheiße«, sagte er. Er wischte sich mit dem Handrücken über die Nase. »Wir waren gerade so weit, unser erstes Album einzuspielen. Verdammt, wir hatten das Studio schon gebucht.«

»Ohne Jenay können wir das knicken, so viel steht mal fest.« Alex, der kahlköpfige Drummer, saß vorgebeugt auf einem der Sessel, die langen Arme auf die Knie gestützt, die Hände kraftlos zwischen den Beinen baumelnd. »Hätte ich sie doch nur begleitet, wie ich es eigentlich wollte! Aber nein, ich musste ja unbedingt noch mit dieser Tussi einen trinken!«

»Ist euch irgendwas an ihr aufgefallen in der letzten Zeit vor ihrem Tod?«

»Eigentlich nicht.« Stevie, der Saxofonist, lehnte neben dem schmutzigen Fenster, durch das fahler werdendes Tageslicht hereinfiel. »Vielleicht war sie noch ein bisschen in sich gekehrter als sonst. Irgendwie abwesend, oder?« Er blickte in die Runde.

»Mir ist nix aufgefallen.« Ernie zuckte entschuldigend die Achseln.

»Digger, dir fällt doch sowieso nie was auf.« Das war eine Feststellung, kein Vorwurf. Fatih musste schmunzeln. Was Stevie ausgesprochen hatte, war allgemein bekannt: Ernie schien manchmal von einem fremden Planeten zu stammen.

»Stevie hat recht«, meldete Alex sich zu Wort. »Nach den Proben ist sie neuerdings immer direkt abgehauen. Sonst hat sie ja immer noch ein bisschen mit uns abgehangen, aber in letzter Zeit war sie immer sofort weg.«

»Stimmt. Auch an dem letzten Abend nach dem Konzert.«

»Warum willste denn das jetzt alles wissen?« Stevie blickte Fatih stirnrunzelnd an.

»Ich weiß nicht. Irgendwie kann ich es nicht glauben, dass sie einfach so ausgerutscht und ertrunken ist.«

»Shit happens.« Alex schniefte. Alles an seinem langen dünnen Körper drückte tiefe Resignation aus.

»Und an dem Abend selbst ist euch weiter nichts aufgefallen?«, bohrte Fatih weiter.

»Nichts. Bis auf diesen Typen, der auf sie eingeredet hat.«

»Was für ein Typ?«

»Keine Ahnung. Ich kannte den nicht. Hab ich auch der Polizei erzählt.« Stevie kratzte sich an seinem kleinen Kinnbart.

»Wie sah der aus?«

»Ach, der war irgendwie schon älter, glaube ich. Aber so genau habe ich das nicht gesehen. Er hatte die Kapuze von seinem Hoodie hochgezogen. Mir ist nur aufgefallen, dass der nicht besonders groß war.«

»Und was war nun mit dem?«

»Als wir von der Bühne runter sind, ist er zu Jenay rübergegangen. Hat sie angequatscht und auf sie eingeredet. Als sie gehen wollte, hat er sie am Arm gepackt. Ich wollte schon rüber, aber Jenay hat ihn nur angefunkelt, und da hat er sie gehen lassen.«

»Und von euch hat den auch keiner gekannt?«

Ernie und Alex schüttelten die Köpfe. »Ich hab nix mitgekriegt.« Ernie klang verzagt.

Fatih verdrehte die Augen. Er war froh, dass er kein Polizist war. Zeugenbefragungen wären jedenfalls nicht sein Ding gewesen. Die Leute stolperten offenbar allesamt halb blind durchs Leben.

Die Frau mochte etwa Mitte fünfzig sein. Sie hielt die Handtasche auf ihrem Schoß mit beiden Händen fest umklammert. Sie war noch nie zuvor bei einem Hörgeräteakustiker gewesen. René Harms bemerkte, dass sie den Lippenstift so aufgetragen hatte, dass er über den Lippenrand hinausreichte, damit diese voller aussahen. Jetzt, da sie den Mund zu einem schmalen Strich zusammengekniffen hatte, verpuffte der Effekt. Sie gehörte zu jener Art Barbiefrau, die in ihrer Jugend hübsch gewesen war, aber trotz großen kosmetischen Aufwands schlecht alterte. Harms war sich sicher, dass sie ihr Haar, das ihr in offenen Wellen bis weit über die Schultern fiel, seit Jahrzehnten auf die gleiche Weise trug. Eine Wolke von Unzufriedenheit umgab sie.

»Aber Liebling«, sagte der Ehemann hilflos, »die Dinger sind so winzig, die sieht doch wirklich niemand.« Er war sicher ein gutes Jahrzehnt älter als seine Frau, ein schlanker, sportlich wirkender Mann in blütenweißem Hemd und grauem Anzug. ›Ein Mann, der einmal eine Prinzessin geheiratet hatte, die sich dann aber als Kröte entpuppte‹, dachte René Harms sich.

Angewidert starrte die Frau auf die Hörgeräte, die zwischen ihr und dem Hörgeräteakustiker auf dem Tisch lagen. Es waren Im-Ohr-Geräte, kleiner als eine Erbse, kostspielige Wunderwerke der Technik.

»Sie sind zu laut«, klagte sie in der übertriebenen Lautstärke schwerhöriger Menschen. »Davon kriege ich Kopfschmerzen.«

René Harms hatte solche Diskussionen schon unzählige Male geführt.

»Frau Heller, das ist ganz natürlich. Es liegt daran, dass Sie die Alltagsgeräusche schon lange nicht mehr gewöhnt sind. Das dauert seine Zeit.«

»Ich höre noch ganz ausgezeichnet«, sagte sie und warf den Kopf in den Nacken, eine einstudierte Bewegung, die ihr in Fleisch und Blut übergegangen war.

Vor dem Hörgeräteakustiker lag eine schmale Mappe, die die Ergebnisse des Hörtests enthielt, die eine andere Sprache sprachen. Die Frau hatte bereits einen großen Teil ihrer Hörfähigkeit eingebüßt, links dreißig, rechts sogar fast fünfzig Prozent – ein Schicksal, das fast alle alternden Menschen früher oder später ereilte. Zuerst verschwanden die hohen Töne, das Zirpen der Grillen im Sommer, das Tirilieren der Vögel und schließlich nach und nach der Rest.

René Harms hatte seinen Beruf immer gemocht. Die Unbestechlichkeit der Messungen, die immer erstaunlicher werdenden Leistungen der immer winzigeren Geräte, die er seiner zunächst zögernden Kundschaft mit missionarischer Begeisterung erläuterte.

Doch seit seine Tochter sich in ein hilfloses, spastisch krampfendes Halbwesen verwandelt hatte, fiel es ihm schwer, die nötige Geduld für die Überzeugungsarbeit aufzubringen.

»Sehen Sie, Frau Heller, es ist ganz einfach. Entweder Sie tragen Hörgeräte, oder Sie verlieren zunehmend Ihr Gehör. Und zwar unwiederbringlich – dann helfen Ihnen später auch keine Geräte mehr.«

Sie sah ihn verständnislos an.

»Wenn Sie auf bestimmten Frequenzen zu lange nichts mehr hören, verliert Ihr Gehirn die Fähigkeit, diese Töne zu verarbeiten.«

»Das ist doch Unfug, oder, Hans? Das hat doch noch Zeit. Ich will die Dinger nicht. Damit fühle ich mich so alt.« Sie verzog schmollend das Gesicht, was Jahrzehnte zuvor vielleicht noch hätte Herzen schmelzen lassen, aber nun nur noch grotesk wirkte.

›Na, die Jüngste ist sie ja auch nicht mehr‹, dachte Harms, dem die aufgetakelte Schachtel zunehmend auf die Nerven ging.

Während das Ehepaar vor ihm noch weiterdiskutierte, drifteten seine Gedanken ab.

Er dachte an die Schulden, die er hatte. Der Kredit für das Haus. Die behindertengerechten Umbauten, die sie zum größten Teil selbst hatten finanzieren müssen. Die Spezialtherapien für Lara, die die Krankenkasse nur in seltenen Fällen übernahm. Seiner Frau hatte er davon nichts erzählt, wie sehr sie auf der Kippe standen. Die ganze Zeit hatte er auf eine Schadenersatzzahlung gehofft. Aber jetzt war dieser Brief vom medizinischen Dienst angekommen, den er vor ihr versteckt hatte. Der eine mögliche Mitschuld Dibranis an Laras Zustand als nicht nachweisbar beschied. Natürlich konnte er immer noch auf eigene Faust klagen. Aber auch dafür fehlte ihm das Geld.

Auf dem Tisch vor ihm lag ein Briefbeschwerer, eine Kugel aus massivem Glas. Darin eingeschlossen waren zwei kunstvoll gefertigte Goldfische, die mitten im Paarungstanz eingefroren schienen. Lara hatte ihn von ihrem Taschengeld gekauft und ihm zum Geburtstag geschenkt. Damals, als er noch Freude gehabt hatte an seiner Goldfischzucht, mit der er sich stundenlang beschäftigen konnte, versunken in das schwebende Ballett der glitzernden Fischleiber. Nach dem Unglück hatte er alles weggegeben, die Fische, das Aquarium, die teure Ausrüstung, alles. Das war gerade mal ein Dreivierteljahr her – und schien ihm doch wie eine Ewigkeit. Er nahm den Briefbeschwerer und wog ihn in der Hand.

Dann sah er auf, in das missmutig verzogene Gesicht der Frau, die sich noch immer aus lauter Eitelkeit sträubte, sich endlich mit den verdammten Hörgeräten abzufinden.

Sie redete noch immer auf ihren Mann ein, der sie zu beschwichtigen suchte.

»Kommt überhaupt nicht infrage«, sagte sie und deutete mit ihren perlmuttrosa lackierten Fingernägeln auf die winzigen Hörgeräte.

»Sie sind also nicht interessiert«, konstatierte Harms. Im Geiste rekapitulierte er, wie viel Zeit er mit der störrischen Frau verschwendet hatte und das Geld, das ihm der Verkauf der Hörgeräte auf sein klammes Konto hätte spülen können. Der Mann hatte für seine Gattin nur das Allerbeste haben wollen.

Sie sah ihn an. »Ganz genau. Nicht. Im. Geringsten. Interessiert.«

Der Mann stieß einen lauten Seufzer aus.

Der Briefbeschwerer fühlte sich schwer und gut an in René Harms' Hand.

Er hob ihn in die Höhe. Dann ließ er ihn mit fast beiläufiger Präzision hinunterkrachen. Erst auf das eine, dann auf das andere Hörgerät. Es fühlte sich gut an. Während er die teure Elektronik mit immer weiteren Hieben zermalmte, bemerkte er kaum, wie seine Kunden die Flucht ergriffen.

Dibranis Atem ging stoßweise. Er öffnete den Kühlschrank, nahm die angebrochene Flasche Pastis aus dem Eisfach und setzte sie an die Lippen. Er trank, verschluckte sich, hustete. Das kurze Telefonat hatte ihm buchstäblich den Boden unter den Füßen weggezogen. Mit zitternden Händen setzte er die Flasche auf dem Küchentisch ab. Schwer ließ er sich auf einen der Designerstühle sinken, die sich um die Tischplatte aus edler Steineiche gruppierten. Er versuchte, ruhiger zu atmen, wurde dann aber von einer Welle der Übelkeit überrollt. Er sprang auf, stürzte ins Badezimmer und übergab sich. Anschließend sank er auf den Boden und presste die Stirn gegen die glatten Fliesen.

An der Nummer auf dem Display hatte er gesehen, dass der Anruf aus Marseille kam, seiner Heimatstadt. Schon das hatte ihn alarmiert – er hatte schon lange keinen Kontakt mehr zu den Menschen, die er dort einst gekannt hatte.

»Ich bin es«, sagte sie in einer Sprache, die er schon lange nicht mehr gehört hatte. Obwohl mehr als zehn Jahre verstrichen waren, war ihm ihre Stimme sofort vertraut. Ging ihm unter die Haut.

»Dana«, sagte er. Seine Stimme klang wie sprödes Holz. Dana, die er geliebt hatte und die sich, wie alle anderen, von ihm abgewandt und dann seinen Bruder geheiratet hatte.

Sie schwieg einen Moment. »Ich fand, du solltest es wissen. Dein Tata ist tot.«

Die Nachricht traf ihn wie ein Faustschlag direkt in den Magen.

»Wann?«, brachte er heraus.

»Vor ein paar Tagen.«

»Woran ist er gestorben?«

»Darmkrebs.«

Es war also kein plötzlicher Tod gewesen. Und trotzdem hatte Tata ihn, seinen jüngsten Sohn, nicht zu sich gerufen, stur und stolz, wie er immer gewesen war. Stur und stolz, wie auch er es war, Dibrani.

»Es tut mir leid, Muca«, sagte sie. Muca – Kater, so hatten sie ihn immer genannt.

»Wie hast du mich gefunden?«

Sie lachte ihr silberhelles Lachen, und er sah sie vor sich, wie sie immer den Kopf in den Nacken geworfen hatte, wenn sie lachte.

»Wir leben nicht hinterm Mond. Wir haben auch Internet.«

»Natürlich.« Er räusperte sich. »Wie geht es Maman?«

»Es geht.«

»Meinst du, ich sollte kommen?«

»Besser nicht.« Sie machte eine Pause. »Sie glaubt, der Krebs hat sich in deinen Vater gefressen, weil er so enttäuscht war von dir.«

»Sie gibt mir die Schuld?«

»Ich muss Schluss machen.«

»Warte«, sagte er, doch da hatte sie schon aufgelegt.

Hadice lümmelte auf einem durchgesessenen Sofa in der »Deichdiele«, die langen Beine weit von sich gestreckt, die Arme hinter dem Kopf verschränkt. Die Kneipe in der Veringstraße war gestaltet wie eine Wohnung der 50er-Jahre, verschiedene Räume, ausgestattet mit Retromobiliar. Sie hatte zunächst ein Sandwich vertilgt und lauschte nun Theos Bericht zum Fall Jenay Munk.

Obwohl sie scheinbar vollkommen entspannt dasaß, waren ihre Augen zu schmalen Schlitzen verengt. Hinter ihrer glatten, olivfarbenen Stirn arbeitete ihr hellwacher Verstand.

»Und du sagst, der Vater, dieser René Harms, ist felsenfest davon überzeugt, dass Dibrani ein Fehler bei der Operation unterlaufen ist und Jenay davon wusste?«

»Es kann natürlich sein, dass er sich da nur hineingesteigert hat. Ganz einfach weil er jemandem die Schuld geben muss an dem, was geschehen ist.«

»Vielleicht so sehr hineingesteigert, dass er Jenay in den Kanal gestoßen hat, als sie sich geweigert hat, eine Aussage zu machen?«

Theo dachte an Harms' aufbrausende Reaktion. Wie er das Kind im Rollstuhl herumgewirbelt hatte. »Schon möglich.«

Eine Bedienung kam vorbei. Sie war noch sehr jung, Theo traute ihr kaum die 18 Jahre zu, die sie alt sein musste, um in einer Kneipe zu arbeiten. Andererseits kamen ihm die jungen Leute mit wachsendem Altersabstand zunehmend jünger vor. Sie trug Jeans und ein enges T-Shirt, dazu aber ein Kopftuch. Bei ihr wirkte es mehr wie ein modisches Accessoire als eine züchtige, religiös motivierte Kopfbedeckung. Er musste lächeln. Vor zwanzig Jahren wäre es noch undenkbar gewesen, dass eine junge Muslima in einer Kneipe bediente. Vor zwanzig Jahren wäre es aber noch undenkbarer gewesen, dass eine Türkin Kommissarin bei der Hamburger Mordkommission war. Wilhelmsburg, Hamburg, die Welt veränderte sich. Und oft auch zum Besseren, wie er fand.

Die Bedienung beugte sich vor, um ein leeres Glas vom Tisch zu nehmen, in dem Hadice die Zahnstocher aus ihrem Sandwich entsorgt hatte. Anmutig richtete sich das Mädchen wieder auf. »Möchtet ihr noch was?«

»Ich glaube, ich nehme noch ein kleines Bier.« Da er scin Auto noch immer nicht flottgemacht hatte, war er trotz der vom Wetterbericht angedrohten Regenschauer mit dem Fahrrad gekommen.

»Ich finde, man sollte sich auch diesen Dibrani noch einmal vorknöpfen. Was für ein Typ ist er?«

»Schwer zu sagen. Mir ist selten jemand begegnet, der sich nur so schwer einschätzen lässt. Hochintelligent auf jeden Fall und wohl auch sehr ehrgeizig, was ich so erfahren habe. Und ein ziemlicher Charmebolzen.« Theo trank den schal gewordenen Rest seines ersten Biers aus der gedrungenen Flasche mit Herz und Anker und verzog das Gesicht. »Aber er hat definitiv auch eine kalte, zynische Seite, die mir gar nicht gefällt.«

Sein Mobiltelefon gab einen Pling-Ton von sich. »Fatih«, sagte er, nachdem er einen Blick darauf geworfen hatte.

Fatih hatte es nicht weit. Der Dönerladen seiner Mutter, über dem die Familie eine Wohnung angemietet hatte, lag in derselben Straße, nur ein wenig weiter Richtung Stübenplatz.

»Merhaba«, begrüßte er zunächst seine Landsfrau und tauschte mit ihr einen Handschlag, bevor er Theo jovial auf die Schulter klopfte. Er ließ sich auf einen Sessel fallen und überreichte Hadice eine flache Tasche.

Sie zog die Brauen hoch. »Jenays Laptop, vermute ich?« Theo hatte ihr die kurzzeitige Unterschlagung bereits gebeichtet.

Fatih nickte.

»So was geht eigentlich natürlich nicht«, sagte sie, »dass ihr Beweismaterial erst einmal selbst auswertet. Dafür haben wir unsere Spezialisten.« Es klang halbherzig. Im Grunde war sie froh um die Eigenmächtigkeit, denn der Fall galt als abgeschlossen, und sie hätte dafür nur schwer Ressourcen aufwenden können.

Fatih unterdrückte ein Lächeln. Er war sich sicher, dass er genauso gut war wie die Spezialisten bei der Polizei. Mindestens.

Hadice hatte keine Lust, länger den Moralapostel zu spielen. Sie neigte sich zu Fatih: »Also, was hast du herausgefunden?«

Er berichtete von Jenays Aktivitäten in dem Forum für Sinti und von seinem Treffen mit Jenays Bandkollegen.

Hadice nickte. »Von dieser merkwürdigen Begegnung mit diesem ominösen Mann hat uns der Saxofonist auch berichtet. Wir haben auch das Personal befragt, aber nada. Diese Kapuzenpullis sind 'ne echte Seuche. Alle sehen gleich aus. Die sollten unters Vermummungsgesetz fallen.«

»Vielleicht war das der Vater dieses Kindes im Wachkoma, der Jenay noch einmal zur Aussage gedrängt hat. Oder es war Dibrani, der wollte, dass sie weiterhin die Klappe hält.«

»Warum denn das?«, wollte Fatih wissen.

Theo brachte ihn kurz auf den letzten Stand.

Der nagte an seiner Unterlippe. »Das würde immerhin erklären, warum sie in letzter Zeit so durch den Wind war.«

»Kann man nicht rauskriegen, ob er in der Nähe war, als Jenay gestorben ist? Über sein Handy, meine ich«, schlug Theo vor.

Hadice schüttelte bedauernd den Kopf. »Du meinst die Positionsdaten. Theoretisch schon. Zumindest wenn er irgendwelche Dienste genutzt hat, die die gespeichert haben – und das hat fast jeder. Weil's so schön praktisch ist. Und weil man ja immer glaubt, dass man nichts zu verbergen hat. Bis man dann doch was zu verbergen hat.« Sie lächelte diabolisch. »Ausgesprochen hilfreich für die Polizei. Allerdings …« Sie breitete in einer Geste der Resignation die Hände aus. »Da ranzukommen, ist nicht so einfach. Da muss ich schon gute Argumente für den Staatsanwalt haben. Und selbst dann ist fraglich, ob der Richter zustimmt. Und wie ihr wisst …« Sie hob die Hände: »Momentan gilt der Fall als abgeschlossen.«

»Was für ein bürokratischer Mist«, sagte Fatih, der sonst Theo immer wieder Predigten über Datenschutz hielt und ihn drängte, seine Mails zu verschlüsseln. Als Hadice sie kurz verließ, um auf die Toilette zu gehen, seufzte Theo. »Zu schade, dass wir den Laptop herausrücken mussten. Vielleicht hättest du ja noch mehr ausgegraben.«

»Alter«, sagte Fatih und grinste. »Vollkommen überflüssig. Ich habe eine vollständige Kopie von der Festplatte gezogen.«

Jenay

Jenay saß neben dem Mädchen im Rollstuhl. Sie summte dem Kind mit dem leeren Blick ein Lied vor. Der Vater und die Mutter saßen jeder für sich stumm auf einem Stuhl am Tisch. Der Vater tat so, als würde er ein Sudoku lösen, die Mutter sah durch das Fenster in den dunklen Garten. Unendliche Einsamkeit schwebte einer grauen Wolke gleich durch den Raum. Die Liebe, die die beiden Menschen füreinander empfunden hatten, war zu Staub zerfallen. Nun einte sie nur noch ein dünnes Band: die Sorge um ihr Kind. Gern hätte Jenay ihnen etwas Trost gespendet, ihnen gesagt, dass ihre Tochter nicht verloren, sondern nur anderswo war. Sie hätte gern den tiefen Schmerz gelindert, der sich in die Seelen der Eltern fraß. Der Schmerz der Mutter: wie eine schwarze Schlange, die sich um ihr Herz gewunden hatte und es immer weiter abschnürte. Der Schmerz des Vaters: scharfkantig und silbrig und erbarmungslos wie eine Klinge. Es war wichtig, den Schmerz zu verwandeln, ihn in eine weniger giftige, weniger tödliche Form zu bringen, wusste Jenay. Denn sonst würde es früher oder später zu einer Katastrophe kommen. Doch bisher war es ihr nicht gelungen, die beiden zu erreichen.
»Sie ist so friedlich heute Abend«, brach die Mutter das Schweigen. Der Vater sah auf und betrachtete seine Tochter. Er nickte. »Sie sieht aus, als würde sie etwas Schönes hören«, stimmte er zu. Jenay lächelte. Dann sang sie weiter

für das Mädchen, dessen Geist, nicht unähnlich dem ihren, in einer Zwischenwelt gefangen war.

Michel Dibrani hielt es in seiner Wohnung nicht länger aus. Seit einer guten Stunde war er darin herumgetigert. Er verließ das Apartment, das in einem der »WaterHouses« lag – spektakuläre Neubauten, die im Rahmen der Internationalen Bauausstellung direkt im Stadtviertel Wilhelmsburg-Mitte neu entstanden waren. Topmodern, energieeffizient und mit Terrassen, die direkt in einen der Kanäle ragten, die das Areal schnurgerade durchzogen. Auch wenn die Preise in Wilhelmsburg in den letzten Jahren ohnehin angezogen hatten – hier waren sie exorbitant.

Ganz automatisch schlug er seinen gewohnten Weg Richtung Krankenhaus ein. Zur späten Stunde waren kaum noch Menschen unterwegs. An der Mengestraße fuhr ein Nachtbus an ihm vorbei. Hinter den hell erleuchteten Fenstern saß außer dem Fahrer nur ein Mädchen, das seinen Kopf müde an die Scheibe gelehnt hatte. Er kam am Wilhelmsburger Rathaus vorbei, das sich unmittelbar hinter der Auffahrt zur Reichsstraße versteckte. Der Gründerzeitbau aus rotem Klinker wirkte in der Neubaugegend inzwischen wie ein Fremdkörper.

Dibrani ging mit hochgezogenen Schultern und gesenktem Kopf durch die Straßen, die Fäuste tief in die Taschen seines Trenchcoats gebohrt. Wie üblich war er klassisch gekleidet: handgenähte Oxfordschuhe, Hemd, Pullunder, Cordhose. Doch heute hatte er den Mantel schief geknöpft, und der Kaschmirschal, den er neun Monate im Jahr trug, war nur nachlässig gebunden.

Er nahm seine Umgebung erst wieder wahr, als er unweit des Krankenhauses an der Kante des Veringkanals stand, an dem Ort, an dem Jenay gestorben war. Jenay, die ihn im letzten halben Jahr, in dem sie zusammengearbeitet hatten, zunehmend dazu gezwungen hatte, sein Leben auf den Prüfstand zu stellen.

Der Pastis, den er nach dem ersten schwallartigen Erbrechen weitergetrunken und bei sich behalten hatte, kreiste in seinen Adern und verlieh seinen Gedanken eine schwebende Transparenz.

Hier und jetzt zog er eine Bilanz seines Lebens – und musste sich eingestehen, dass er gescheitert war.

Von außen betrachtet schien alles in perfekter Ordnung – noch. Obwohl das Leben ihm nicht die besten Karten ausgeteilt hatte, war er seinen Weg gegangen – gegen alle Widerstände. Als Erster seiner Familie hatte er ein Universitätsstudium absolviert. Der angesehenste aller Berufe war ihm gerade recht gewesen: Mediziner. Doch der Preis dafür war hoch: Er war sich immer wie ein Fremdkörper vorgekommen. Zuerst in seiner Familie, die er intellektuell mühelos überflügelte. Es hatte ihn tief getroffen, dass sein Vater sich so unbeeindruckt von seinen schulischen Leistungen gezeigt hatte.

»Es gibt andere Dinge, die du noch lernen musst, die wichtiger sind«, hatte er nur gesagt. Inzwischen war ihm klar, dass nicht die Familie es war, die ihn alleingelassen hatte, sondern dass er es gewesen war, der sich zurückgezogen hatte. Er hatte ihre scheinbare Ehrgeizlosigkeit insgeheim verachtet und die Entfremdung als bequeme Ausrede benutzt, den Kontakt schließlich ganz abzubrechen. Seine Herkunft wäre seiner Karriere hinderlich gewesen – vor allem in einem Land wie Frankreich, das noch immer von Eliten beherrscht wurde, weit mehr als in Deutschland.

Auf einer der Bänke, die die Uferpromenade säumten,

ließ er sich nieder, ohne sie zuvor, wie er es sonst getan hätte, auf möglichen Schmutz zu inspizieren. Er richtete den Blick auf das Wasser, das in der Dunkelheit unergründlich dahinströmte. Auf der anderen Seite ragte die Honigfabrik, schwarz wie ein Scherenschnitt vor dem Nachthimmel. Hier hatte Jenay ihren letzten Auftritt, die letzten Stunden ihres Lebens verbracht. Er sah sie vor sich, wie sie auf der Bühne stand, eine kleine Person, das blonde kurze Haar fast weiß im Scheinwerferlicht, und sang. Sie tanzte nicht, sie stand ganz still, beide Hände um das Mikrofon gelegt, die Augen weit offen, auf das Publikum gerichtet. Sie sang mit einer Inbrunst, die jeden im Raum gefangen nahm, eine Stimme, die einen mitten ins Herz traf.

Er schüttelte den Gedanken an jenen Abend ab, kehrte zurück in die eine viel weiter zurückliegende Vergangenheit.

Im Studium hatte er sich selbst neu erfunden, hatte sein Talent und seine Beharrlichkeit eingesetzt, dem Schicksal abzutrotzen, was es anderen, so schien es ihm, auf einem Silbertablett präsentierte.

Doch er hatte nur oberflächliche Bekanntschaften geschlossen, sich auf niemanden wirklich eingelassen, nirgendwo dazugehört. Anfangs waren es noch die Sprache und seine Manieren gewesen, die seine einfache Herkunft offenbarten. Doch auch als er sich all das von den Kommilitonen aus bourgeoisen Elternhäusern abgeschaut und perfektioniert hatte, schienen sie instinktiv zu wissen, dass er anders war. Im Grunde war er sein Leben lang einsam gewesen.

Er schrak zusammen, als eine Bisamratte über den Weg huschte, kurz innehielt und ihn aus schwarzen Knopfaugen anschaute. Dann glitt sie ins Wasser. Ihn schauderte. Schnell stand er auf und ging dann langsam weiter.

Er war nach Deutschland gekommen, weil hier die gläserne Decke, die das gemeine Volk trotz des viel beschworenen »Liberté, Egalité, Fraternité!« von den Eliten trennte, weniger dick war. Und es schien zu funktionieren. Auch hier war »Vitamin B« ausgesprochen hilfreich, aber es ging viel leichter auch ohne. Und dass er Franzose war, verlieh seiner Präsenz zusätzlich Anziehungskraft.

Aber dann war Jenay aufgetaucht. Sie hatte sein gut funktionierendes Lebenskonzept infrage gestellt – einfach, indem sie war, wer sie war.

Ein feiner Nieselregen hatte eingesetzt, der sich in seinen Haaren verfing, unter seinen Mantel kroch. Es war die Nachricht vom Tod seines Vaters gewesen, die seinem Lebensentwurf endgültig den Rest gegeben hatte. Wie oft hatte er sich vorgestellt, ihm wieder zu begegnen, als erfolgreicher, vor allem angesehener und bewunderter Arzt und endlich – endlich! – die Liebe und den Respekt zu bekommen, die er sich immer gewünscht hatte. Doch das würde nun nie mehr geschehen. Das machte auf einmal alles, was er erreicht hatte, wertlos. »Es gibt Dinge, die du lernen musst, die wichtiger sind als die Schule«, hatte sein Vater gesagt. Nun wusste Dibrani, was er gemeint hatte. Er hatte es versäumt zu lernen, wirklich er selbst zu sein.

Auch Ruth Harms war noch wach. Steif lag sie neben ihrem Mann im Bett und versuchte, ruhig und gleichmäßig zu atmen. In ihrem Kopf spulten sich wieder und wieder Bruchstücke aus dem Schreiben des Medizinischen Dienstes der Krankenkassen ab: »Nach gründlicher Prüfung Ihres Anliegens«, »… sind zu dem Schluss gekommen, dass …«. Sie hatte den Brief erst an diesem Abend entdeckt, als sie in Renés Schreibtisch nach einer Schere suchte. Ihr Mann musste ihn aus dem Briefkasten gefischt, gelesen und dann vor ihr versteckt haben. Das erklärte auch, warum er in letzter Zeit so reizbar gewesen war.

René hatte sich, nachdem ihre Tochter ins Koma gefallen war, von Anfang an in Aktivismus geflüchtet. Hatte Himmel und Hölle in Bewegung gesetzt, um Dr. Dibrani die Schuld an dem Unglück ihrer Tochter nachzuweisen.

Sie selbst war vor Kummer wie erstarrt gewesen. Doch dann hatte sie ihre Kräfte mobilisiert, um ihr Kind zu unterstützen, so gut es ging. Anfangs hatten sie noch auf eine deutliche Verbesserung gehofft, doch mit jedem Monat, der verstrich, schmolz ihre Hoffnung zusammen, bis auf einen dünnen Schimmer, der einfach nicht erlöschen wollte. War da nicht die Frau gewesen, die nach fünf Jahren wieder aufgewacht war? Waren die Chancen für Kinder mit ihren noch flexiblen Gehirnen nicht viel besser? Sie tat alles, um ihr Kind am Leben teilhaben zu lassen, schob es, den mitleidigen bis angewiderten Blicken ausgesetzt, durch die Straßen, brachte es unter großen Mühen zu den Plätzen, die das Mädchen geliebt hatte: das Affenhaus in Hagenbecks Tierpark, der Ponyhof, sogar das brandneue Wilhelmsburger Hallenbad. Sie sprach den ganzen Tag mit ihr, als würde sie antworten, spielte ihr endlos die alten Kinder-CDs vor: der kleine Vampir, Hanni und Nanni, Bibi Blockberg, hexhex!

René hingegen konnte seine Tochter kaum anschauen. Er gab sich Mühe, aber er ertrug es nicht, seine wunderschöne Tochter in diesem Zustand zu sehen.

Am Abend hatte sie heimlich im Internet nachrecherchiert, was mit Jenay geschehen war. Im Hamburger Abendblatt stieß sie auf eine kurze Meldung zum »tragischen Tod einer jungen, vielversprechenden Wilhelmsburger Musikerin«. Ihr war aufgefallen, dass die Krankenschwester nur wenige Tage, nachdem das Schreiben mit der niederschmetternden Beurteilung des Medizinischen Dienstes bei ihnen eingegangen war, gestorben war.

Sie und ihr Mann hatten sehr darauf gehofft, dass es eine Schadenersatzzahlung geben würde. Sie waren nicht besonders wohlhabend, das Haus noch längst nicht abbezahlt. Und jetzt, da Lara als austherapiert galt und die gängigen Rehamaßnahmen keinen durchschlagenden Erfolg gezeigt hatten, wollten sie andere Möglichkeiten suchen, ihre Tochter aus der inneren Isolation herauszulocken. Therapeutisches Reiten. Klangtherapie. Delfinschwimmen. Es gab so vieles, was sie noch nicht versucht hatten. Doch das alles kostete natürlich Geld, mehr, weit mehr, als ihnen zur Verfügung stand.

Auf der anderen Seite aber war sie erleichtert. Wenn Dr. Dibrani keine Schuld traf, wenn alles tatsächlich ganz einfach ein Schicksalsschlag war, dann könnten sie endlich ihren Frieden machen mit einer Situation, die so war, wie sie war. Und sie hoffte inständig, dass das auch ihrem Mann gelingen würde. Dass er sich dann dem zuwenden würde, was so viel wichtiger war, als einen Schuldigen zu finden: seiner Tochter.

Dann kam ihr eine Erinnerung. Sie hielt es im Bett nicht mehr aus. Vorsichtig, um ihren Mann nicht zu wecken, schlüpfte sie unter der gemeinsamen Decke hervor. Und ging hinunter in die Küche. Sie ließ den Wasserhahn der Spüle laufen, bis das Wasser kalt genug war, füllte ein Glas, das noch vom gemeinsamen Abendessen auf dem Geschirrspüler stand. Trank in kleinen Schlucken.

René war an dem Abend, an dem Jenay starb, nicht zu Hause gewesen. Er war sogar ungewöhnlich spät gekommen.

Sie hatte dem keine Bedeutung beigemessen. Denn er war ja, seit Lara im Koma war, dauernd unterwegs. Aber dass er so spät heimkam, war doch ungewöhnlich gewesen. Dann ging sie ins Bett.

Als Ruth am nächsten Morgen aufwachte, war der Platz neben ihr leer.

Nur gute drei Kilometer entfernt saß Magda am Bett ihres Sohnes. Nur eine Lampe in Form eines Bärchens, die über dem Bett angebracht war, erhellte das Gesicht des Kindes ein wenig. Der Junge atmete ruhig und gleichmäßig, die Wangen waren blass, wie immer, wenn er nicht fieberte. Ihr Blick fiel auf den Plüschhund, den Jenay ihm geschenkt hatte und den er fest an sich drückte.

Jenay. Magda seufzte. Der Besuch von Theo und die Fragen, die er ihr gestellt hatte, hatten sie erneut mit dem Tod der Freundin konfrontiert. Sie schien ihr schon viel länger fort zu sein als kaum zwei Wochen. Die Arbeit, die Sorge um den Kleinen hatten jeden Gedanken daran immer wieder schnell in den Hintergrund treten lassen. Für Trauer hatte sie keine Zeit gehabt.

Sie schloss die Augen und merkte, wie sie ein leichter Schwindel erfasste. Wann sie zuletzt etwas gegessen hatte, wusste sie nicht. Sie ging hinüber in die Küche und öffnete den Kühlschrank. Das bläuliche Licht machte den Inhalt nicht ansprechender. Eine Tüte laktosefreier Milch, die sie sicherheitshalber kaufte, weil sie verträglicher sein sollte. Ein paar winzige Joghurts mit grinsenden Früchten auf dem Deckel. Eine angebrochene Packung Scheibenkäse, deren Inhalt sich verdunkelt und verbogen hatte. Eine Tomate, die schon erste Runzeln zeigte.

Sie schüttete sich ein paar Cornflakes in eine Schüssel,

schnupperte an der Milch und goss dann ein wenig darüber. Den Rest würde sie für Lennies Frühstück am nächsten Morgen brauchen. Dann saß sie vor der Schale, den Löffel in der Hand, und schaute zu, wie die Cornflakes langsam weich wurden und aufquollen.

Wenn sie an Jenay dachte, verspürte sie einen leisen Groll. Durfte man böse sein auf Menschen, die tot waren? Aber da war der Streit, den sie beide am Tag vor Jenays Tod gehabt hatten. Sicher, Jenay hatte ihr viel geholfen mit dem Jungen. Das gab ihr aber noch lange nicht das Recht, sich in ihr Leben einzumischen. Und jetzt stand sie wieder alleine da. Sie fühlte sich verraten. Verraten und verlassen.

Magda dachte an Theo und wie es sich angefühlt hatte, als er seine Arme um sie gelegt hatte. Er hatte gut gerochen, nach einem Aftershave, das ihr gefiel. Sie lächelte. Er fühlte sich zu ihr hingezogen, da bestand für sie kein Zweifel. In dieser Hinsicht irrte sie sich nie. Bestimmt wäre er ein viel besserer Vater als ihr Ex. Sie beschloss, ihn anzurufen. Nicht gleich morgen, aber in den nächsten Tagen. Irgendeine Ausrede würde ihr schon einfallen. Die Fragen, die er über Dibrani gestellt hatte, hatten sie allerdings irritiert. Verdächtigte er ihn etwa, etwas mit Jenays Tod zu tun zu haben?

Sie stand auf, ließ die Schale auf dem Tisch stehen und ging hinüber zu dem schmalen Zimmer, das Jenay bewohnt hatte. Darin standen noch das Bett und die Kommode, die der Vormieterin gehört hatten, einer Studentin, die für ein Jahr nach Australien gegangen war. Magda zog die Schubladen auf, eine nach der anderen. Sie waren allesamt leer. Jenays Familie hatte alle persönlichen Sachen der Toten mitgenommen und, soweit Magda wusste, verbrannt. Nein, in diesem Raum würde man nichts finden, das Aufschluss geben konnte darüber, was Jenay möglicherweise geheim gehalten hatte. Sie legte sich auf die nackte Matratze und starrte an die Decke.

Dann fiel ihr der Computer ein. Jenays Laptop – sie hatte ihn Fatih mitgegeben. Und er hatte ihn vor ihrem Tod nicht zurückgebracht. Ihr wurde ganz heiß. Vielleicht hatte Jenay dort etwas hinterlassen! Irgendeine Botschaft! Etwas, das alles erklärte! Sie musste unbedingt nachschauen. Ihr Herz schlug schnell. Sie musste Fatih erreichen, ihn dazu bringen, ihr das Gerät zur Durchsicht zu überlassen. Sicher würde er es verstehen. Schließlich hatte sie Jenay besser gekannt als die meisten anderen. Sie rollte sich auf dem Bett zusammen. Erst nach einer Weile merkte sie, dass ihr Tränen aus den Augen liefen. Sie wusste nicht, um wen sie mehr weinte – die verlorene Freundin oder sich selbst.

Jenay

Jenay betrachtete die Tränen, die über Magdas blasse Wangen rollten. Sie begriff Magda in einer Weise, die ihr im Leben, verstrickt in ihr eigenes Ich, unmöglich gewesen wäre. Da war ein großer Schmerz in der Frau, die vor ihr auf dem Bett lag. Sie erkannte in ihr eine tiefe Verletzung, einen Hunger nach Bestätigung, Zuwendung, Schutz, der unstillbar war. Der jede Sekunde an ihr nagte. Der der Grund dafür war, dass alle sich irgendwann von ihr zurückzogen, die ihr zu nahe kamen. Magda wendete all ihre Kraft auf, um das schwarze Loch in ihrem Inneren, das sie zu verschlingen drohte, zu füllen. Wie es anderen erging, was andere brauchten, dafür hatte sie kein Gespür. Mit Ausnahme von Lennie. Bei ihm wusste sie instinktiv und auch aus der Ferne, wie er sich fühlte. Lennie war ein Teil von Magda. Ihr kostbarster Teil.
Jenay versuchte, zu ihr durchzudringen. Wenn ihr das gelang, konnte sie das Unheil, das im Hintergrund lauerte, noch abwenden.

Michel Dibrani wusste nicht mehr genau, wie er nach Hause gekommen war. Er würde sich krankmelden müssen. Er versuchte, sich zu erinnern, welche Operationen auf seinem OP-Plan standen. Ein weiterer Blinddarm. Und dann war da noch dieses Kind mit den unerklärlichen Magenschmerzen, das ihm noch gestern Sorgen bereitet hatte. Jetzt war es ihm gleichgültig. Auf dem Küchentisch stand noch immer die fast geleerte Flasche Pastis. Er setzte sie an den Mund und trank. Zimmerwarm war der Geschmack des Getränks fast unerträglich. Wieder stieg Brechreiz in ihm auf. Dennoch ging er zum Kühlschrank und zog eine weitere Flasche aus dem Eisfach.

Er schloss die Tür und starrte auf das Schreiben, das er mit einem Magneten daran geheftet hatte. Er hatte es vor etwa zwei Wochen aus dem Briefkasten gezogen. Darin teilte ihm der Medizinische Dienst der Krankenkassen mit, dass man kein Verschulden seinerseits im Fall Lara Harms feststellen könne. Natürlich konnten die Eltern immer noch ein privates Gutachten erstellen lassen und einen Prozess anstrengen. Aber ihm war klar, dass sie ohne die Aussage von Jenay nicht den Hauch einer Chance hatten. Er war unendlich erleichtert gewesen. Seine Karriere würde weiterlaufen. Viele Kinder würden von seinem Können profitieren, viel, viel mehr, als er versehentlich schaden würde. Gestern noch hatte diese Rechnung für ihn gestimmt. Heute tat sie es nicht mehr.

Die winzigen Metallzähnchen des Schraubverschlusses brachen mit leisem Knacken, als er die neue Flasche öffnete. Diesmal nahm er sich die Zeit, eines der kleinen geschwungenen Pastisgläser aus dem Schrank zu nehmen. Leicht schwankend nahm er Flasche und Glas mit heraus auf seine hölzerne Terrasse und ließ sich in einen der Liegestühle aus Teakholz fallen. Ohne die dicke Schaumstoffauflage war er unangenehm hart, bemerkte er gleichgültig.

Dibrani war zeit seines Lebens ein disziplinierter Mensch gewesen. Er trank jeden Abend ein Glas Pastis und zwei Gläser Rotwein. Gerade so viel, dass sich eine angenehme Entspannung in seinem Körper ausbreitete. Das war nicht wenig, aber er betrank sich nie. Er wusste, dass der Arztberuf mit einer gesteigerten Suchtgefahr einherging. Der Stress und die Verantwortung in diesem Beruf waren ungeheuer. Die einen tranken und tarnten ihren missbräuchlichen Konsum als Kennertum, indem sie teuerste Weine kauften. Andere koksten oder waren medikamentensüchtig. Pillen, um runterzukommen, Pillen, um am nächsten Tag wieder zu funktionieren.

Er selbst hatte sich das nicht gestattet.

»Aber ein Mann wird sich am Todestag seines Vaters wohl einmal betrinken dürfen«, sagte er laut in den Nachthimmel, der langsam verblasste. Über das stille Wasser wanderten Nebelschwaden wie Geister. Nach und nach wurde es immer heller. Und obwohl – oder gerade weil – er betrunken war, sortierten sich die Dinge in Michel Dibranis Gehirn neu, und er begriff, was er zu tun hatte. Dann klingelte es an der Tür.

DER ELFTE TAG

Routiniert zog Fatih den Fensterreiniger über die Scheibe. Er arbeitete schnell und flüssig, denn sonst entstanden zwangsweise Schlieren, die man mühsam nachpolieren musste. Er mochte seinen Job als freiberuflicher Fensterputzer. Es war befriedigend, wie man in Minutenschnelle einer verschmutzten Scheibe makellose Transparenz verleihen konnte. Und die Bezahlung in Hamburgs Elbvororten war gut – insbesondere die Trinkgelder. Neben ihm arbeitete sein Kumpel und Bandkollege Seldschuk, Fatihs Wissen nach der einzige bekennende türkisch-schwule Schlagzeuger der Welt.

Mit der Fensterputzerei hatten sie damals angefangen, um sich in das Haus eines Mannes schleichen zu können, von dem Fatih geargwöhnt hatte, eine Freundin von ihm ermordet zu haben. Anna Florin, deren Tod ihn überhaupt erst mit Theo Matthies hatte zusammentreffen lassen. Durch Mundpropaganda hatte sich Fatihs und Seldschuks Dienstleistung schnell herumgesprochen, und so hatte sich das Tarnmanöver zum lukrativen Nebenjob gemausert.

»Alter Schwede«, sagte Seldschuk und wischte sich den Schweiß von der Stirn. »Ich wette, diese Fenster hat seit Jahren kein Schwein mehr geputzt!«

»Immer schön an die Kohle denken«, sagte Fatih.

Sein Mobiltelefon machte sich mit »Solveig's Song« von Edvard Grieg bemerkbar. Neuerdings stand Fatih auf Klassik. Schnell beendete er seine Arbeit an der Scheibe, nestelte das Handy aus der Hosentasche seiner Jeans, gerade noch rechtzeitig, bevor die Mailbox ansprang.

»Hallo«, sagte eine Mädchenstimme. »Ich bin Leona. Ich sollte dich anrufen, wegen Jenay.«

Fatih spürte, wie ihm der Schweiß ausbrach. Schnell stieg er von der Leiter.

»Bist du gipsygirl89?«

Sie lachte verlegen. »Genau.«

Er machte Seldschuk ein Zeichen und ging in den Raum nebenan.

»Was ist denn passiert?«, wollte das Mädchen wissen.

»Jenay, sie ist ... gestorben.«

»Was???«

»Schon vorletzte Woche.« Er trat an ein Sprossenfenster und registrierte nebenbei, dass es aufwendig zu putzen sein würde. Der Ausblick war grandios. Ein unverbauter Blick auf die Elbe, auf der gerade ein Containerschiff in Richtung Hafen zog. Vorweg der vergleichsweise winzige Schlepper, der den Riesen durch die flache Elbe lotste. Auf dem mächtigen Rücken des Schiffes stapelten sich bunte Container wie Legosteine.

»Wie ...?«, fragte das Mädchen.

»Sie ist in einen Kanal gefallen und ertrunken.«

Sie schniefte.

»Hör mal ...«

»Danke. Danke, dass du es mir gesagt hast.«

Sie schwiegen einen Moment und Fatih schaute auf das Containerschiff, das immer weiter Richtung Hafen strebte.

»Weißt du, wir haben uns ja nie getroffen, aber für mich war sie so was wie 'ne Schwester.«

»Wo wohnst du?«

»Köln.« Sie schniefte noch einmal. »Mann, das haut mich jetzt echt um.« Fatih hörte es durch die Leitung rascheln. Es folgte das Geräusch eines sich entzündenden Feuerzeugs. Sie inhalierte tief und stieß dann den Rauch hörbar aus. »Bist du ihr Bruder, oder so was?«

»Nein, bloß ein Freund.«

»Sinto?«

»Nee. Türke.«

»Fatih, oder?«

»Ja«, sagte er perplex.

Er hörte das Lächeln in ihrer Stimme, als sie sagte: »Sie hat dich gemocht, weißt du.«

Für einen Moment wurde es ihm zugleich warm und eiskalt ums Herz. Es tat weh. Er räusperte sich. »Ich würde gerne wissen, was sie dir erzählt hat. Ehrlich gesagt habe ich mich in euren Chat geloggt, und da hat sie etwas von einem Problem erwähnt, das sie mit dir besprechen wollte.«

»Jaaa«, sagte sie gedehnt. »Warum willst du das wissen?«

»Es ist ziemlich kompliziert. Kannst du … könntest du es mir nicht trotzdem einfach erzählen?«

»Na gut. Sie hat sich Sorgen gemacht. Um diesen Dibrani.«

»Ihren Chef?«

»Genau.«

Seldschuk schaute um die Ecke und schnitt eine Grimasse. Fatih verscheuchte ihn ungeduldig mit einer Handbewegung.

»Hat sie was mit ihm gehabt?«

»Wie? Nee, glaub nicht.«

»Es gibt da so ein Gerücht, dass er eine OP versemmelt hat.«

»Echt? Davon weiß ich nichts.«

»Und warum hat sie sich dann Sorgen gemacht?«

»Weil er einer von uns ist. Nicht wirklich, aber doch. Sie war sich sicher, er ist Roma. Französischer Roma.«

›Zigeuner?‹, hätte Fatih fast gesagt, schluckte das Wort aber gerade noch rechtzeitig herunter. »Im Ernst?« Seine Gedanken ratterten. Was könnte dieser Umstand mit Jenays Tod zu tun haben?

»Er hat es niemandem erzählt«, hörte er gipsygirl89 sagen. »Er hat seine Herkunft verheimlicht, sich von seiner Familie losgesagt, oder so. Das hat Jenay nicht gut gefunden. Sie hat geglaubt, dass ihm das nicht guttut, dass er seine Wurzeln so gekappt hat. Und für uns war das auch nicht gut.«

»Wie meinst du das?«

»Na, wir brauchen doch Leute wie ihn. Die es geschafft haben, obwohl sie Sinti sind. Oder eben Roma. Ich meine, der Typ ist Chefarzt, oder so was.«

»Oberarzt.«

»Dann eben Oberarzt. Wenn Leute wie er darüber sprechen, dass sie Sinto sind oder meinetwegen Roma, dann werden die Leute irgendwann kapieren, dass wir kein asoziales Pack sind. Weißt du, was ich meine?«

Fatih verstand. Und er verstand es sehr gut. Seine Eltern waren als Gastarbeiter nach Deutschland gekommen. Wie die meisten aus Anatolien. Die meisten ungebildet. Aber das bedeutete nicht, dass sie alle geistig minderbemittelt waren. In der zweiten und dritten Generation sah es schon ganz anders aus. Cem Özdemir war ein hohes Tier bei den Grünen. Sibel Kekilli machte als Schauspielerin internationale Karriere. Ali Güngörmüş hatte einen Michelinstern erkocht. Mesut Özil war Fußballweltmeister. Und er, Fatih Ünal, studierte nun Mathematik. Alles war möglich. Er zwang sich zurück in das Thema, das er besprechen wollte.

»Und hat sie ihn damit konfrontiert? Oder unter Druck gesetzt?«

»Wie meinst du das?«

»Vergiss es. Aber wie ist sie überhaupt darauf gekommen?«

»Sie hat gesagt, er hatte wohl irgend so was an sich. Und dann hat sie ihn auf Romanes angesprochen. Und er hat sofort drauf reagiert.«

»Michel Dibrani ist also Sinto.« Hadice nahm einen großen Schluck aus ihrer Wasserflasche.

»Nein, Roma.«

Die Kommissarin verdrehte die Augen. »Du weißt, was ich meine.«

Sie hatten ihre gewohnte Joggingrunde absolviert zwischen dem Friedhof Finkenriek und dem kleinen Leuchtturm an der Bunthäuser Spitze, dem westlichsten Punkt der Elbinsel Wilhelmsburg, und saßen nun frisch geduscht in Theos Wohn-Ess-und-Arbeitszimmer. Hadice mit einer Flasche stillem Wasser, Theo mit einem Bier.

Hadice trank einen großen Schluck, bekam das Wasser in den falschen Hals und hustete. »Er wird sie wohl kaum in den Kanal geschubst haben, damit sie die Klappe hält.«

»Wer weiß. Wenn ihm seine Karriere so wichtig war.«

»Vielleicht war es ein Unfall. Sie haben gestritten, er hat sie weggestoßen, oder sie ist vor ihm weggelaufen und gestolpert. Was weiß ich.«

»Na, dann hätte er sie doch wohl zu retten versucht.«

»Vielleicht hat er das ja. Vielleicht hat er sie im Wasser nicht finden können und hat sich vor der Auseinandersetzung mit der Polizei gefürchtet.«

»Nee. So richtig überzeugt mich das nicht.« Sie nagte an

ihrer Unterlippe. »Aber es ist schon ein komischer Zufall, dass die beiden einen ähnlichen Background haben. Ich könnte mir vorstellen, dass das eine gewisse Nähe schafft, die über das Berufliche hinausgeht.«

Theo fiel wieder Magdas Bemerkung ein. »Die Mitbewohnerin von Jenay hat angedeutet, dass Dibrani und Jenay ein Verhältnis hatten.«

Hadice stöhnte. »Und das sagst du mir erst jetzt?«

»Tut mir leid, das hatte ich total vergessen.«

»Dilettant!«

»Fatih glaubt nicht daran.«

»Fatih ist befangen – ist doch ganz offensichtlich, warum ihm der Gedanke nicht schmeckt, dass das Mädchen einen Liebhaber hatte.«

»Das kann schon sein. Er meint aber, dass sie sicher nicht noch mehr Probleme mit ihrer Familie haben wollte. Und die hätten das bestimmt nicht gern gesehen.«

Hadice, die solche traditionellen Einstellungen sehr wohl aus ihrer Familie kannte, nickte. »Sie wäre nicht die Erste gewesen, die solche Überzeugungen über Bord wirft, wenn sie sich ernsthaft verliebt.« Sie stellte die Flasche mit Schwung auf dem Tisch ab. Und schlug sich vor die Stirn. »Aber das haut nicht hin! Sie kann nichts mit ihm gehabt haben. Laut Obduktionsbericht war sie noch Jungfrau.«

Theo rieb sich das Gesicht. Die Sache wurde immer verworrener. Hatte Magda sich geirrt? Oder hatte sie ihm absichtlich etwas Falsches erzählt? Aber was für einen Grund könnte sie gehabt haben? Möglicherweise war die Sache zwischen Dibrani und Jenay auch einfach noch nicht so weit gediehen.

»Ich glaube, ich werde mir den Mann morgen noch einmal vorknöpfen. Irgendwie schmeckt mir das Ganze nicht.

Und dann ist da natürlich noch die Sache mit diesem schwerbehinderten Kind.« Hadice erhob sich und streckte sich. »Ich mach mich vom Acker.«

»Alles klar.« Theo rappelte sich auf. Auf einmal fühlte er sich total groggy. Trotzdem brachte er sie noch zur Tür. Als er diese öffnete, drängte sich ein feuchtes Fellbündel zwischen ihnen hindurch.

»Seit wann hast du eine Katze?«

»Ist nur ein gelegentlicher Übernachtungsbesuch.«

»Was für ein hässliches Vieh.« Sie lachte.

»Viel Glück morgen«, sagte er, »und halt mich auf dem Laufenden.«

»Alles klar.« Sie zwinkerte ihm zu. Dann schwang sie ihre langen Beine über den Sitz des schwarzen Motorrads, dessen Chromteile im Licht der Straßenlaterne funkelten.

Im Türrahmen lehnend sah er ihr nach, wie sie davonfuhr, eine türkische Emma Peel auf ihrer Mission gegen die Bösen dieser Welt.

Er seufzte. Dieser Fall machte ihm wirklich zu schaffen. Drinnen jaulte der Kater.

DER ZWÖLFTE TAG

Hadice saß auf dem Beifahrersitz des dunklen Audis und trommelte mit den Fingern auf ihrem Schenkel.

»Lass das.« Ihr Kollege und Partner Henry, ein Bär von einem Mann, saß am Steuer, den Blick stoisch auf die Straße gerichtet. Vor dem Elbtunnel herrschte wie so oft Stau. Irgendein Trottel von Lkw-Fahrer hatte die Höhenkontrolle ausgelöst, und nun war eine Röhre Richtung Süden gesperrt.

Hadice klemmte sich beide Hände unter die Achseln wie ein bockiges Kleinkind. Sie hasste es, im Stau zu stehen, eingepfercht zwischen Fahrzeugen, die sich im Schneckentempo voranschoben. In irgendeiner Situation festzustecken, machte sie schier wahnsinnig. Henry hingegen war wie üblich die Ruhe selbst. Gleichmütig schaltete er in den ersten Gang, um wieder zwei Meter Boden wettzumachen.

Im Wagen neben ihnen amüsierte sich ein Kind damit, sein Gesicht an die Scheibe zu pressen, die Zunge herauszustrecken und so möglichst grauenvolle Fratzen zu produzieren. Henry drückte seine Nase ebenfalls gegen das Glas und schielte. Er hatte selbst Kinder.

»Wir hätten über die Elbbrücken fahren sollen!«

»Da ist auch Stau.«

In Hamburg gab es nur zwei Haupttrassen, die auf die andere Seite der Elbe führten: über die Elbbrücken oder durch den Elbtunnel. Beide Nadelöhre waren regelmäßig verstopft.

»Dann eben durch den alten Elbtunnel!« Das wäre natürlich eine dritte Option gewesen, wenn auch eine umständliche. Auch heute noch konnte man den alten Elbtunnel mit dem Wagen durchqueren. Er verband das Hafengebiet von St. Pauli mit dem in Steinwerder. Allerdings war das für Eilige keine Option. Man musste sich ein Ticket kaufen und wurde dann mit einem ruckelnden Fahrstuhl auf das Niveau der Röhren abgesenkt. Vormittags ging der Einbahnverkehr Richtung Süden, nachmittags gen Norden.

»Jetzt entspann dich mal. Der Mann wird uns schon nicht weglaufen.«

Sie waren auf dem Weg vom Hamburger Polizeipräsidium zum Krankenhaus, wo Hadice Dibrani zu überraschen hoffte.

Hadice schloss die Augen und ließ den Kopf nach hinten an die Kopfstütze sinken. Im Wagen roch es nach dem Schinkenbrötchen, das Henry jetzt in aller Ruhe auspackte.

»Willst du auch eines? Ich hab noch Käse.«

Sie schüttelte den Kopf, die Augen noch immer geschlossen. Am liebsten hätte sie das Blaulicht mit dem Magneten auf das Wagendach gedockt und sich durch den Tunnel gedrängelt. In der Enge der Röhre empfand sie den Stau als besonders unerträglich.

Sie versuchte, sich eine Gesprächsstrategie zurechtzulegen, unterließ es aber dann. Ihr war noch viel zu viel unklar, was es mit all dem auf sich hatte – der angebliche Behandlungsfehler an dem Kind, das ungeklärte Verhältnis zu Jenay, die Tatsache, dass Dibrani Roma war und es verschwiegen hatte. Der Mann war ein Mysterium, das hatte sie schon bei der ersten Befragung geahnt. Sie beschloss, es auf sich zukommen zu lassen. Als der Wagen wieder Fahrt aufnahm, öffnete sie die Augen. Wie so oft hatte sich der Stau urplötzlich und ohne erkennbaren Grund aufgelöst.

Wenig später fuhren sie von der Autobahn ab, über die Köhlbrandbrücke durch den Hafen und schließlich nach Wilhelmsburg.

Ein Krankenwagen bretterte mit lautem Geheul und Blaulicht an ihnen vorbei.

Sie hoffte, dass dies kein Notfall war, um den Dibrani sich jetzt würde kümmern müssen.

Zügig durchquerten sie kurz darauf die Eingangshalle des Krankenhauses und nahmen die Treppe hinauf zur Pädiatrie. Eine junge Schwester schob einen Rollwagen mit abgedeckten Tellern durch den Flur. Durch eine Glasscheibe konnten sie sehen, dass im Schwesternzimmer zwei Frauen und ein Mann aufgeregt diskutierten. Hadice öffnete, ohne anzuklopfen, die Tür. Die vier Anwesenden verstummten und wandten den Ankömmlingen die Köpfe zu.

»Öztürk, Kripo Hamburg. Wir möchten gern zu Dr. Dibrani.«

»Da sind Sie nicht die Einzige.« Der Mann im Kittel war groß und korpulent. Obwohl Hadice ihn auf nicht älter als Mitte dreißig schätzte, war von seinem Haar nur noch ein kleiner Kranz geblieben, was ihm etwas Mönchisches verlieh. ›Sebastian Marx‹ stand auf dem Namensschild an seinem Kittel.

Hadice hob eine Augenbraue.

»Er ist heute nicht aufgetaucht«, beeilte sich Marx zu sagen.

»Das ist ausgesprochen ungewöhnlich«, klinkte sich nun auch eine der Frauen in das Gespräch ein. Sie kam Hadice entgegen, reichte ihr die Hand. Sie war sehr klein, sehr zierlich und sehr blond. Die Schatten unter ihren Augen verrieten, dass sie nicht viel Schlaf bekommen hatte. »Ich bin

Dr. Rosenthal. Michel Dibrani hätte mich ablösen sollen. Vor …« Sie warf einen Blick auf die große Uhr an der Wand, über die ein roter Sekundenzeiger tickte. »Vor fast zwei Stunden schon.«

»Ich nehme an, Sie haben versucht, ihn zu erreichen.«

»Natürlich. Aber es springt immer nur die Mailbox an.«

»Und Sie sagen, das ist nicht typisch für ihn?«

»Überhaupt nicht. Michel ist sonst immer die Pünktlichkeit in Person. Langsam machen wir uns Sorgen.«

Hadice und Henry tauschten einen Blick. »Haben Sie seine Adresse für uns?«

»Warten Sie. Ich ruf kurz in der Personalabteilung an.« Sie machte einen Schritt auf das Telefon zu.

»Er wohnt in einem der WaterHouses, dem zweiten vom Eingang aus gesehen«, sagte die andere Frau. Hadice schätzte sie auf etwa vierzig. Die Frau errötete. »Ich habe ihn mal rumgefahren, als er sich den Knöchel verstaucht hatte«, beeilte sie sich zu sagen.

Hadice nickte: Sie hatte die ungewöhnlichen Neubauten bereits im Rahmen der Internationalen Bauausstellung bewundert, die 2014 in Wilhelmsburg stattgefunden hatte. »Alles klar. Wir schauen da mal rasch vorbei.«

Die Ärztin ging zum Schreibtisch und kritzelte etwas auf einen Zettel. »Hier ist die Nummer der Station. Wenn Sie uns Bescheid geben würden …«

»Natürlich.« Die Kommissarin drehte sich um und ging hinaus. Henry nickte dem medizinischen Personal noch einmal kurz zu. Dann folgte er ihr.

Die Fahrt dauerte nur wenige Minuten.

»Und wenn er nicht da ist?« Henry stellte den Wagen direkt hinter dem Haus ab.

»Wir könnten ihn zur Fahndung ausschreiben.«

»Dafür haben wir zu wenig in der Hand.«

Sie stiegen aus dem Wagen.

»Schicke Hütte.« Henry zwinkerte Hadice zu. »So was können wir uns von unserem Beamtengehalt nicht leisten. Das steht mal fest.«

Die WaterHouses waren futuristische Wohnkonzepte. Sie lagen nicht nur an, sondern buchstäblich auf einem der Kanäle, die für die Internationale Bauausstellung IBA neu gestaltet worden waren. Die vier dreigeschossigen und das »Water Tower« genannte neungeschossige Gebäude bildeten ein Ensemble aus gegeneinander versetzten Würfeln mit viel Glas. Besonders attraktiv waren die deckartigen hölzernen Terrassen, die auf Höhe des Wasserspiegels in den Kanal ragten. Jede der drei Wohnungen hatte einen separaten Eingang. Sie fanden eine Tür, an der der Name M. Dibrani stand. Hadice klingelte mehrfach, doch alles blieb still.

»Meinst du, er ist abgehauen?«, fragte sie.

»Kann ich mir nicht vorstellen. Wir haben ja nichts gegen ihn in der Hand.«

»Aber das kann er nicht wissen.«

»Ich hab kein gutes Gefühl.« Henry kratzte sich am Hinterkopf.

»Ich auch nicht. Aber wir haben auch zu wenig konkrete Verdachtsmomente, um einfach reinzugehen.«

Henry trat ein paar Schritte zur Seite und beäugte das Haus von der Seite. »Überall Fenster, aber bei dem ganzen Wasser drum herum keine Chance hineinzusehen.«

Sie standen einen Moment ratlos da, als sich die Tür der benachbarten Wohneinheit öffnete. Heraus trat ein drahtiger Mann Ende sechzig in Fahrradkluft. Er nickte ihnen zu.

»Verzeihung.« Hadice zückte ihren Dienstausweis und ging auf ihn zu. »Öztürk, Kripo Hamburg. Dürfen wir Ihnen rasch ein paar Fragen zu Ihrem Nachbarn stellen?«

»Die Kripo.« Der Mann betrachtete sie neugierig von Kopf bis Fuß. »Hat der Doc was ausgefressen?« Er lachte.

»Nein. Es ist vielmehr so, dass wir uns ein wenig Sorgen um ihn machen.«

»Kann man vielleicht von Ihrer Wohnung aus auf eine seiner Terrassen hinüberklettern? Dann könnten wir einen Blick in die Wohnung werfen«, schaltete Henry sich ein.

»Keine Chance.« Der Fahrradfahrer nahm den Helm vom Kopf. »Aber ich habe eine andere Idee.«

Zehn Minuten später ließen sie ein aufblasbares Kanu zu Wasser.

»Willst du oder soll ich?«, fragte Henry.

»Mach du mal.« Hadice hatte ein etwas zwiespältiges Verhältnis zum Wasser. Sie schaute es sich gern vom Ufer aus an, ging aber nicht gern hinein. Und das aufgeblasene Kanu erschien ihr wenig vertrauenerweckend. Henry kletterte hinein, wobei es bedenklich schwankte. Der Fahrradfahrer, der sich inzwischen als »Wilhelm Johansen, Architekt im Ruhestand« vorgestellt hatte, reichte ihm das Paddel. Hadice blickte dem Kollegen nach, der mit ein paar Schlägen um die Hausecke verschwand. »Die Terrassentür ist auf«, hörte sie ihn kurz darauf rufen. »Ich geh mal rein.«

Sorgfältig vertäute Henry das quietscheentchengelbe Boot am Stahlgeländer. Dann richtete er sich vorsichtig auf und kletterte auf die Terrasse. Trotz der frischen Temperaturen stand die Tür halb auf. Davor stand ein Liegestuhl, auf dem Boden ein umgekipptes Glas und eine fast vollständig geleerte Flasche.

»Pastis«, murmelte Henry. Er verzog das Gesicht – ob Ouzo, Raki oder Pastis –, Schnaps mit Anisgeschmack war nicht seine Sache.

»Dr. Dibrani, sind Sie da?« Er bekam keine Antwort und schob die Tür weiter auf. Vorsichtig betrat er das Wohnzimmer. Er hoffte, den Arzt berauscht, aber friedlich in seinem Bett vorzufinden. Aber so war es nicht.

Dibrani lag zusammengekrümmt hinter dem Küchentresen auf dem Boden. Mit drei Schritten war Henry bei ihm, tastete nach dem Puls am Hals des Mannes. Er war schwach, aber immerhin vorhanden. Vorsichtig brachte er ihn in die stabile Seitenlage, dann eilte er, das Handy bereits zückend, an die Haustür.

»Wir brauchen einen Notarzt«, sagte er an Hadice gewandt, während der Architekt noch immer dastand und versuchte, durch die offene Tür unauffällig ins Haus seines Nachbarn zu linsen. Henry telefonierte, und Hadice betrat die stilvoll eingerichtete Wohnung.

»Verdammt.« Sie ging neben Dibrani in die Hocke und verzog das Gesicht. Er roch stark nach Alkohol. »Hackedicht«, murmelte sie. Möglicherweise war er im Suff gestürzt. Doch dann fiel ihr Blick auf eine Tablettenpackung, die neben dem Induktionsherd lag. »Diazepam«, sagte sie leise. Ein Schlafmittel, so viel wusste sie.

Henry kam wieder herein. »Notarzt kommt sofort.«

Hadice hielt ihm die Tablettenpackung entgegen. »Wenn Dibrani die Tabletten hier in Kombination mit Alkohol geschluckt hat, ist die Lage kritisch.«

»Ein Suizidversuch?«

»Nicht ausgeschlossen.«

Sie starrten einander an. In Hadices Kopf ratterte es. Hatten den Arzt Schuldgefühle übermannt? Und wenn ja, weswegen? Wegen des behinderten Mädchens? Oder hatte er doch etwas mit dem Tod von Jenay zu tun?

Henry kniete sich neben den Bewusstlosen und fühlte erneut den Puls.

Sie hörten das Heulen eines sich nähernden Martinshorns.

»Hadice, schau dir das mal an.« Henry hatte Dibranis Hemdkragen etwas nach unten gezogen. Hadice beugte sich über den Arzt.

Das Martinshorn war unterdessen immer näher gekommen und schließlich verstummt. Das Blaulicht tauchte den Flur in pulsierendes Licht. Schon eilten die Rettungssanitäter herein. Hadice ging ihnen entgegen.

»Er hat Alkohol getrunken, offenbar reichlich. Und dann wahrscheinlich hiervon noch ein paar eingeworfen.« Sie reichte dem Sanitäter die Tablettenpackung.

»Netter Cocktail«, sagte der. Die beiden Männer hoben den Arzt auf die Bahre, stülpten ihm die Sauerstoffmaske über das Gesicht und trugen ihn davon. Hadice schaute ihm hinterher. Dibrani hatte ausgesehen, als sei er bereits tot.

Jenay

Sie hatte neben ihm gesessen, von dem Moment an, an dem er stürzte, bis zu dem Moment, in dem ihn die Sanitäter auf die Bahre hoben. Sie hatte ihn gehalten. Sie hatte ihn nicht gehen lassen. Sie wusste, dass die Dinge sich zuspitzten. Sie wusste, dass er noch eine Rolle zu spielen hatte. Der Tod seines Vaters hatte einen Spalt geöffnet in der fest verrammelten Tür seines Ichs. Die Tür zu seiner Vergangenheit, seiner Familie zu verschließen, hatte ihm geholfen, zu werden, was er heute war. Sie hatte ihn aber gehindert, der zu werden, der er wirklich war. Es war gut, dass die Tür sich öffnete. Bereits jetzt drängte dahinter mit Macht hervor, was so lange unter Verschluss gewesen war.

Sie waren einander in seiner Bewusstlosigkeit begegnet – der Tod ist des Schlafes Bruder, heißt es. Sie waren einander begegnet, ein Austausch hatte stattgefunden, nicht an Worten, sondern an Wissen, für das es keine Worte gab. Dann war er ihr entglitten. Sie wusste nicht, ob er das, was er erfahren hatte, mit in die Welt der Wachen, der Bewussten, der Lebenden hinübernehmen konnte.

In seinem früheren Leben als Arzt und in seinem jetzigen als Bestatter hatte Theo sich schon mit vielem befasst, das andere Menschen aus ihrem Leben auszuklammern versuchten – Leid, Tod, Trauer. Er konnte nicht sagen, dass er sich daran gewöhnt hatte. Es war ihm aber letztlich gelungen, es ganz sachlich ebenso als einen Teil des Lebens zu begreifen, wie Freude, Leben und Liebe. Womit er noch immer Probleme hatte, war Suizid. Der Entschluss, seinem eigenen Leben ein Ende zu setzen, erschien ihm unfassbar. Nicht in dem Sinne, dass er einen solchen Entschluss verurteilte, sondern dass er ihn nicht nachvollziehen konnte. Was musste geschehen, damit ein Mensch dem ursprünglichsten Trieb aller Lebewesen – nämlich zu leben – die Stirn bot, und für sich beschloss: »Jetzt ist Schluss«. Er war, selbst in seinen schwärzesten Stunden, nie auch nur in die Nähe dieses Point of no Return geraten. Und doch wusste er, dass Suizide keine Seltenheit waren. 3000 Menschen nahmen sich jedes Jahr in Deutschland das Leben, und noch viel mehr überlebten einen solchen Versuch. Männer seltener als Frauen, denn sie wählten meist rabiatere Methoden der Selbsttötung.

Und nun auch Dibrani? Ein Mann, mit dem er noch vor Kurzem gesprochen hatte – und der ihm ganz gewiss nicht suizidal erschienen war.

Er lenkte seinen Wagen in einen freien Parkplatz vor dem türkischen Gemüsemarkt in der Neuenfelder Straße. Früher war hier ein Aldi gewesen, in dem er sich als Kind mit Schokolade versorgt hatte – die doppelte Menge zum halben Preis von der Markenkinderschokolade.

Er lud Obst und Gemüse in einen der überdimensionierten Einkaufswagen, die für den Wocheneinkauf einer Großfamilie konzipiert worden waren. Wie immer wusste er schon jetzt, dass er die Hälfte davon mit schlechtem Gewissen wegwerfen würde. Trotzdem legte er noch ein in Frischhaltefolie gehülltes Viertel einer Wassermelone obendrauf. Lilly liebte sie.

In der Schlange an der Kasse wählte er Hadices Nummer.

»Öztürk.«

»Ich bin es, Theo.«

»Theo.« Er hörte es rascheln, dann erklang ein lautes Krachen, gefolgt von einem Malmen.

»Großer Gott, was treibst du?«

»Ich esse. Ich esse ein trockenes Brötchen mit schwitzigem, welligem Käse drauf, wenn du es genau wissen willst. Wenn du jetzt mit mir reden willst, dann musst du das nun mal in meiner Mittagspause tun.«

»Es ist halb sieben am Abend!«

»Eben. Und darum muss ich jetzt endlich was essen.«

Der ältere Mann hinter ihm in der Kassenschlange stupste ihn an. Theo schnitt eine entschuldigende Grimasse und beeilte sich, seinen Wagen ein Stück weiter vorzuschieben. »Hör mal, ich habe von dieser Sache mit Dibrani gehört.«

»Woher hast du das jetzt schon wieder?«

»Von Django. Das ist ein alter Kollege, den ich neulich in Groß-Sand wiedergetroffen hab.«

»Du hast auch überall deine Spitzel.« Sie schluckte. »Hat der dir zufällig irgendwas über seinen Zustand verraten? Ob er schon aufgewacht ist, oder so?«

»Wohl nicht. Sie haben ihm den Magen ausgepumpt und ihn an eine Infusion gehängt. Sie glauben aber, dass er es schafft.«

»Ich muss wirklich dringend mit dem Typen reden. Gib mir Bescheid, wenn du was Neues über ihn erfährst, okay?«

»Mach ich. Aber sag mal – seid ihr wirklich sicher, dass das ein Suizidversuch war?«

Er hörte Hadice kauen. »Warum fragst du?«, sagte sie dann.

»Na, ich bin kein Psychologe, aber neulich wirkte er auf

mich jedenfalls nicht so, als wollte er sich verabschieden. Aus dem Leben, meine ich.«

»Vielleicht war es ja auch ein Unfall. Zu betrunken, um sich zu erinnern, dass er schon Tabletten geschluckt hatte, oder so.«

»Eine halbe Packung? Unwahrscheinlich.«

Theo hörte den zischenden Knall einer Getränkedose, die geöffnet wurde.

»Andererseits: Ein Arzt, der sich das Leben nehmen will, der hat da sicherere Methoden als Alkohol und Beruhigungstabletten. Das kommt einem doch komisch vor«, fuhr er fort. Mechanisch legte er seine Waren auf das Band, die die flinke Kassiererin in Windeseile über den Scanner zog. Sie war eine hübsche junge Türkin mit Frida-Kahlo-Brauen über schwarz geschminkten Augen. Ihre Lippen waren genauso leuchtend rot wie ihre langen Fingernägel.

»Hadice?« Er hörte sie trinken. So wortkarg war selbst sie selten.

»Wir haben da noch was entdeckt, Henry und ich«, sagte sie schließlich widerwillig. »Offenbar hatte Dibrani eine Auseinandersetzung, nicht lange, bevor er zusammengebrochen ist. Wir haben Hämatome gefunden. An seinem Hals.«

»Jemand hat ihn gewürgt?« Theo bewahrte gerade noch eine Tomate davor, vom Laufband auf den Boden zu purzeln.

»Sieht ganz so aus. Irgendwas an dieser Sache ist faul. Und was das ist, kriege ich raus.«

Daran hegte er keinerlei Zweifel.

»Und, Theo?«

»Ja?«

»Bleib sicherheitshalber vorerst ein bisschen auf Abstand. Wenn jemand tatsächlich versucht haben sollte, Dibrani zu beseitigen, wird er sich nicht scheuen, auch andere aus dem Weg zu räumen, die ihm in die Quere kommen.«

Der Mann hinter ihm stupste ihn wieder an.

»Macht 17 Euro 22, Süßer«, sagte die Kassiererin in breitestem Hamburgisch.

Auf dem Parkplatz verstaute Theo gedankenverloren seine Waren auf dem Rücksitz des Wagens und schrak zusammen, als urplötzlich eine misstönende Melodie aus seiner Jackentasche quoll. »Lilly«, knurrte er, sich ärgernd, dass es der Tochter seiner Kollegin wieder einmal gelungen war, heimlich seinen Klingelton zu verändern. Der Blick auf die Nummer im Display verdrängte den Gedanken an die kleine Hexe augenblicklich.

Er hatte die Kontaktdaten der Anruferin vor ein paar Monaten in einem Moment kindischer Bockigkeit gelöscht. Damit hatte er aber nicht ändern können, dass ihm die Nummer ins Hirn gebrannt war. Er holte tief Luft und nahm das Gespräch an. »Hanna«, sagte er.

Seit Fatih ihm von der Begegnung mit seiner Exfreundin auf der Rolltreppe berichtet hatte, hatte er diesem Moment mit Bangen entgegengesehen. Ihm war klar gewesen, dass sie sich nun, da ihre Rückkehr ihm zu Ohren gekommen sein musste, irgendwann bei ihm melden würde.

»Hallo, Theo«, sagte sie, und da war sie wieder, diese Stimme, die so dunkel und von vielen inhalierten Zigaretten rauchig war, dass er sie bei ihrem ersten Telefonat für die eines Mannes gehalten hatte.

»Du bist also wieder im Lande.«

»Ja.«

»Seit wann?«, konnte er sich nicht verkneifen zu fragen.

»Oh«, sagte sie vage, »noch nicht so furchtbar lange.«

»Fatih hat es mir erzählt.«

»Das dachte ich mir.« Sie schwieg einen Moment. »Ich wollte mich schon eher bei dir melden.«

»Natürlich.«

»Ehrlich gesagt, ich hab es ein wenig vor mir hergeschoben.«

Sie schwiegen beide für einen Moment.

»Können wir uns vielleicht treffen?«

»Sicher«, sagte Theo, obwohl er eigentlich dachte: ›Wozu?‹ Die Heftigkeit, mit der er sich wünschte, sie wiederzusehen, und die gleichzeitig aufkommende Panik bei dem Gedanken daran brachten ihn aus dem Gleichgewicht.

»Du hast nicht zufällig morgen Abend Zeit?«

›Nein‹, schrie sein Verstand, der ihn vor neuen Gefühlskonfusionen, vor neuem Schmerz bewahren wollte. »Doch«, hörte er sich stattdessen sagen, »wenn es dir nichts ausmacht, wenn es ein bisschen später wird.« Er wollte sich erwachsener benehmen, als er sich fühlte. Vor allem aber überwog der Wunsch, sie wiederzusehen.

Er steuerte den Wagen wie auf Autopilot nach Hause, in das reetgedeckte Haus gleich neben dem Bestattungsinstitut. Ließ die Taschen mit den Einkäufen im Flur stehen. Stand dann ratlos in seiner Wohnung. Wusste nichts mit sich anzufangen. Ging wieder hinaus in den herandämmernden Abend. Ging die paar Schritte hinüber zum Friedhof. Eine alte Frau kam ihm entgegen, bis zur Nasenspitze eingehüllt in einen dicken Schal. Sie nickte ihm freundlich zu. Ihren Namen kannte er nur von dem Grab, das sie fast täglich besuchte: Margot Koch. Sie hatte ihren Namen bereits unter dem ihres Mannes in den Stein meißeln lassen, gemeinsam mit ihrem Geburtsdatum. Nun fehlte nur noch der Tag ihres Todes. Jedes Mal, wenn er sie traf, dachte Theo, dass es tröstlich sein musste, genau zu wissen, wohin man gehörte. Im Leben wie im Tod. In guten und in schlechten Zeiten. Er ging weiter bis zum Grab seiner Frau und seiner Tochter. Seinen Namen ebenfalls einmeißeln zu lassen, war ihm nicht in den Sinn gekommen. Er hoffte noch darauf, jemanden zu finden, dem er sich wieder so zugehörig fühlen konnte wie Nadeshda. Eine Frau. Ein Kind. Eine Familie.

Er legte sich ins feuchte Gras und sah hinauf zum dunkler werdenden Himmel, über den Wolken zogen. Er schloss die Augen und eine Welle von Sehnsucht rollte über ihn hinweg. Er versuchte, sich Nadeshdas Gesicht vor Augen zu rufen. Doch es blieb eine vage Vorstellung von goldenen, kurzen Haaren, hohen Wangenknochen und einem unglaublich breiten Lächeln.

In den ersten Monaten hatte er sie noch häufig gesehen, gemeint, ihre Stimme zu hören. Seither hatte er zu Gespenstergeschichten eine andere Einstellung. Sie war so real gewesen. Nadeshda, seine schöne, seine lebenslustige, seine mitunter so abgrundtief depressive Frau. Er wusste, dass es wahrscheinlich seine Trauer und Sehnsucht gewesen waren, die ihm ihre Gegenwart vorgegaukelt hatten. Aber das war immer seltener geworden. Und jetzt lag er fröstelnd im feuchten Gras und wünschte sich nichts mehr, als wieder ihr Lachen zu hören.

Doch sie war fort.

Er rappelte sich auf. Zupfte ein paar vertrocknete Blätter von dem Rosenstrauch, den er gepflanzt hatte und der schon bald neue Blüten treiben würde. Er ging zurück in das Haus gleich neben dem Bestattungsinstitut, das seinen Eltern gehört hatte und das er mit Nadeshda nach dem Tod seines Vaters nach ihren Vorstellungen umgebaut hatte. Als Illustratorin hatte sie ein Händchen dafür gehabt, das reetgedeckte Gebäude mit seinen kleinen Fenstern und niedrigen Decken in ein luftiges modernes, aber immer noch von seiner Geschichte geprägtes Heim zu verwandeln. Auf dem Esstisch im Küchenbereich lag sein Mobiltelefon. Jemand hatte eine Nachricht hinterlassen. Seine Tante Marlies, die Schwester seines Vaters. Er lächelte. Er würde sie zurückrufen. Morgen. Doch dazu sollte es nicht kommen.

DER DREIZEHNTE TAG

Der Anruf weckte ihn um Viertel vor sechs.

»Moin, Theo. Ich hätte da Kundschaft für dich.«

Theo rappelte sich auf. Dr. Olaf Schipporeit, niedergelassener Internist und Hausarzt in Kirchdorf, überließ ihm, dem Exkollegen, gern seine Patienten, wenn diese seine Hilfe nicht länger benötigten. Und Theo verwies am Boden zerstörte Angehörige, die in ärztliche Behandlung gehörten, gern an den rotschopfigen Mediziner – ein Austausch, der nicht auf monetären Interessen, sondern auf gemeinsamen humanistischen Werten und gegenseitiger Wertschätzung beruhte.

»Wen haben wir denn?« Theo fuhr sich mit der Hand durch das zerzauste Haar.

»Edwine Obermayr, Jahrgang 1929, Herzstillstand im Schlaf.«

»Alles klar. Sollen wir gleich kommen?«

»Moment.« Olaf hielt kurz Rücksprache mit der Familie. »Ja, macht man hinne. Die wollen hier nicht so gern mit der Toten alleine sein. Und meine Sprechstunde beginnt um neun.«

»Geht klar.« Er notierte die Adresse und sprach der Ordnung halber noch mit der Enkelin der Verstorbenen. Schließlich war es die Familie, die entschied, welchen Bestatter sie beauftragen wollte, und nicht der Arzt.

Als Allererstes wählte Theo Kurtis Nummer. Der »ewige

Sportstudent«, wie sie den 29-Jährigen inzwischen nannten, war immer bereit für ein kleines Zubrot als Bestattergehilfe.

Nachdem er Kurti unterwegs eingesammelt hatte, parkten sie den Leichenwagen um halb acht vor der Tür in der Zeidlerstraße. Gemeinsam trugen sie den Sarg die engen Stiegen des 70er-Jahre-Baus hinauf. Es war Olaf, der ihnen die Tür öffnete. »Huston, wir haben ein Problem«, empfing er sie, den legendären Ausspruch von Apollo 13 zitierend, das 1970 im All in Not geraten war.

Hinter ihm stand eine üppige Frau, Mitte dreißig, mit beeindruckendem Busen und gestresstem Gesichtsausdruck. Sie war in Bluse, schmalen dunklen Rock und Pumps gekleidet.

»Melanie Hesse«, stellte sie sich vor. »Ich bin die Enkelin. Entschuldigung«, sagte sie und zerstörte ihre Hochsteckfrisur mit einem Griff, »jetzt gibt's auf einmal Stress.«

Theo und Kurti stellten den Sarg im Hausflur ab.

»Was ist das Problem?«, wollte Theo wissen.

»Opa!«, sagte die Frau und wedelte mit den Händen. »Er hat sich mit Oma im Schlafzimmer verbarrikadiert! Will sie nicht rausrücken. Herrgott, dabei haben die beiden, seit ich denken kann, nur gestritten!«

Olaf zwinkerte Theo zu. Seine Brille saß etwas schief auf seiner Nase, aber er ließ sich so leicht nicht aus der Fassung bringen.

»Probier du mal dein Glück«, sagte er.

Theo folgte der Enkelin durch die penibel aufgeräumte Wohnung. Sie blieb vor einer geschlossenen Tür stehen.

»Hier?«, fragte Theo.

Sie nickte nur. Vorsichtig klopfte er dagegen. »Herr Obermayr«, rief er laut, »hier Theo Matthies. Ich bin der Bestatter.«

»Ihr könnts mi alle amoi kreizweis«, erscholl es von der anderen Seite.

»Herr Obermayr, jetzt seien Sie doch vernünftig.«

»Orschleckn könnts mia! Ach, leckts mi doch am Orsch!«

Theo sah die Enkelin an. »Ihr Großvater, der kommt wohl aus Bayern, oder?«

»Das kann man wohl kaum abstreiten.« Sie lächelte schief.

»Warten Sie. Ich habe da eine Idee.«

Zwanzig Minuten später fuhr Fräulein Huber im Taxi vor. Die langjährige Assistentin seines Vaters war ein bayrisches Original, das einst die Liebe in die Hansestadt verschlagen hatte. Daraus war dann nichts geworden, Fräulein Huber hatte sich stattdessen im Bestattungsinstitut Matthies über vierzig Jahre lang unentbehrlich gemacht.

»Herrschaftszeiten«, sagte sie und stemmte die Hände in die Hüften, »was ist denn hier los?«

Theo ging ihr entgegen und küsste sie liebevoll auf die welken Wangen.

Die Huber winkte errötend ab. »Bub«, sagte sie, »jetzt langts aba.«

Theo informierte sie kurz über die Lage.

»Wie heißt er denn, der temperamentvolle Witwer?«

»Alois Obermayr«, sagte die Enkelin.

Die Huberin warf ihr einen strengen Blick zu.

»Obermayr, Alois, alles klar. Und jetzt schickts euch, des hier ist privat.«

Sie trollten sich ins Wohnzimmer. »Obermayr!«, hörte Theo seine einstige Mitarbeiterin noch sagen. »Jetzt horch amoi ...«

Es dauerte keine zehn Minuten, da war die Tür offen, und Alois Obermayr sah mit Tränen in den Augen dem

Sarg nach, in dem Theo und Kurti seine Frau abtransportierten.

Fräulein Huber indes blieb noch ein wenig in dem Trauerhaus. »Jetzt brauchts hier a gscheide Brotzeit«, sagte sie entschieden, inspizierte den Kühlschrank und machte sich ans Werk.

Nach dem Schnellstart in den Tag hatte Theo sich an den Papierkram gesetzt, den er so verabscheute. Es galt, Rechnungen zu schreiben und andere zu zahlen. May kam vorbei und lachte über die grimmige Miene, die er in solchen Momenten immer aufzusetzen pflegte. »Jaja, so ist es nun mal, das Los als Unternehmer«, foppte sie ihn. Und da sagte er, aus dem Moment heraus, aber doch, wie ihm augenblicklich klar wurde, auf der Basis eines lang gehegten, im Hintergrund seines Oberstübchens gesponnenen Gedankens: »Wie wäre es eigentlich mit Matthies & Hong?«

Sie stutzte. »Klingt ziemlich blöd«, sagte sie und ging hinaus.

Dann kam sie zurück, pflanzte sich kerzengerade auf mit ihren zarten 158 Zentimetern und fragte: »War das jetzt ein Angebot?«

Theo lehnte sich in seinem Schreibtischstuhl zurück. »Absolut.«

»Ich hab kein Geld, um mich hier einzukaufen«, sagte May nüchtern. »Ich habe ein Kind und da schmilzt die Kohle wie Butter in der Sonne.«

Theo lächelte. »Ist mir schon klar.« Er breitete die Arme aus. »Was du hier seit Jahren investierst, ist mit Geld doch ohnehin nicht aufzuwiegen.« Und da kam May, die Spröde, geradewegs zu ihm geeilt und küsste ihn auf die Stirn.

Er war gerührt. »Also, abgemacht?«

»Abgemacht«, sagte sie. Und schlug mit ihrer zierlichen Rechten in seine ausgestreckte Hand ein wie ein Kerl.

Sie hatten sich an einem neutralen Ort verabredet, frei von gemeinsamen Erinnerungen. Die winzige Bar lag in der Nähe der Landungsbrücken. Vor ihr warteten ein paar Liegestühle auf wärmere Tage und Nächte. Obwohl er früh dran war, sah Theo Hanna bereits von Weitem vor der Tür stehen. Zu seiner Überraschung hielt sie keine Zigarette in der Hand. Sie trug einen Trenchcoat, den Theo nicht kannte. Den Kragen hatte sie hochgeschlagen zum Schutz vor den Windböen, die ihr immer wieder durch die wüsten schwarzen Locken fuhren. Ihren Blick hatte sie auf das Hafenpanorama gerichtet, das vom Hochufer aus atemberaubend war. Sie bemerkte ihn erst, als er zu ihr herantrat, und fuhr leicht zusammen, was ihn schmerzte.

»Schicker Mantel«, sagte er. Sie lächelte und entblößte dabei die Zahnlücke zwischen ihren Schneidezähnen, dann neigte sie sich vor, um ihn auf die Wange zu küssen. Dabei behielt sie die Hände tief in den Manteltaschen vergraben. Der vertraute Duft ihres Parfüms stieg ihm in die Nase, eine Mischung aus Zitrusfrüchten und frisch gemähtem Gras.

»Wir gehen wohl besser rein«, sagte sie.

Sie stellten sich an die Bar, hinter der eine sehr junge Frau mit großer Ernsthaftigkeit Cocktails mixte. Sie trug Lederjeans und ein schwarzes Tanktop, das ein farbenfreudiges Tattoo preisgab, welches sich in Form von dornenbewehrten Rosen vom rechten Handrücken bis über ihre Schulter emporwand.

»Was kann ich euch beiden Hübschen Gutes tun?«, fragte das Dornröschen.

Hanna orderte zu Theos Überraschung keinen Weißwein,

sondern eine Orangina. Er selbst nahm ein Alster, obwohl ihm der Sinn eigentlich nach etwas Stärkerem gestanden hätte.

»Wie war es in Algerien?«, fragte er. Hanna hatte für ein Semester einen Gastlehrauftrag für Journalismus an der Universität Algier angenommen.

»Heiß. Und staubig. Und wahnsinnig deprimierend«, antwortete sie. »Vom Elan des ›Arabischen Frühlings‹ ist da nicht viel übrig geblieben.« Sie nahm einen Schluck.

»Wie ist es dir ergangen, in der Zwischenzeit?«

»Oh, alles bestens«, sagte er und dachte: ›Gelitten habe ich, wie ein Hund.‹

Es fühlte sich seltsam an, plötzlich wieder neben ihr zu stehen, eine schmerzliche Mischung aus Vertrautheit und Distanz. Er bereute es bereits, gekommen zu sein.

»Wie geht es May? Und Lilly?«

»Rotzfrech, wie gewöhnlich. Die eine wie die andere.«

Hanna lachte ihr Hannalachen, das schepperte wie rostige Blechbüchsen. Es schnitt ihm direkt ins Herz.

»Ich habe da übrigens wieder einen seltsamen Fall«, sagte er, um sich abzulenken.

Sie zog eine Augenbraue hoch. »Das wird tatsächlich langsam zur Gewohnheit.«

»Ich weiß auch nicht, woran das liegt. Es ist nicht so, dass ich mich darum reißen würde.« Und dann erzählte er ihr von Jenay und ihren Eltern, von dem Arzt, der sich das Leben hatte nehmen wollen – oder auch nicht.

Hanna hörte zu, stellte nur hin und wieder eine kluge Frage, nippte an ihrem Glas. Sie war immer eine gute Zuhörerin gewesen – eine scharfsinnige Beobachterin, die ihrem Gegenüber anschließend auch Details entlockte, über die dieser selbst vielleicht noch gar nicht nachgedacht hatte. Sie war eine hervorragende Journalistin. »Das ist in der Tat eine sehr seltsame Geschichte«, sagte sie schließlich.

Theo nahm noch einen Schluck von seinem Alsterwasser, stellte fest, dass es schal geworden war, und orderte eine Cola. »Für dich auch noch was?«

Sie schüttelte den Kopf.

»Irgendwie habe ich den Eindruck, ich stecke fest«, sagte er. »Ich hab jetzt schon mit so vielen Leuten geredet, aber ich komme einfach nicht weiter. Ich habe die ganze Zeit den Eindruck, etwas direkt vor der Nase zu haben und es deswegen erst recht nicht zu sehen.«

Tröstend legte sie ihm die Hand auf die Schulter. Sie war schmal und trotz ihres mehrmonatigen Aufenthalts in Nordafrika sehr blass. ›Schneewittchenhände‹, dachte er.

»So was kenne ich. Du musst einfach dranbleiben. Dranbleiben und versuchen, dir einen unverstellten Blick zu bewahren. Das ist in solchen Fällen besonders schwierig.« Sie nahm die Hand wieder fort und angelte sich Nüsse aus der Schale, die die Barkeeperin aufgefüllt hatte.

»Wie meinst du das: in solchen Fällen?«

»Na, hier geht es immerhin um eine Sinti-Familie. Das macht die Sache kompliziert.«

»Du meinst, weil die so misstrauisch sind?«

Sie schüttelte den Kopf. »Sicher, das kann auch eine Rolle spielen. Die Bilder, die wir im Kopf haben, machen es uns viel schwerer, die Realität zu sehen. Vorstellungen, die über Generationen weitergegeben wurden.«

»Na, ich hoffe doch, dass ich mich davon nicht beeinflussen lasse, was meine Großmutter mir an Ammenmärchen über die ›Zigeuner‹ erzählt hat.«

»Sinti.«

»Klugscheißerin. Meine Oma hat nie Sinti gesagt, die

wusste gar nicht, was das ist. Für die sind und bleiben das ›Zigeuner‹«, provozierte er sie.

»Eben«, sagte sie. Sie hielt das geleerte Nüsschenglas mit bittendem Lächeln der Barkeeperin hin.

»Hattest du noch nicht zu Abend gegessen?«

Sie wurde rot. Bei jemandem mit so blasser Haut war das nicht zu übersehen. »Doch, eigentlich schon.« Sie hielt ihm das aufgefüllte Glas hin, doch er lehnte mit einer Geste ab.

»Erinnerst du dich noch an die Geschichte des kleinen strohblonden Mädchens, das man vor ein paar Jahren in einer Roma-Familie in Griechenland gefunden hat?«

Vor Theos Auge stieg sogleich das Bild eines Kindes auf, das damals um die Welt gegangen war. Fünf Jahre alt, mit strubbeligem Haar und verzweifeltem kleinem Gesicht, die Hände ineinandergeschlungen, wie um sich an sich selbst festzuhalten.

»Man hat angenommen, die Roma hätten sie entführt, oder?«

»Ganz genau. ›Zigeuner klauen kleine Kinder.‹ Das hat jeder schon mal gehört. Und das waren alle sehr schnell bereit zu glauben. Die Zeitungen haben sich draufgestürzt – und zwar europaweit.«

»Aber die Roma-Familie, in der die Kleine lebte, das waren doch tatsächlich nicht ihre Eltern, oder?«

»Nein. Die lebten in Rumänien und hatten die Kleine zur Pflege bei der griechischen Roma-Familie gelassen. Man war sehr überrascht, als man festgestellt hat, dass die noch eine ganze Schar weiterer strohblonder Kinder hatten.«

Zu seiner Beschämung fiel Theo ein, dass auch ihm die Geschichte mit dem blonden Kind zunächst verdächtig vorgekommen war.

»Was, meinst du, wäre passiert, wenn ein blondes Paar mit einem schwarzhaarigen Kind herumspaziert?«

»Man würde wohl denken, dass das schon seine Richtigkeit hat.«

»Eben«, sagte Hanna.

»Was hast du denn damals gedacht?«

»Ich? Ich war genauso schnell wie alle anderen bereit zu glauben, dass da was Finsteres dahintersteckt.« Sie zwinkerte ihm zu. »Ich habe nie behauptet, dass ich ein besserer Mensch bin. Aber wenigstens gehe ich den Dingen auf den Grund, bevor ich über sie berichte.«

»Was schlägst du vor?«

»Ich an deiner Stelle würde noch mal mit diesem Arzt reden. Dibrani.«

»Warum?«

»Reiner Instinkt.«

Das Glas mit den Nüsschen war schon wieder leer.

»Sag mal, Hanna, seit wann futterst du so viel von dem Zeug?«

Sie drehte das Glas auf dem Tresen.

»Seit ungefähr vier Monaten«, sagte sie.

Theo starrte sie an.

»Dann darf man wohl gratulieren«, sagte die Rosenprinzessin, die das Gespräch mitbekommen hatte.

Nun starrte Theo die Bardame an.

Den ganzen Abend Limonade und dazu Knabberkram ohne Ende. ›Und keine einzige Zigarette‹, ergänzte Theo im Geiste, als bei ihm der Groschen fiel.

Statt die S-Bahn nach Wilhelmsburg zu nehmen, war Theo den ganzen Rückweg zu Fuß gegangen, durch den alten Elbtunnel mit seinen grünlichen Fliesen hindurch ans andere Ufer, dann durch den Freihafen, über den sich die Köhlbrandbrücke spannte. Sonst bereitete ihm der Anblick Freude, jetzt lief er halb blind und wie ein Roboter durch die nächtlichen Straßen.

»Glückwunsch«, hatte er zu Hanna gesagt und die Bitterkeit, die in diesem Wort lag, auf den Lippen geschmeckt. »Das ging ja mal fix.«

»Ich weiß, aber wie du dir denken kannst, war das nicht geplant«, hatte Hanna verlegen gesagt und ihre Hand auf den rundlichen Bauch gelegt, der Theo aber nicht runder vorkam als gewöhnlich.

»Wer ist denn der glückliche Vater?«

Sie zögerte. »Ein algerischer Kollege«, sagte sie dann.

»Geht mich ja im Grunde nichts an«, hatte er erwidert. »Du bist ein freier Mensch und kannst ins Bett gehen, mit wem du willst.«

»Theo!«

Er hatte ein paar Scheine aus der Tasche gekramt, dem Dornröschen gereicht und »Stimmt so!« gesagt. Und dann war er gegangen. Der lange Spaziergang durch die Nacht hatte seinen Zorn und seine Enttäuschung so weit abgekühlt, dass er den Schmerz darunter wieder deutlicher spüren konnte. Hatte sie ihm nicht klipp und klar zu verstehen gegeben, dass die Kinderfrage für sie erledigt war? Hatte sie ihn nicht deshalb verlassen, weil sie zu wissen glaubte, dass ihre Beziehung daran ohnehin zerbrechen würde? Und jetzt war sie also wieder schwanger. Von einem anderen. Und gedachte offensichtlich, das Kind auch zu bekommen.

Seine Schritte führten ihn geradewegs in den Vogelhüttendeich, wo er, ohne sich um die späte Stunde zu scheren, klingelte.

»Junge, du siehst echt scheiße aus«, sagte Lars, als er ihm

verschlafen blinzelnd die Tür öffnete. Er trug einen altmodischen gestreiften Pyjama. Ohne die Brille wirkte sein Gesicht seltsam nackt. Er schlurfte voran in die Küche und setzte Wasser auf den Herd. Vermutlich war er einer der letzten Menschen, die keinen Wasserkocher besaßen, sondern noch immer mit einem Kessel herumhantierten. »Schmeckt besser als der Elektrokram«, behauptete er stets. In einer Ecke lag Paul-Mops in seinem Körbchen. Ohne den Kopf zu heben, bedachte er Theo mit vorwurfsvollem Blick.

Theo ließ sich auf einen Stuhl sinken und schwieg, bis Lars ihm einen dampfenden Kaffeebecher vor die Nase setzte.

»Ich hab mich mit Hanna getroffen«, sagte er dann.

»Aha.«

»Sie ist wieder schwanger. Von irgend so einem Algerier.«

»Na, dann wird das ja ein hübsches Kind werden.«

»Du bist echt ein Scheißkerl.«

Lars lächelte nur. »Ich nehme mal an, sie ist mit dem Mann nicht mehr zusammen.«

»Was weiß ich. Interessiert mich auch nicht.«

»Sollte es aber.«

»Von wegen. Das war's jetzt. Endgültig. Ich will sie nie wiedersehen.«

Lars betrachtete ihn. Amüsiert, wie Theo schien.

»Was ist daran so lustig?«, brauste er auf.

»Du bist ein solcher Vollidiot.« Es klang freundlich.

Theo starrte ihn an.

»Überleg doch mal, ist doch bestens. Ihr habt euch getrennt …«

»Sie hat sich getrennt!«

»Also gut, sie hat sich getrennt, weil sie geglaubt hat, sie würde kein Kind mehr bekommen. So eine Fehlgeburt ist ja auch ziemlich traumatisierend, stelle ich mir vor.«

Theo schwieg. In ihm brodelte es. Er wollte jetzt keine Entschuldigungen für Hanna hören. Er wollte von seinem besten Freund hören, dass die Frau unmöglich war. Aber den Gefallen tat Lars ihm nicht.

»Denk doch mal nach«, sagte er stattdessen. »Du willst ein Kind. Hanna kriegt eins. Du liebst sie. Ist doch alles perfekt.«

»Nur, dass das Kind nicht von mir ist!«

Lars sah ihn nur mitleidig an.

»Was? Du findest allen Ernstes, das sollte mir egal sein?«

Lars erhob sich. »Also, ich hau mich wieder hin. Du weißt ja, wo die Couch ist.«

»Toller Freund«, knurrte Theo, als er die Wolldecke über sich zog. In der Küche schnarchte der Mops. Und irgendwie fühlte er sich auf einmal seltsam getröstet.

DER VIERZEHNTE TAG

»Hallo«, sagte Magda. Sie hatte sich vorsichtig an die Kante des Bettes gesetzt, in dem Michel Dibrani lag. Mühsam öffnete er die Augen. »Was machst du denn für Sachen?« Er spürte, wie sie seine Hand ergriff. Spürte es, doch es wollte sich die dazugehörige Empfindung nicht einstellen. Es fühlte sich seltsam unwirklich an. Mit ihr zu schlafen war zweifellos ein Fehler gewesen.

»Kann ich dich etwas fragen?«, sagte Magda und strich ihm sachte über die Hand. »War es wegen Jenay?«

»Was denn?« Er versuchte, seine wirren Gedanken zu ordnen.

»Das hier.« Sie wies auf die Gerätschaften der Intensivstation. »Kannst du dich nicht erinnern? Du hast versucht, dir das Leben zu nehmen.«

Hatte er? Er runzelte die Stirn. Eine Flasche Pastis. Ein Röhrchen mit Schlaftabletten. Der Tod seines Vaters. Die verlorene Familie. Und die Augen von Jenay, die ihm stumm den Spiegel vorhielten. Hatte er wirklich versucht, sich umzubringen?

»Vielleicht hat sie ja irgendwas gesagt«, hörte er Magdas melodische Stimme.

»Was soll sie denn gesagt haben?«

Sie zuckte die Achseln. »Ich dachte nur. Ihr wart ja doch sehr vertraut miteinander.«

Sie hatte recht. Sie waren einander seltsam nahe gewesen,

er und Jenay, verbunden aufgrund ihrer ähnlichen Herkunft, ihres ähnlichen Schicksals. Aber es war ein stilles Verstehen gewesen.

»Ich meine ja nur. Irgendetwas, was helfen könnte, herauszufinden, warum sie gestorben ist.«

Er lachte kurz. »Willst du jetzt Detektiv spielen?«

»Immerhin war sie eine Freundin.«

»Lass es, Magda. So was kann gefährlich werden.«

»Für mich? Oder für dich?«

»Magda.« Er schloss erschöpft die Augen.

Die Tür öffnete sich. Dr. Lewandowski, sein behandelnder Arzt, kam herein. Er trug einen blauen Intensivkittel, aber weder Mundschutz noch Haube. »Schon Damenbesuch, Dibrani? Ihnen scheint's ja schon wieder deutlich besser zu gehen«, flachste er mit Blick auf Magda, die noch immer am Bett des Patienten saß.

Sie erhob sich langsam und strich ihren Kittel glatt. »Ich muss los.«

Dr. Lewandowski kontrollierte seine Werte. »Ich glaube, wir können Sie verlegen.« Er sah ihn über den Rand seiner Brille an. »Was sind das eigentlich für Druckstellen an Ihrem Hals? Hatten Sie eine Auseinandersetzung?«

»Was?« Dibrani sah ihn verwirrt an. Eine flüchtige Erinnerung tauchte in seinem Hinterkopf auf und verschwand, bevor er sie fassen konnte.

»Jedenfalls muss erst ein Psychiater mit Ihnen sprechen, bevor wir Sie gehen lassen können, das ist Ihnen klar.«

Dibrani nickte schwach. Er hatte nicht die geringste Ahnung, was er erzählen sollte, damit man ihn in Ruhe ließ.

Magda ging den Krankenhausflur entlang. Die Sonne brach durch die Wolken und streute durch die Fenster helle Flecken auf den Boden. Michel Dibrani. Kurze Zeit hatte sie geglaubt, er könnte die Lösung für alle ihre Probleme sein. Jemand, der sich um sie kümmerte. Jemand, der sich um Lennie kümmerte. Eigentlich hätte sie es besser wissen müssen. Allein die Tatsache, dass sie nur heimlichen Sex in seinem Büro gehabt hatten. Männer, die es ernst mit einem meinten, machten so etwas nicht.

Natürlich hatte sie es darauf angelegt. Sie wusste, dass sich Männer zu ihr hingezogen fühlten, aber sie verstand nicht, warum sich daraus nie etwas Langfristiges entwickelte. Als ob sie einen Makel, ein Defizit in sich trug, wie ein Kainsmal, das alle zurückschrecken ließ, die ihr nahekamen. Lennies Vater war der Einzige gewesen, mit dem es länger funktioniert hatte. Bis sie feststellen musste, dass er nicht gut für sie war. Nicht gut war für Lennie. Gefährlich für sie war.

Sie dachte an Theo Matthies. Wusste, dass sie ihn haben konnte, wenn sie die Sache forcierte. Er gefiel ihr, und sein Beruf schreckte sie nicht ab – im Gegenteil, er übte eine merkwürdige Anziehung auf sie aus. Und er hatte sich um Lennie gekümmert.

Ihre Gedanken wanderten zurück zu Michel Dibrani in seinem Krankenbett. Zweifellos war er ihr zu nahe gekommen. Hatte einen Blick hinter ihre sorgsam gehütete Fassade erhascht. Was sie erschreckt hatte. Was sie hoffen ließ, er könne sie trotzdem gernhaben.

Aber dann war Jenay aufgetaucht. Mit ihrem stillen Blick, ihrer zurückhaltenden Art hatte sie unbegreiflicherweise seine Aufmerksamkeit auf sich gezogen. Und auch wenn sie nicht mit Sicherheit wusste, ob die beiden tatsächlich miteinander im Bett gelandet waren, hatte Magda gesehen, wie die beiden sich näherkamen, als sie und Dibrani es je gewesen waren. Ausgerechnet die beiden Menschen, von denen sie geglaubt hatte, sie könnte sich auf sie verlassen.

Was hatte Dibrani Jenay über sie erzählt? Und was Jenay Dibrani? Der Gedanke ließ ihr keine Ruhe, nicht einmal jetzt, wo Jenay unter der Erde lag.

Der Anruf für Theo kam am Nachmittag. Er und May gingen gerade die Bestände durch, um die nächste Bestellung aufzugeben. Da es sein Privathandy war, beschloss er, es zunächst zu ignorieren.

»Wir brauchen neue Kunstseide«, sagte May. »Sollen wir da nicht mal ein paar andere Farben ausprobieren als das ewige Weiß?« Vorwurfsvoll hielt sie ihm einen Stoffballen vor die Nase. Mit der Seide kleideten sie die Särge aus, nachdem unten saugfähiges Material ausgelegt worden war. Das dauerte nur wenige Minuten: Der Stoff wurde ganz einfach festgetackert.

»Blümchen vielleicht?« Theo grinste. Ihm gefiel, wie May begann, sich angesichts ihrer anstehenden offiziellen Partnerschaft in der Firma mehr für die Detailfragen zu interessieren.

»Warum nicht? Vielleicht auch ein Totenkopfmuster. Piraten sind ja gerade ziemlich angesagt.« Jetzt grinste auch sie.

»Ich finde ja ohnehin diese Baumwoll- und Leinenstoffe viel schöner, die sie letztes Mal auf der Bestattermesse gezeigt haben. Die haben wenigstens nicht diesen kitschigen Schimmer.«

»Finde ich auch. Aber noch wollen die meisten was Traditionelles – zumindest hier bei uns.«

Theos Mobiltelefon machte sich erneut bemerkbar. Vielleicht war es Hanna, schoss es ihm durch den Kopf. Er zog es hervor und sah eine ihm vage bekannte Nummer auf dem Display,

»Moin«, erkannte er Djangos Stimme, »ich wollte dir nur mitteilen: Er ist aufgewacht. Dibrani, meine ich.«

»Ah, das sind gute Neuigkeiten. Ist er also über den Berg!«

»Scheint so. Ich habe läuten hören, dass er von der Intensiv herunterkann. Ob er dann in die Geschlossene muss, wird sich zeigen.«

Theo verstand. Nach einem Suizidversuch wurden die Patienten zunächst in einer geschlossenen psychiatrischen Abteilung untergebracht. Zu ihrem eigenen Schutz.

»Danke für die Info. Gehen wir demnächst mal auf ein Bier?«

»Machen wir.« Django beendete das Gespräch ohne einen weiteren Kommentar. Theo beschloss, dem Kollegen Dibrani einen Krankenbesuch abzustatten.

Michel Dibrani lag mit geschlossenen Augen in seinem Bett. Er genoss die Ruhe auf der normalen Station. Ein Aufenthalt auf der Intensivstation mit all den Geräten und Monitoren war ziemlich stressig – und für den Genesungsprozess sicher nicht unbedingt vorteilhaft. Es war ihm gelungen, dem Psychologen eine harmlose Version der Ereignisse glaubhaft zu machen, obwohl er sich über die Geschehnisse eigentlich selbst noch nicht ganz im Klaren war. Er hatte vom plötzlichen Tod seines Vaters erzählt, vage von komplizierten Familienverhältnissen berichtet und zugegeben, sich betrunken zu haben.

»Und die Tabletten?«, hatte der Psychiater gefragt.

»Da muss ich wohl ganz einfach den Überblick verloren haben«, sagte er und hoffte, dass es stimmte. »Ganz ehrlich, mir liegt nichts ferner als ein Suizid«, hatte er nachgeschoben. Er konnte es sich nicht leisten, auf irgendeiner geschlossenen Station zu landen. Er hatte einen Entschluss gefasst. Und den gedachte er, so schnell wie möglich in die Tat umzusetzen.

Das Fenster stand einen Spaltbreit offen und draußen rauschte ein frischer Regen. Der typische Geruch, der aufstieg, wenn das Wasser die Luft reinwusch und den Asphalt überspülte, strömte herein und entführte ihn auf einmal an einen Tag seiner Kindheit.

Er war in einer Wohnwagensiedlung nahe Marseille aufgewachsen. Er erinnerte sich an seine runzlige Großmutter, die alle nur Loulou genannt hatten. Bei den seltenen Regengüssen hatten sich immer alle Kinder in ihren Wagen gedrängt und den Märchen gelauscht, während sie auf dem Gaskocher Crêpes buk. Er erinnerte sich an seine Schwester Djenissa mit den stets verstrubbelten Locken, die immer einen Hund mit sich herumschleppte. Und an seine verträumte Cousine mit den langen blonden Haaren, die immer so traurig gewesen war. Und seinen Großvater Freddy, der sommers wie winters einen Strohhut trug und eine Pilotensonnenbrille, auf die er besonders stolz war. Um im Sommer die Hitze erträglicher zu machen, positionierte er einen alten Ventilator im Schatten vor seinem Wagen.

Einmal waren sie nach Saintes-Maries-de-la-Mer gefahren, um an der Prozession teilzunehmen. Es war seit den 50er-Jahren alljährlich die größte Pilgerveranstaltung der Roma in Europa. Dabei wurde die Schutzpatronin der Roma, die »Schwarze Sara«, auf den Schultern der Männer durch die Straßen bis ins Meer getragen. In ihrem Gefolge kamen auch die bunt bemalten zwei Marienfiguren, die dem Ort ihren Namen gaben. Sie saßen gemeinsam in einem hölzernen Boot. Reiter mit Hüten auf stolzen weißen Pferden der

Camargue hatten sie begleitet, die Stangen in den Händen trugen. Sie eskortierten die Prozession bis ins Wasser hinein. Er erinnerte sich auch noch, wie sein Vater ihn hoch auf seine Schultern gehoben hatte, damit er besser sehen konnte. Sein Vater, mit nassen Schuhen und Hosenbeinen, der anschließend mit einem Geiger gespielt hatte. Immer mehr Bilder stiegen in ihm auf, Geschehnisse, die er so lange verdrängt und weggeschlossen hatte. Und mit ihnen wuchs der Schmerz über das, was er aufgegeben hatte.

Anders als seine Geschwister und die anderen Kinder in der Siedlung war er immer ganz versessen auf die Schule gewesen. Er mochte das Quietschen der Kreide auf der Tafel, er liebte es, wenn sich sein liniertes Schulheft mit säuberlich hingemalten blautintigen Buchstaben füllte. Zu Hause zogen ihn die anderen auf, neckten ihn, nannten ihn einen Tintenkleckser, Bücherwurm. Es war ihm egal. Nur als seine kleine Schwester ihm einmal das Heft mit Kritzeleien vollgeschmiert hatte, war er in Tränen ausgebrochen.

In der Schule hatte er keinen Freund gefunden. Seine Kleider waren abgetragen und oft ein bisschen schmutzig. Es war schwierig, picobello sauber zu sein, wenn es keine Waschmaschine gab. »Ein bisschen Dreck hat noch keinem Kind geschadet«, pflegte seine Mutter zu sagen, die den Grasflecken und vor allem dem Staub, den die Kinder täglich beim Spielen in dem verwilderten Dickicht, das an die Siedlung grenzte, heranschleppten, einfach nicht Herr wurde. Aber er hatte sich geschämt.

Er hatte Glück gehabt. Eine Lehrerin hatte seinen Eifer bemerkt und ihn nach Kräften gefördert. Später hatte sie mit seinen Eltern gesprochen, immer wieder, bis sie zustimmten, ihn auf eine höhere Schule zu schicken.

Er erinnerte sich an das Gespräch seiner Eltern eines späten Abends, als sie ihn längst schlafend wähnten. Atemlos lauschte er, und er unterdrückte den Niesreiz, den die Haare seiner Schwester auslösten, die sich wie jede Nacht an ihn kuschelte. Am Fußende des Bettes schnarchte der Hund, der im Schlaf mit den Pfoten zuckte auf der Jagd nach einem Traumkaninchen.

»Wir werden ihn verlieren, Chichi, wir werden unseren Sohn verlieren, wenn wir ihn gehen lassen.«

»Du kannst ihn nicht einsperren, Leo. Wenn du das tust, wird er dich hassen.«

Und schließlich hatte sein Vater nachgegeben. Und recht behalten. Ein leises Klopfen riss ihn aus seinen Erinnerungen. »Sie?«, sagte Dibrani.

Theo hatte seinen Charme und seine alten Kontakte spielen lassen, um herauszufinden, auf welcher Station Michel Dibrani untergebracht war. Dann war er schnurstracks dorthin marschiert, ohne den behandelnden Arzt um Erlaubnis zu fragen.

Dibrani setzte sich im Bett auf und raffte sich zu einer abgeschwächten Version seines sonst so strahlenden Lächelns auf.

»Darf ich reinkommen?« Theo war auf der Schwelle stehen geblieben.

»Nur zu. Wenn Sie mir auf die Nerven gehen, klingle ich einfach nach der Schwester. Und die hat Haare auf den Zähnen.«

»Welche ist es denn?«

»Gertrud.«

»Oha. Die kenn ich noch. Eine wahre Bulldogge.«

»Lassen Sie sie das bloß nicht hören. Im Grunde hat sie eine empfindsame Seele.«

Theo lachte.

»Ich geh mal davon aus, Sie sind nicht nur gekommen, um sich von meinem Gesundheitszustand ein Bild zu machen«, fuhr Dibrani fort.

»Nicht nur.«

»Woher wissen Sie überhaupt davon?«

»Oh, ich habe überall meine Spione.«

»Heidemarie.«

»Diesmal nicht.«

»Tatsächlich geht es immer noch um Jenay. Sie wusste von Ihrer Herkunft. Sie hat erraten, dass Sie ein Roma sind«, beendete Theo den Small Talk, den Dibrani so gut beherrschte. Er machte eine Pause und versuchte herauszufinden, was in dem Mann im Bett vorging. Doch einmal mehr musste er vor seiner gleichmütigen Fassade kapitulieren.

Dibrani betrachtete ihn mit unergründlichem Blick. »Sie sind wirklich sehr gut informiert.«

»Wenn sie es herumerzählt hätte – glauben Sie, es hätte Ihnen geschadet?«

»Wohl kaum.«

Die Antwort kam schnell. Zu schnell, fand Theo. »Warum haben Sie es geheim gehalten?«

»Geheim gehalten? Nun ja, ich habe nicht darüber gesprochen. Und ich glaube, das geht auch niemanden etwas an. Vor allem bin ich immer noch Franzose.« Während er Theo weiterhin musterte, lehnte er sich im Bett zurück und verschränkte die Arme hinter dem Kopf, eine fast provozierend entspannte Pose.

›Der Tigerblick ist wieder da‹, dachte Theo.

»Am Anfang meiner Laufbahn, da hätte es mir wohl geschadet«, gab Dibrani zu. »Es gibt immer noch viele Türen, die verschlossen bleiben, wenn man sich als Tsigan zu erkennen gibt. Aber inzwischen ...« Er breitete die Arme aus und lächelte. »Inzwischen habe ich mir doch einen gewissen Ruf erworben, der hoffentlich mehr wiegt als gewisse Ressentiments.«

»Ich habe gehört, Sie streben nach höheren Zielen als einem Stadtteilkrankenhaus in Wilhelmsburg.«

»Das stimmt. Aber wissen Sie, je weiter Sie aufsteigen, desto unwichtiger wird so etwas wie die Herkunft.«

Theo bezweifelte das.

»Darf ich Ihnen vielleicht im Gegenzug ebenfalls eine persönliche Frage stellen?«

»Nur zu.«

»Warum haben Sie den Arztberuf damals aufgegeben?«

Theo war von der Wendung des Gespräches überrumpelt.

»Verzeihen Sie, aber ich habe mich ein wenig über Sie erkundigt«, erklärte Dibrani. »Und ich bin neugierig.«

»Heidemarie hat Ihnen von mir erzählt«, mutmaßte Theo. Der Flurfunk funktionierte eben nicht nur in eine Richtung.

»Sie hat gesagt, Sie hätten damals als großes Talent gegolten. Warum haben Sie das aufgegeben?«

Theo schluckte. Aber nachdem er den Mann ohne jede Legitimation gelöchert hatte, konnte er ihm die Bitte schlecht abschlagen. »Meine Frau ist gestorben. Ich konnte nichts für sie tun. Ende der Geschichte.« Dass auch seine ungeborene Tochter mit ihr gestorben war, brachte er nicht über sich zu erzählen.

Dibrani musterte ihn nachdenklich. »Das hat Ihren Glauben in die Medizin ruiniert.«

»Das hat meinen Glauben an mich selbst und meine Fähigkeiten als Arzt ruiniert.«

Dibrani nickte. »Ich verstehe. Dieser Glaube ist natürlich

essenziell. Wenn wir Ärzte an unseren Fähigkeiten zweifeln, wenn wir uns unserer Sache nicht sicher sind, dann zögern und zaudern wir. Das kann unseren Patienten das Leben kosten – gerade auf dem OP-Tisch.«

»Das stimmt. Vor allem aber hatte ich nicht mehr das Gefühl, die nötige Sicherheit auf meine Patienten ausstrahlen zu können.«

Dibrani nickte. Jeder Arzt wusste, wie entscheidend diese Fähigkeit für den Heilungserfolg war: Je sicherer, je aufgehobener sich der Patient bei seinem Arzt fühlte, desto besser schlug die Behandlung an. Und Theo hatte mit dem Tod seiner Frau seine sichere Ausstrahlung auf seine Patienten eingebüßt – weil er nicht mehr an sich glaubte. So richtig klar wurde ihm das erst jetzt, in dem Gespräch mit diesem ungewöhnlichen Mann. Aber es ging hier und jetzt nicht um ihn.

»Was ist eigentlich passiert an jenem Abend, bevor die Polizisten Sie gefunden haben?«, führte Theo das Gespräch zu seinem ursprünglichen Kern zurück.

Dibrani berichtete nun von der Nachricht vom Tod seines Vaters und dem anschließenden Besäufnis.

»Und dann haben Sie sich noch eine Handvoll Tabletten eingeworfen – warum?«

Der Arzt schloss kurz die Augen und öffnete sie dann wieder. »Ganz genau weiß ich das nicht mehr. Meine Erinnerung an diese Nacht ist naturgemäß etwas unklar.« Er lächelte. »Vermutlich hat der Alkohol nicht ausgereicht.«

»Ausgereicht wofür?«

»Um meine Schuldgefühle zu betäuben, nehme ich an.«

»Weshalb fühlen Sie sich denn schuldig?«

»Oh, da gibt es einiges, glauben Sie mir.« Er ließ Theos bohrenden Blick mit einem Lächeln abprallen und Theo wusste, er würde zu diesem Thema nichts mehr aus ihm herausholen. Trotzdem setzte er nach: »Und die Würgemale an Ihrem Hals? Die haben Sie sich wohl nicht vor lauter Schuldgefühlen selbst zugefügt?«

Für einen Augenblick wirkte Dibrani vollkommen verblüfft. Dann fiel ihm die Bemerkung seines Arztes wieder ein. Und dann kam schließlich die Erinnerung an den Besucher in der Nacht. An einen Streit. An zwei Hände, die sich um seinen Hals legten. An seine Panik. Und dann – nichts mehr.

»Bloß eine kleine Auseinandersetzung? Mehr hat er dazu nicht gesagt?« Hadice sprang von ihrem Bürostuhl auf und hieb zornig mit der Hand auf die Schreibtischplatte. Ihr gegenüber saß Henry und schälte seelenruhig eine Banane. Nachdem ihr klar wurde, worum es ging, hatte sie das Telefon laut gestellt, damit ihr Partner das Gespräch mitverfolgen konnte.

Die Kommissarin war stinksauer. Dass Theo eigenmächtig kriminalistische Untersuchungen betrieb, ging ihr gegen den Strich, konnte sie aber kaum verhindern. Dass er hingegen – bevor sie das tat! – Zeugen befragte, konnte sie nicht hinnehmen. »Herrgott, der hat doch jetzt alle Zeit der Welt, sich eine passende Geschichte auszudenken!«, hatte sie ihm vorgeworfen, als er berichtet hatte, mit wem er gesprochen hatte.

»Das hätte er doch sowieso«, hatte Theo gekontert.

»Zeugen – oder Opfer – vernehmen trotzdem als Allererstes wir!«

»In Ordnung. Aber ich glaube nicht, dass man euch schon zu ihm gelassen hätte. Momentan gilt er noch als potenziell suizidal.«

»Theo hat recht«, hatte Henry sich eingemischt. »Also lass uns hören, was unser Undercover-Ermittler rausgekriegt hat.«

Und so hatte Theo Gelegenheit zu berichten.

»Ich will wissen, was dahintersteckt!«, sagte Hadice, nachdem sie das Gespräch beendet hatte. Sie ließ die flache Hand auf die Schreibtischplatte knallen. Ein Bleistift machte sich selbstständig und rollte hinunter.

»Na, dann lass uns mal fahren.« Henry warf seine Bananenschale in Richtung Papierkorb, verfehlte das Ziel aber knapp, sodass die Schale auf dem Rand hängen blieb wie ein toter Oktopus.

Er erhob sich, schlüpfte in seine Lederjacke und schnipste die Bananenüberreste in den Abfall.

Hadice stand am Fenster und blickte auf die grünen Wipfel des Stadtparks.

»Der Mann geht mir wirklich auf die Nerven«, sagte sie, und Henry wusste nicht, wen sie damit meinte, Dr. Michel Dibrani oder ihren Freund Theo.

»Auf geht's!«, sagte er und sie folgte ihm.

Sie hatten die Fahrt in grüblerischem Schweigen absolviert. Als sie aus dem Wagen vor dem Krankenhaus stiegen, blieb Hadice noch einen Moment, an den Kühler gelehnt, stehen. »Lass uns noch mal zusammenfassen: Erstens, es war ein Unfall, ein Besäufnis aus Schuldgefühlen. Oder aber ein Suizidversuch aus demselben Grund. Dann fragen wir uns, warum? Weil er seine Familie verleugnet hat und es nach dem Tod seines Vaters zu spät war für eine Wiedergutmachung? Oder, weil er die Operation an diesem Mädchen vermasselt hat? Oder aber – weil er Jenay auf dem Gewissen hat?«

»Oder aber es war ein Mordanschlag. Der Täter kommt zu ihm, findet ihn im alkoholisierten Zustand vor. Es kommt zum Streit – er würgt den wehrlosen Dibrani zunächst, besinnt sich dann aber und beschließt, die Sache mit Tabletten zu Ende zu bringen – in der Hoffnung, dass das als Unfall oder Suizid durchgeht.«

»Klingt nicht unwahrscheinlich. Bis auf die Sache mit den Tabletten vielleicht. Das würde aber zumindest die Würgemale an seinem Hals erklären. Doch aus welchem Grund sollte jemand Dibrani ermorden wollen? Harms, der ihn für den Zustand seiner Tochter verantwortlich macht? Oder ist es jemand, der den Tod von Jenay rächen wollte?«

»Was nicht bedeuten muss, dass er tatsächlich das eine oder andere verbrochen hat. Es reicht schon, dass ein anderer davon überzeugt ist.«

»Ein Familienmitglied. Freund. Jemand, der Jenay geliebt hat …«

»Fragen wir den Doktor selbst.«

An der Information erkundigten sie sich nach Dibranis Zimmernummer.

Die ältere Frau schob umständlich ihre Lesebrille auf die Nase und starrte dann mit zusammengekniffenen Augen auf den Bildschirm. »Der Herr Doktor kann noch keinen Besuch empfangen«, verkündete sie dann.

Hadice hielt ihr ihre Karte vor die Nase. »Uns schon.«

»Da müssen Sie mit dem behandelnden Arzt sprechen.«

»Und der wäre wo zu finden?«

Lewandowski kam ihnen bereits auf dem Gang entgegen. Offenbar hatte ihm die Empfangsdame ihren Besuch angekündigt. Sein Kittel flatterte hinter ihm her, sein gelichtetes

Haar stand ihm wirr vom Kopf ab. Er schwitzte und seine Haut war rot gefleckt.

»Tut mir leid«, sagte er und wedelte mit den Händen, »tut mir leid, aber Sie kommen zu spät.«

Henry und Hadice warfen sich einen Blick zu.

»Hat er sich … Hat er es erneut versucht? Sich das Leben zu nehmen, meine ich?«

Der Arzt lachte laut auf. »Entschuldigen Sie, das war jetzt unpassend.«

Hadice überkreuzte die Arme.

»Nein. Der Kollege Dibrani ist ganz einfach verschwunden.«

»Verschwunden.« Hadice ließ sich in den Beifahrersitz fallen. Henry begab sich gemächlich auf die Fahrerseite.

»Warum zum Teufel haut der Typ jetzt ab?«

Er steckte den Schlüssel ins Zündschloss, drehte ihn aber noch nicht um. »Vielleicht hat er einfach nur keine Lust, in die Geschlossene eingewiesen zu werden. Wäre ja nachvollziehbar.«

Ein Kohlweißling kam herangetaumelt und ließ sich auf einem der Scheibenwischer nieder. Er trippelte umher, bewegte grazil seine Fühler, als wollte er ihnen eine Botschaft in einer unbekannten Zeichensprache mitteilen. Dann flog er wieder davon. Die beiden Ermittler, die sich verblüfft von dem wundersamen Boten hatten ablenken lassen, nahmen ihr Gespräch wieder auf.

»Ich finde, die Sache stinkt.« Hadice zerrte ihre Lederjacke von den Schultern und schmiss sie auf die Rückbank. »Wir schreiben ihn zur Fahndung aus«, entschied sie.

»Dafür ist er noch nicht verdächtig genug. Er ist bloß aus dem Krankenhaus abgehauen.«

»Was ist mit dringendem Verdacht auf Selbstgefährdung?«

»Das sollte klappen.« Henry griff zum Mobiltelefon. Während er telefonierte, gestikulierte Hadice wild in der Luft, um seine Aufmerksamkeit auf sich zu lenken. Henry sah sie fragend an. »Die Kollegen sollen uns sein Autokennzeichen besorgen. Und ich will seine Mobilfunkdaten vom Abend, an dem Jenay gestorben ist. Und auch die von allen anderen in ihrem näheren Umfeld! Immerhin hat höchstwahrscheinlich jemand versucht, Dibrani zu töten. Zwei absolut dubiose Vorfälle in kürzester Zeit im selben Umfeld – das kann kein Zufall sein. Das muss einfach reichen!«

Henry bezweifelte das. Es gab überhaupt keinen Beweis dafür, dass die Ereignisse zusammenhingen. Sensible Telefondaten zu bekommen, war nicht einfach. Erst mussten sie den Staatsanwalt überzeugen und der dann den Richter. Und die Richter, die waren unberechenbar. »Aber erst mal fahren wir beiden Hübschen bei Dibrani vorbei und schauen nach, ob er nicht gemütlich auf seiner schicken Couch sitzt«, sagte er

Doch dort war der Vermisste nicht.

Michel Dibrani beobachtete von seinem Versteck hinter den Bäumen aus, wie die beiden Polizisten den Rückzug antraten. Sie waren schnell gewesen, sehr schnell. Er hatte Glück gehabt, dass er, zu Fuß vom Krankenhaus kommend, erst nach ihnen eingetroffen war. Sein Nachbar, der wieder einmal vor dem Haus an seinem teuren Rad schraubte, hatte ihnen offenbar glaubhaft versichert, dass er, Dibrani, nicht zu Hause war.

Er hockte sich hin, eine Sitzhaltung, die ihm keinerlei Mühe bereitete. Geduldig wartete er, dass sein Nachbar seine Arbeit beendete. Das Laub vom vergangenen Jahr verströmte seinen typischen, leicht moderigen, aber angenehmen Geruch. Er beobachtete einen grün schillernden Käfer, der emsig über Hindernisse kletterte: Blätter, Gräser, kleine Äste. Wann hatte er sich zuletzt Zeit genommen, die Natur zu beobachten? Jetzt hatte er zum ersten Mal seit Langem alle Zeit der Welt. Für das, was er vorhatte, war keine Eile geboten.

Er schloss die Augen und dachte zurück an seine Kindheit. Seine Schwester Djenissa war immer eine große Tierliebhaberin gewesen. Alles hatte sie angeschleppt, Käfer und Spinnen, Kaulquappen und Eidechsen. Sie hatte geweint, wenn die Mutter sie ihr immer wieder abgenommen und in die Freiheit entlassen hatte. »Das sind Lebewesen wie wir«, hatte sie immer wieder geduldig erklärt, »die darf man nicht einsperren. Oder würdest du vielleicht gern in so einem Glas hocken?«

Djenissa hatte stumm den Kopf geschüttelt, während ihr die Tränen über die Wangen liefen, helle Streifen im vom Spielen in der Natur staubigen Gesicht.

Er öffnete die Augen und sah, wie der Nachbar das Rad schulterte und im Haus verschwand.

Er wartete noch einen Moment und glitt dann hinüber zu seiner Haustür.

Die Wohnung kam ihm fremd vor. Er hatte sie mit viel Geschmack eingerichtet: die Küche mit ihren mattgrauen Fronten, die einen schönen Kontrast zu den Arbeitsplatten aus Eichenholz bildeten. Der Block mit den teuren Messern. Der luxuriöse Holzboden mit integrierter Fußbodenheizung. Das Designersofa. Davor der antike Kelim aus Afghanistan. Die Musikanlage mit den raffiniert ausgerichteten Boxen, die einem fast das Gefühl vermittelten, mitten in einem Konzertsaal zu sitzen. Die Insignien eines erfolgreichen, kultivierten Lebens, das er sich dank geschickter Aktienspekulationen leisten konnte, waren ihm plötzlich gleichgültig geworden. Sie schienen nichts mehr mit ihm zu tun zu haben.

Er blickte auf seine Schweizer Armbanduhr. Hier würde ihn die Polizei in den nächsten Stunden nicht suchen. Für das, was er vorhatte, war es noch zu früh.

Theo lag ausgestreckt auf dem Sofa und zappte geistesabwesend durch das Fernsehprogramm. 78 Sender und nicht eine Sendung, die ihn interessierte. Was nicht nur der fragwürdigen Qualität der Programme geschuldet war, sondern seinem derzeitigen Zustand. In seinem Kopf wirbelten die Eindrücke der letzten Tage umher: das Wiedersehen mit Manusch, der Tod von Jenay, die Begegnung mit dem irritierenden Dr. Dibrani. Vor allem aber war es das Treffen mit Hanna, das ihn erneut aus der Bahn geworfen hatte. Er blieb kurz bei einem Tierfilm über das Leben südamerikanischer Faultiere hängen, deren maximal unaufgeregtes Leben ihm auf einmal erstrebenswert erschien. So weit war es also schon mit ihm gekommen.

Das Smartphone, das er auf einem kleinen Beistelltisch in Reichweite deponiert hatte, brummte misstönend. Auf dem Display leuchtete eine ihm unbekannte Nummer.

»Matthies?«

»Theo, du musst kommen. Sofort!«

»Magda?« Er setzte sich aufrecht hin.

»Er steht bei mir vor der Tür. Und er geht nicht weg!«

»Wer?« Vor Theos Augen erschien das Gesicht von Michel Dibrani.

»Anders. Mein Ex. Lennies Vater!«

Theo erinnerte sich an das Kontaktverbot, von dem Magda erzählt hatte. Wenn der Mann es erhalten hatte, weil er seine

Frau bedroht hatte … Verdammt, das konnte womöglich brenzlig werden!

»Du musst kommen! Ich habe Angst! Und ich weiß nicht, wen ich sonst fragen könnte.«

»Meinst du nicht, du rufst besser die Polizei? Die hat wenigstens eine Handhabe gegen ihn.«

»Bitte!« Ihre Stimme klang verzweifelt. Dann brach die Verbindung ab. Beunruhigt rief Theo zurück. Doch es sprang nur die Mailbox an. Kurz überlegte er, Hadice zu informieren, verwarf den Gedanken dann aber wieder. Das war kein Fall für die Mordkommission. Er beschloss, selbst nach dem Rechten zu sehen.

Es war bereits dunkel und ein feiner Nieselregen trübte die Sicht. Beim Drehen des Zündschlüssels hoffte er, dass die Zündkerzen seines alten Citroëns angesichts der Feuchtigkeit in der Luft nicht streiken würden. Doch der Wagen erhob sich, ohne zu zicken, aus seiner Ruheposition und glitt durch den düsteren Abend. Das Scheinwerferlicht verwandelte den Regen in silbrige Fäden.

Bei Magda angekommen, eilte er mit hochgeschlagenem Kragen zur Tür, die unmittelbar nach dem Klingeln aufsprang. Er zwang sich, ruhigen Schritts die Treppe hinaufzusteigen, um den Mann, der sich dort aufhielt, nicht zu alarmieren. Er hörte das Hämmern von Fäusten an einer Tür.

»Magda, verdammt, mach auf!«, erscholl eine Stimme. »Ich will meinen Sohn sehen!«

Langsam stieg Theo die letzten Stufen bis zur Etage hinauf, in der Magda wohnte. Dort stand ein großer breitschultriger Mann, der erneut begann, mit der Faust gegen die Tür zu schlagen. Er trug einen grauen Kapuzenpulli, auf dem der Regen dunkle Flecke hinterlassen hatte. Sein feuchtes Haar war blond und lockig wie das seines Sohnes.

»Magda!«, brüllte er erneut.

»Guten Abend.« Theo bemühte sich um einen möglichst entspannten Ton. Hier war Deeskalation gefragt.

Magdas Ex, Anders Franke, warf Theo einen kurzen Blick zu. Sein Gesicht wirkte überraschend kindlich, mit einer Stupsnase und einem Mund, der klein und voll war wie der eines Barockengels.

»Kann ich helfen?« Theo machte einen Schritt auf ihn zu. »Anders, nicht wahr?«

»Wer sind Sie?«

»Theo Matthies. Ich bin ein Bekannter von Magda.«

»Ein Bekannter, soso.« Der Mann wandte sich von der Tür ab und ihm zu. Ein Fortschritt, fand Theo. Zumindest was Magda betraf. Für ihn selbst hingegen schien sich die Situation zuzuspitzen. Zumindest musterte Anders ihn mit feindseligen Blicken. Theo erinnerte sich, dass Magda angedeutet hatte, er sei ihr gegenüber gewalttätig geworden. Momentan konnte Theo sich das sehr gut vorstellen.

»Kommen Sie«, wagte er dennoch einen Vorstoß, »so hat das keinen Zweck. Sie wissen, dass Sie nicht hier sein dürfen.«

Der Mann wandte sich wieder der Tür zu und donnerte noch einmal dagegen. »Magda«, rief er noch einmal. Aber inzwischen klang es eher resigniert als wütend. Dann ging er zur Treppe hinüber und ließ sich schwer auf die Stufen sinken. Er starrte auf die Tür, die ihm verschlossen blieb. Theo stellte sich vor, wie Magda und Lennie irgendwo in der Wohnung dahinter saßen, aneinandergeklammert und mucksmäuschenstill.

»Sie können sich das nicht vorstellen«, sagte Anders, ohne ihn anzuschauen, »Sie können sich das nicht vorstellen, wie das ist, wenn man sein eigenes Kind nicht mehr sehen darf.«

Theo ging zu ihm hinüber und setzte sich neben ihn auf die Treppe. »Nein«, sagte er, »das kann ich nicht.«

»Schrecklich ist das. Einfach nur schrecklich.«

»Warum hat man Ihnen Kontaktverbot erteilt?«

Der Mann lachte bitter auf. »Das hat Ihnen Magda bestimmt schon erzählt.«

»Nicht wirklich. So gut kennen wir uns nicht.«

»Sie hat erzählt, dass ich ... dass ich unseren Jungen schlecht behandele. Aber das war gelogen. Das hat sie nur behauptet, damit sie mich loswird.«

Theo schwieg. Es schien ihm unwahrscheinlich, dass dem Gericht nicht etwas Schwerwiegenderes vorgelegen hatte, um einem Vater das Kind vorzuenthalten.

»Nur, weil sie sich diesen Arzt angeln wollte. Diesen Franzosen.«

»Dr. Dibrani?«

»Exakt.«

Theo war verblüfft. Hatte Magda nicht erzählt, Dibrani habe ein Verhältnis mit Jenay gehabt? Aber auch Django hatte angedeutet, dass der französische Kollege einigen Schlag bei den Frauen hatte. Andererseits: Der Karriere, die dem Arzt so am Herzen lag, waren solche klinikinternen Bettgeschichten sicher nicht zuträglich. Er würde da noch einmal nachhaken müssen.

»Und diese Kontaktsperre, die hat man einfach aufgrund von Magdas Behauptungen ausgesprochen?«

Der Mann schlug die Augen nieder. »Nicht ganz. Sie hat mir gedroht, dass sie dafür sorgen würde, dass ich Lennie nie wiedersehe. Da bin ich ausgerastet.«

»Sie haben sie geschlagen?«

»Ein einziger Schlag, aber der hat gereicht. Ich bin Schreiner, wissen Sie?. Da hat man einfach sehr viel Kraft.«

»Vielleicht sollten Sie jetzt gehen. Wenn Magda doch noch die Polizei holt, wird die Sache für Sie nur noch schlimmer.«

»Schlimmer? Schlimmer geht es doch kaum.« Er richtete sich auf. Sein resignierter Blick wurde argwöhnisch, wie Theo schien. »Hast du was mit ihr?«

»Wer, ich? Mit Magda?«

Anders fixierte ihn.

»Ich hab doch gesagt, wir kennen uns kaum.« Theo dachte mit Unbehagen an den Moment, als Magda sich an ihn geschmiegt hatte.

»Und dann ruft sie dich an?«

Theo zuckte mit den Schultern. »Ich weiß auch nicht, warum.«

Der andere atmete aus. Durch die Luft schwebte der Dunst von Bier.

Zu Theos Erleichterung stützte Anders die Hände auf den Knien ab und stemmte sich hoch.

»Ich hau ab. Aber eines sag ich dir: Wenn du sie anrührst, mach ich dich platt.«

Als er fort war, stand Theo mit etwas wackeligen Knien auf. Leise klopfte er an der Tür. »Magda? Ich bin's, Theo. Er ist weg.«

Sie öffnete ihm so schnell, dass sie dahinter gestanden haben musste, zog ihn am Arm in die Wohnung, schloss die Tür hinter ihm und lehnte sich schwer atmend mit dem Rücken dagegen. »Ich sage dir, er ist vollkommen verrückt.«

»Warum hast du nicht die Polizei gerufen?«

»Bis die kommen, ist sowieso alles zu spät. Außerdem …« Sie lächelte schüchtern. »Außerdem tut er mir leid. Trotz allem. Das mit der Kontaktsperre ist hart für ihn. Ich wollte nicht, dass er noch mehr Ärger bekommt.«

»Wie geht's dem Kleinen?«

»Der schläft.«

»Bei dem Radau?«

»Ich habe ihm was gegeben.«

»Ein Schlafmittel?« Theo war alarmiert.

Sie legte ihm eine Hand auf den Arm. »Nur was Pflanzliches. Aber das wirkt bei ihm Wunder.«

Theo hob die Augenbrauen.

»Komm, wir setzen uns in die Küche.«

Während Magda herumhantierte, warf Theo einen Blick ins Kinderzimmer. Der Junge schlief tatsächlich tief und fest. Über die Wand glitten bunte Lichtgestalten, die von einer sich drehenden Nachtlampe ausgingen. Ein Elefant. Eine Giraffe. Ein Löwe. Ein Zebra.

Magda stellte zwei dampfende Becher auf den Tisch. »Ich hoffe, Kakao ist in Ordnung. Kaffee regt mich nur noch mehr auf.«

»Kakao ist perfekt.« Theo nippte an dem heißen Getränk. Die Klümpchen darin erinnerten ihn an seine Großmutter, die auch immer richtigen Kakao mit Zucker und Milch gemischt hatte, statt das übliche Instantpulver zu verwenden.

»Ist das schon häufiger vorgekommen, dass dein Ex vor deiner Tür steht und sich so aufführt?«

»In letzter Zeit nicht. Normalerweise hält er sich an die Anordnung. Normalerweise trinkt er aber auch nicht. Aber wenn, dann ist er unberechenbar.«

»Er hat gesagt, er hat dich geschlagen, weil du ihm den Jungen wegnehmen wolltest.«

Sie blies in den Kakao. »Umgekehrt wird ein Schuh draus.«

»Soll heißen?«

»Ich bin mit dem Jungen gegangen, weil er mich geschlagen hat.« Sie sah ihn an. »Und nicht nur mich«, sagte sie dann leise.

Theo war sprachlos. Ihm war unbegreiflich, wie man ein Kind schlagen konnte. Sicher gab es auch kleine Tyrannen, die ihre Eltern bis zur Weißglut reizten. Aber dennoch. Und dann auch noch so ein zartes, zurückhaltendes Wesen wie Lennie – unvorstellbar. Vor diesem Hintergrund erschien ihm die extreme Scheu des Kindes auf einmal in einem anderen Licht.

»Du wirst sicher verstehen, dass ich es nicht zulassen konnte, dass er ihn weiterhin trifft.« Sie beugte sich vor und strich ihm über die Hand. »Verstehst du: Lennie hat Angst vor ihm.«

Theo nickte langsam. »Aber das hat Anders nicht so einfach hingenommen, nehme ich an.«

»Natürlich nicht.« Sie stand auf und ging erregt im Zimmer auf und ab. »Er hat mich terrorisiert. Abwechselnd angefleht, zurückzukommen, und mir gedroht! Er hat mir nach der Arbeit aufgelauert, mich zigmal am Tag angerufen, vor dem Haus auf mich gewartet. Einmal hat er sogar versucht, Lennie aus der Kita mitzunehmen. Aber dann war Schluss. Meine Anwältin hat erwirkt, dass er sich uns nicht auf weniger als hundert Meter nähern darf.«

Theo schwieg betroffen. Gestalkt zu werden, war sicher eine fürchterliche Erfahrung. Aber da war noch diese andere Sache, von der Anders erzählt hatte und die er gern klären wollte. Er wusste nur nicht so recht, wie.

Sie musterte ihn eindringlich. »Was hat er dir noch erzählt, mein lieber Ex?«

»Dass du versucht hast, dir Dibrani zu angeln.«

Sie sagte nichts, trank von ihrem Kakao, die türkisfarbenen Augen fest auf seine gerichtet. Ihr rotes Haar wirkte zerzaust, als sei sie gerade aus dem Bett gestiegen. Sie strahlte eine Mischung aus Verletzlichkeit und Sinnlichkeit aus, der Theo sich nur schwer entziehen konnte. »Du musst verstehen, Anders ist extrem eifersüchtig. Das war auch der Grund für seine Ausraster. Er hat dauernd gedacht, es gäbe einen anderen Mann. Einmal waren wir im Urlaub in Italien. Da hat einer der Kellner im Hotel mit mir geflirtet. So ganz unschuldig, wie die Italiener das bei jeder Frau zwischen fünfzehn und fünfundsechzig machen.«

Theo dachte an seine Reise mit Nadeshda nach Rom. Die bewundernden Blicke, die Komplimente, die sie überall geerntet hatte. Groß, blond und anmutig hatte sie überall Aufsehen erregt. Und die Italiener hatten eine offene, unverkrampfte Art, ihr Entzücken über den Anblick einer schönen Frau zum Ausdruck zu bringen, die wohl einzigartig war auf der Welt. »Und dann?«

»Am nächsten Tag hatte der Kellner ein Veilchen und eine aufgesprungene Lippe. Und er hat mich den Rest des Urlaubes keines Blickes mehr gewürdigt.«

»Und hat er dich da auch … misshandelt?«

»Nein. Damals waren wir erst ein paar Monate zusammen und die Sache war noch nicht … so weit aus dem Ruder gelaufen. Aber Vorwürfe hat er mir gemacht. Dass ich den Männern schöne Augen mache.«

Ein Wimmern drang aus dem Zimmer nebenan. Magda stand auf und ging hinüber zu ihrem Sohn. Durch die geöffnete Tür konnte Theo sehen, wie sie sich über den Jungen beugte, ihm beruhigende Worte murmelnd über die Stirn strich, die Bettdecke zurechtzupfte. Der Kleine kuschelte sich an seinen Schmusehasen und atmete dann tief und ruhig. Es war ein archaisches Bild wie aus einem Gemälde: Mutter und schlafendes Kind.

Sie kam zurück zu ihm und setzte sich wieder. »Er hat immer noch so oft Albträume«, sagte sie. »Dabei habe ich Anders schon vor über einem Jahr verlassen.«

»Und die Sache mit Dibrani? Hat Anders die sich also auch nur eingebildet?«

Magda fischte mit einem Teelöffel die Haut von ihrem inzwischen erkalteten Kakao und drapierte sie dann sorgfältig auf der Untertasse. Blitzschnell überlegte sie, ob es sinnvoll war, die Geschichte mit Michel abzustreiten. Aber offensichtlich sprachen sie miteinander, Dibrani und Theo. Und wer weiß, was der ihm schon erzählt hatte oder noch erzählen würde. Zudem war da – obwohl sie immer sehr diskret gewesen waren – auch noch die verdammte Gerüchteküche in der Klinik. »Ich bin nicht stolz darauf«, sagte sie, »aber Michel ist in allem das Gegenteil von Anders. Ich habe mich einfach in ihn verliebt.«

»Aber dann ist Jenay aufgetaucht.«

»Ja, dann ist Jenay aufgetaucht.« Sie nahm noch einen Schluck von dem Kakao und leckte sich einen Rest mit der Zungenspitze aus dem Mundwinkel, zierlich wie eine Katze. »Aber das spielt keine Rolle mehr.«

Doch irgendetwas sagte Theo, dass das sehr wohl wichtig war. Er wusste nur nicht, inwiefern.

Michel Dibrani setzte sich auf die Couch, lehnte den Kopf zurück und schloss die Augen. Hier, direkt auf diesem Platz, hatte Jenay gesessen. Ein einziges Mal. Er hatte sich auf der Treppe in der Klinik den Knöchel verstaucht. Sie war mit den Patientenakten gekommen, um die er sie gebeten hatte, und hatte ein Stück Kuchen mitgebracht. »Von meiner Großmutter«, hatte sie auf Romanes gesagt und ihm dabei direkt in die Augen geschaut.

»Danke«, hatte er automatisch auf Romanes geantwortet.

»Ich wusste doch, du bist Roma!«, hatte sie ausgerufen.

»Ich bin Franzose.«

Sie machte mit der Hand eine ungeduldige Bewegung.

»Gitan?«, fragte sie. Gitans, oder auch Kalé, das waren die südfranzösischen Roma, die eng mit den Roma in Spanien verwandt waren. Die Frauen waren mit ihren temperamentvollen, sinnlichen Tänzen und wirbelnden Röcken der Inbegriff des romantisch verklärten Zigeunerklischees: die leidenschaftliche, stolze Carmen. Die schöne Esmeralda aus dem Glöckner von Notre-Dame. Figuren, die sich Romanciers ausgedacht hatten und die ebenso wenig mit der Realität der Sinti und Roma zu tun hatten wie das böse Zerrbild, das gleich daneben existierte. Und dann gab es auch noch die Manouches, die sich vor Jahrhunderten in Frankreich niedergelassen hatten und dort geblieben waren.

Er schüttelte den Kopf. »Nein, Rom«, sagte er. Seine Leute gehörten zu der jüngsten Gruppe von Roma, die es nach Frankreich verschlagen hatte. Es fühlte sich merkwürdig an, wieder in seiner Muttersprache zu sprechen, auch wenn Jenays Dialekt ein völlig anderer war.

»Du musst aufhören, dich zu verstecken«, hatte sie gesagt und ihn eindringlich angesehen.

»Ich verstecke mich nicht. Ich habe nur beschlossen, ein anderer zu werden.«

»Du kannst dich nicht vollkommen neu erfinden. Deine Vergangenheit ist ein Teil von dir. Wenn du ihn wegsperrst, wird er schwarz und giftig.«

Sie hatte recht gehabt. Und es war an der Zeit, das zu ändern.

Zweimal brach er ab, bevor er es endlich wagte, die Nummer zu wählen, die er sich zuvor von seiner Schwägerin

Dana geholt hatte. »Sie wird nicht mit dir reden wollen«, hatte sie ihn gewarnt.

»Ich muss es wenigstens versuchen«, hatte er geantwortet.

Als das Freizeichen ertönte, holte er tief Luft.

»Oui, allô?«

»Maman? C'est moi. Michel.«

Einen Moment lang herrschte Stille. »Je ne connais personne de ce nom«, hörte er seine Mutter im Süden Frankreichs sagen. Dann war die Leitung unterbrochen. Behutsam legte er das Smartphone neben sich auf das Sofa. Er hatte nichts anderes erwartet und doch etwas anderes erhofft. Seine Mutter war eine stolze Frau und genauso starrsinnig wie er selbst. Aber sie war auch eine warmherzige Frau. Er zweifelte nicht daran, dass es ihm gelingen würde, sie umzustimmen. Er musste nur hartnäckig genug sein.

Einfach würde es allerdings nicht werden: Von den drei Kindern, die sie zur Welt gebracht hatte, hatte er ihr am wenigsten nahegestanden. Der Mythos von der engen Bindung zwischen Mutter und Kind, die sich automatisch einstellt, immer, überwältigend, selbstverständlich – er war eine Lüge. Er erinnerte sich, dass er genau dieses Thema mit Jenay diskutiert hatte, kurz bevor sie gestorben war. Und jetzt, Wochen später, weckte die Erinnerung an dieses Gespräch ein tiefes Unbehagen in ihm. Ein ungeheuerlicher Gedanke formierte sich vage in seinem Hinterkopf. Er schob ihn beiseite. Damit würde er sich später befassen. Zuerst musste er eine andere Angelegenheit bereinigen.

Zwanzig Minuten später stellte er seinen schwarzen Honda auf der gegenüberliegenden Seite des Hauses ab, in dem das Mädchen mit seinen Eltern lebte. Lara. Er hatte sie seit dem Tag nicht mehr gesehen, an dem sie aus dem Krankenhaus in die Reha entlassen worden war. Michel Dibrani ließ den Blick über Haus und Vorgarten schweifen und sah, was vor ihm am Vortag auch Theo gesehen hatte: die Rampe, die zur Tür führte, die verwaiste Schaukel, die Blumenkästen vor den Fenstern, die sicher einmal üppig mit Blumen bepflanzt gewesen waren, in denen aber nur noch tote Geranien vom vorigen Jahr ein trostloses Bild boten. ›Wer ein schwerbehindertes Kind hat, hat keine Zeit für Dekorationen‹, dachte er.

Es war jetzt sechs Uhr am Abend, eine Zeit, in der er hoffte, nicht nur Mutter und Tochter, sondern auch den Vater anzutreffen. Er musste mit beiden reden, endlich offen darüber sprechen, was am Tag der Operation geschehen war. Doch der Carport neben dem Haus war leer.

Hinter dem Küchenfenster nahm er eine Bewegung wahr. Die Mutter. Sie hatte die Beleuchtung eingeschaltet, sodass sie gut zu erkennen war. Obwohl er sie nur bis zu den Schultern sehen konnte, erriet er an ihren Bewegungen, dass sie irgendetwas abspülte. Sicher hatte sie beim Einrichten der Küche die Spüle so platziert, dass sie beim Abwaschen hinaussehen konnte, in den Garten. Vielleicht, um ihr Kind im Auge zu behalten. Das Kind, das nun nie mehr spielen würde. Er hatte sie erst auf den zweiten Blick erkannt. Ihr Anblick erschreckte ihn. Ihr Gesicht wirkte aufgedunsen, unter den Augen hatten sich Tränensäcke gebildet. Das einst so gepflegte Haar hatte sie zu einem lieblosen Pferdeschwanz zusammengerafft. Die Frau wandte sich vom Fenster ab, ging zur Tür und löschte das Licht. Sie hatte ihm ihre Tochter anvertraut, und er hatte versagt.

Der Eingriff war ursprünglich gut verlaufen – eine Routineoperation. Die Mandeln wurden vielen Kindern entfernt, die mit immer wiederkehrenden Infekten zu kämpfen hatten.

Trotzdem vergaß er nie, dass es dabei zu schweren Komplikationen kommen konnte. Am gefährlichsten waren schwallartige Nachblutungen, die entweder in den ersten 24 Stunden nach der Operation oder auch Tage danach auftreten konnten. Sie mussten dann schnell und unter schwierigen Bedingungen gestoppt werden, denn das Blut ergoss sich in den Hals und wurde auch eingeatmet, was lebensbedrohlich sein konnte. Nicht selten erlitten die Patienten durch den starken Blutverlust einen hämorrhagischen Schock, ihr Kreislauf brach zusammen, und sie starben.

Auch Lara hatte plötzlich angefangen zu bluten, während sie noch in der Klinik war. Insofern standen ihre Chancen nicht schlecht. Ausgerechnet der Vater hatte sie auf dem Krankenhausflur gefunden und Alarm geschlagen. Innerhalb von wenigen Minuten hatte Dibrani sie auf dem Tisch gehabt. Er hatte es nicht geschafft, die Blutung schnell genug zu stoppen. Ihr Gehirn hatte bereits irreparablen Schaden genommen. Das konnte natürlich jedem passieren. Auch der beste Chirurg konnte nicht jeden Patienten retten. Und natürlich hatte er alles in seiner Macht Stehende versucht. Das Problem war, dass er nicht nüchtern gewesen war.

Seine Schicht war bereits zu Ende gewesen, als das Unglück geschah, und er, Dibrani, war nur durch Zufall vor Ort gewesen.

Er war bereits daheim gewesen und hatte sich seinen üblichen Pastis plus Rotwein genehmigt, als er bemerkte, dass er sein Mobiltelefon in der Klinik vergessen hatte. Wie viele Menschen verspürte er inzwischen Unbehagen, wenn er es nicht bei sich hatte. Es war ein milder Abend gewesen, und so hatte er sich noch einmal auf den Weg ins Krankenhaus gemacht.

Eigentlich hatte seine Kollegin Saskia Rosenthal Dienst gehabt. Eigentlich wäre es an ihr gewesen, die Blutung zu stillen. Doch er hatte sie beiseitegeschoben, mit der Begründung, das Mädchen sei seine Patientin, und er hatte operiert, mit 0,7 Promille im Blut. Einem Blutalkoholgehalt, bei dem es einen in Deutschland den Führerschein kostete, sollte man hinter dem Lenker erwischt werden. Trotzdem hatte er keinen Moment daran gezweifelt, dass er auch in diesem Zustand der bessere, der erfahrenere Chirurg war. Maßlos überheblich fand er seine Einstellung inzwischen. Vielleicht hätte die junge Kollegin nicht einmal das Leben des Mädchens retten können – wobei fraglich war, ob das die schlechtere Alternative gewesen wäre. So dachte er jetzt insgeheim. Bei dem Eingriff hatte er sich topfit gefühlt. Trotzdem: Alkohol mindert die Konzentration und verlangsamt die Reaktionen – in einem Fall wie diesem war das fatal gewesen, das musste er sich eingestehen.

Er ließ die Stirn auf den Lenker sinken.

Einzig Jenay hatte versucht, ihn zurückzuhalten. »Du kannst jetzt nicht operieren, Michel«, hatte sie gesagt und ihn am Arm festgehalten. »Du hast was getrunken.«

Er hatte sie abgeschüttelt – und es hinterher bitter bereut.

Von den anderen Kollegen schien ihm niemand etwas angemerkt zu haben. Zumindest hatte keiner ein Wort darüber verloren. Offiziell war es ein Unglück, an dem niemand die Schuld trug.

Die Haustür öffnete sich, ein goldbrauner Hund stürmte in den Garten und unternahm, die Nase am Boden, einen schnüffelnden Kontrollgang. Dann hob er den Kopf und blickte abwartend zurück zur Tür.

Ruth Harms schob den Rollstuhl mit ihrer Tochter langsam die Rampe hinunter. Kein wendiges Modell, wie es

Menschen erhielten, die nach einer Querschnittslähmung lediglich die Beine nicht mehr bewegen konnten, sondern ein sperrigeres Gerät, das auch Stützmöglichkeiten für die Beine und den Kopf bot. Sie kehrte zurück, verschloss die Haustür und ging dann zurück zu ihrer Tochter.

Michel sah, dass sie sich Mühe gegeben hatte, das Kind hübsch zu machen. Unter dem pflaumenblauen Mantel lugte ein rosafarbener Strickrock hervor, die Beine steckten in einer lustig geringelten Strumpfhose, die farblich auf das Kleid abgestimmt war. Ihr Haar war zu einem französischen Zopf geflochten, der ihr über die Schulter fiel und von einer pinkfarbenen Blumenspange gehalten wurde. Doch das einst so lebhafte Gesicht des Kindes war nun leer, die Körperhaltung spastisch verdreht. Von dem Mädchen, das sie einst gewesen war, war nichts mehr übrig. Obwohl er schon häufig Menschen im Wachkoma gesehen hatte, tat ihm der Anblick in der Seele weh. Diese Mutter hatte ihm ihr Kind anvertraut. Und das war das Ergebnis.

Er öffnete die Autotür und stieg hinaus. Die Mutter, die inzwischen die Pforte erreicht hatte, hob den Kopf. Ihre Blicke trafen sich. Ein stummer Austausch fand statt.

Er ging ihr entgegen und öffnete die Pforte.

Sie schob den Rollstuhl hindurch und blickte über die Schulter.

»Kommen Sie«, sagte sie.

Später saß er im Wintergarten hinter dem Haus, während sie für die Tochter ein Brot schmierte. »Leisten Sie Lara doch Gesellschaft. Sie ist nicht gern allein«, hatte die Mutter gesagt. Gemeinsam hatten sie zuvor einen langen Spaziergang gemacht, am Deich entlang, über den sich der wechselhafte Aprilhimmel spannte.

Irgendwann hatte sie es ihm überlassen, den Rollstuhl zu schieben, und er erzählte ihr, was geschehen war an jenem Tag vor bald einem Jahr. Er erzählte, und sie hörte zu, und der Bommel an Laras Mütze nickte ihm bei jeder Bodenunebenheit zu.

Hin und wieder waren ihnen Leute begegnet: ein Mann mit Dackel, zwei Kinder auf Fahrrädern, die Sporttaschen auf die Gepäckträger geschnallt, ein einsamer Jogger, der mit gesenktem Kopf gegen den Wind anlief. Sie betrachteten Lara in ihrem klobigen Rollstuhl mit einer Mischung aus Neugier und Abscheu und wandten den Blick schnell wieder ab.

»Man gewöhnt sich daran«, sagte Ruth Harms.

Und nun saß er hier, neben sich das Mädchen mit dem leeren Blick, an dessen Zustand er mitschuldig zu sein fürchtete. Und trotzdem fühlte er sich zum ersten Mal seit vielen Jahren im Reinen mit sich. Es war erst ein Anfang, aber er war endlich auf dem richtigen Weg.

Er hoffte, seine Approbation nicht zu verlieren, damit er sein Talent und sein Wissen weiter einsetzen konnte. Aber dann weniger als Möglichkeit, Karriere zu machen, Anerkennung zu verdienen, sondern als Gabe, die ihm geschenkt worden war. Und auch weniger zum eigenen Nutzen, sondern vielmehr, um anderen zu helfen.

Vielleicht könnte er zurückkehren nach Frankreich, vielleicht könnte er in der Nähe von Marseille arbeiten. Dort gab es viele, die Hilfe brauchten, ohne es sich leisten zu können. In Frankreich war das Gesundheitssystem viel schlechter als in Deutschland. Und dann gab es noch die illegalen Einwanderer, die »Sans-Papiers« – Menschen ohne Papiere, die überhaupt keine Krankenversicherung besaßen.

Er lächelte ein wenig über die sozialromantischen Träumereien, in die er sich verstieg. Sie passten so gar nicht zu ihm. Oder besser: Sie passten nicht zu dem Mann, den er aus sich gemacht hatte. Aber so, wie er den erfolgreichen Arzt aus dem Nichts erschaffen hatte, so konnte ihm auch eine weitere Verwandlung gelingen. Er war erst vierunddreißig Jahre alt. Zeit genug für einen Neuanfang. Zeit genug auch, um sich wieder seinen Wurzeln zuzuwenden. Er würde weiterhin versuchen, den Kontakt mit seiner Familie wiederherzustellen. ›Jenay‹, dachte er, Jenay hatte ihn darin bestärkt. Und dann kam ihm eine Erinnerung an etwas, das sie ihm gesagt hatte, am Tag, bevor sie gestorben war. Er sprang auf wie elektrisiert. Plötzlich wurde ihm klar, was sie mit ihren vagen Andeutungen gemeint hatte! Es war, als würde mit einem Ruck ein Vorhang beiseitegezogen, sodass er alles in vollkommener Klarheit sah. Wie hatte er das Offensichtliche nur so lange nicht sehen können? Jetzt wusste er, warum Jenay hatte sterben müssen. Er würde sich darum kümmern. Heute noch.

Ein Schlüssel drehte sich im Schloss. Ein Reißverschluss wurde geöffnet, eine Tasche auf den Fliesenboden gestellt. René Harms war von der Arbeit heimgekehrt. Michel Dibrani erhob sich. Er hörte die Schritte, die sich näherten. Dann stand der Vater in der Tür.

»Sie!«, sagte er. »Was haben Sie bei meinem Kind verloren?«

DER FÜNFZEHNTE TAG

Der Anruf weckte Theo morgens um halb sieben.

»Er ist tot«, sagte der Anrufer.

Theos schlafvernebeltes Hirn brauchte einen Moment, um den Anrufer zu identifizieren. »Django? Was um alles in der Welt willst du so früh am Morgen?«

Sein ehemaliger Kollege überging den Einwand. »Dibrani, meine ich. Michel Dibrani. Für den hattest du dich doch so interessiert.«

Schlagartig war Theo munter. »Was ist passiert?«

»Irgendjemand hat ihn erschlagen. Hier bei uns im Krankenhaus. Offenbar mit dieser komischen Büste, die er da auf seinem Schreibtisch stehen hatte«, fuhr der Leiter der Seemannsstation fort. »Jedenfalls ist hier jetzt die Hölle los. Ich meine, Blaulicht sind wir ja hier gewohnt. Aber jetzt verlegen sie die Kinder in andere Abteilungen. Überall wieseln aufgeregte Eltern herum. Der helle Wahnsinn.«

»Michel Dibrani ist ermordet worden? Bei euch im Krankenhaus? Aber ich dachte, er ist verschwunden?«

»Jetzt offenbar nicht mehr.«

Theo beendete das Gespräch und saß noch einem Moment reglos im Bett.

Dann schrieb er eine SMS an Hadice: »Ruf mich an! Habe wichtige Infos über Dibrani!« Er tippte mit dem Daumen auf »Senden«.

Hadice Öztürk hatte eben ein erstes Gespräch mit der aufgelösten Putzfrau beendet, die die Leiche gefunden hatte, als ihr Smartphone mit einem »Pling!« den Eingang einer SMS anzeigte. Sie warf einen raschen Blick darauf. »Das gibt's doch nicht.«

»Was denn?« Henry schloss gerade die Tür hinter der noch immer schluchzenden Frau.

Empört streckte sie ihm das Display ihres Smartphones entgegen. »Das ist von Theo. Er will mit uns reden. Über Dibrani. Verdammt, woher weiß der denn schon wieder Bescheid?«

Henry lachte.

Hadice schnaubte. »Okay. Den knöpfen wir uns später vor. Jetzt ist erst einmal das Personal an der Reihe. Und wir müssen mit den Kindern reden. Kinder kriegen viel mit. Vielleicht hat eines von ihnen irgendwas bemerkt.«

Henry nahm es gelassen, dass Hadice wie üblich das Ruder ergriff, obwohl er selbst viel mehr Dienstjahre auf dem Buckel hatte. Von ihrem Temperament her ergänzten sie einander ideal: die feurig Voranpreschende und der Bedächtige. »Ich bitte Grasmann, dass er uns noch Leute zuteilt.« Heiner Grasmann leitete eines der Teams, die in Hamburg für Tötungsdelikte zuständig waren. Er war Hadices und Henrys direkter Vorgesetzter – ein brillanter Ermittler mit einem ausgesprochen hanseatischen Sinn für Humor.

»Tu das. Ich hake inzwischen noch mal nach wegen der Mobilfunkdaten. Ich will wissen, wo jeder, der in die Sache verwickelt sein könnte, an beiden Abenden war: in der Nacht, als Jenay Munk starb, und heute. Irgendwie müssen die Fälle miteinander zusammenhängen.«

Die ersten Zeugenbefragungen zogen sich bis in den späten Nachmittag hinein. Hadice und Henry hatten dafür das

Stationszimmer der inzwischen verwaisten pädiatrischen Abteilung okkupiert. Doch die Ausbeute war mager.

Niemand hatte Dibrani kommen sehen.

Niemand hatte überhaupt etwas Verdächtiges gesehen.

Niemand hatte eine Ahnung, was Michel Dibrani an diesem Abend im Krankenhaus gewollt hatte.

Alle beteuerten, zutiefst schockiert zu sein.

Auf die Frage nach einem möglichen Motiv kamen nur zwei zögerliche Antworten. Er hatte wechselnde Liebesbeziehungen gehabt. Einmal war sogar eine enttäuschte junge Frau im Krankenhaus aufgetaucht und hatte ihm eine Szene gemacht. Nein, den Namen der Frau kannte niemand. Er war immer sehr diskret gewesen.

Und noch ein zweites Motiv geisterte zaghaft durch den Raum: der Behandlungsfehlervorwurf in der Sache Harms.

In einer Pause ging Hadice vor die Klinik, um frische Luft zu schnappen. Zur Abwechslung schien wieder einmal die Sonne, und so hatten einige Patienten die gleiche Idee gehabt. Sie schlurften in Jogginghosen und Bademänteln über die Wege oder saßen auf den Bänken, die blassen Gesichter den wärmenden Strahlen zugewandt. Einige klammerten sich an ein Gestell, an dem ein Infusionsbeutel hing.

Ein Krankenhaus als Tatort war natürlich der reinste Albtraum. So viele Menschen gingen hier ein und aus, dass man auf einzelne Personen gar nicht achtete. Und sie hinterließen alle Fingerabdrücke und genetische Spuren.

Bisher wussten sie noch nicht einmal genau, wann Dibrani in die Klinik gekommen war. Der Pförtner, der den Nachtdienst übernommen hatte, war bislang nicht aufzutreiben gewesen. Hadice hoffte, dass die Bänder von der Überwachungskamera am Eingang ihnen weiterhelfen konnten.

Ein Mann näherte sich ihr, der erbärmlich hustete. »Sie

haben nicht zufällig eine Zigarette für mich?«, röchelte er. Sein Gesicht war beinahe so grau wie der Frotteemantel, den er über seinem Pyjama trug.

Hadice befürchtete zwar, dass er beim ersten Zug tot umfallen würde, bezweifelte aber, dass das noch eine große Rolle spielte. Sie kramte eine leicht zerbeulte Packung aus ihrem Rucksack, die sie immer mit sich führte, um rauchende Zeugen gesprächig zu machen, reichte sie ihm und gab ihm Feuer.

»Sie sollten die Dinger aufgeben, bevor es zu spät ist«, empfahl ihr der Patient. »Nehmen Sie einfach mich als abschreckendes Beispiel.«

Sie sah keinen Sinn darin, ihn über den Umstand aufzuklären, dass sie nicht rauchte und nie geraucht hatte. »Ich denk drüber nach«, sagte sie.

Eine der Bänke wurde frei. Sie ging hinüber, setzte sich und rief Theo an.

»Hadice! Endlich! Was genau ist eigentlich passiert?«

»Hat dir das dein Informant nicht brühwarm berichtet?«

»Django? Der wusste nur, dass irgendjemand Dibrani heute Nacht in Groß-Sand erschlagen hat. Offenbar mit dieser hässlichen Napoleon-Büste, die bei ihm auf dem Schreibtisch stand.«

»Viel mehr wissen wir auch noch nicht.«

Sie hörte ihn herumklappern. »Was treibst du da?«

»Dieser Kater ist gerade reingekommen. Und wenn er nicht sofort Futter kriegt, macht er mich wahnsinnig.«

Jetzt hörte auch sie ein forderndes Maunzen. »Um Himmels willen, schmeiß das räudige Vieh raus und konzentriere dich.«

»Warte kurz.«

Offenbar legte er tatsächlich das Handy beiseite, um den Kater zu füttern! »Das darf doch nicht wahr sein«, murmelte Hadice.

»Entschuldige, aber jetzt haben wir mehr Ruhe.«

Sie atmete tief durch. »Okay. Du wolltest mir eigentlich etwas erzählen.«

»Stimmt. Ich habe erfahren, dass Magda Franke eine Affäre mit Michel Dibrani hatte. Jenays Kollegin und Mitbewohnerin.«

›Klick‹ machte es in Hadices Kopf. Das war die Verbindung, die Verbindung zwischen den beiden Fällen, die sie gesucht hatte. »Magda? Die hat doch behauptet, dass Dibrani etwas mit Jenay Munk hatte! Obwohl das, wie wir wissen, gar nicht möglich war.«

»Ich weiß, sie war noch Jungfrau. Aber der entscheidende Punkt ist doch, dass Magda offenbar GEGLAUBT hat, die beiden hätten eine Affäre!«

»Meinst du, sie könnte die beiden beseitigt haben? Aus Eifersucht?«

»Puh. Ich weiß nicht. Sie ist so eine zarte Person. Andererseits ist sie aber auch ein sehr seltsamer Mensch.«

»Inwiefern?«

»Schwer zu erklären. Sie ist irgendwie ziemlich neben der Spur.«

»Tatsächlich? Als ich mit ihr nach Jenays Tod gesprochen habe, schien sie mir zwar gestresst und etwas chaotisch, aber ansonsten ganz vernünftig«, sagte Hadice.

»Auf jeden Fall ist sie total überfordert. Sie ist ja allein mit ihrem kleinen Jungen. Interessant ist allerdings der Vater. Der hat Kontaktverbot. Soweit ich das verstanden habe, hat er sie und das Kind misshandelt. Letzteres streitet er allerdings ab.«

»Herrgott, Theo, hast du mit dem etwa auch schon wieder gequatscht?!«

»Was sollte ich machen? Er hat bei ihr an die Tür gebollert, und sie hat mich um Hilfe gebeten.«

»Salak gelmiş salak gidiyor! Dumm geboren und nichts dazugelernt! In was verstrickst du dich da schon wieder!«

»Jedenfalls solltet ihr euch den Typen näher anschauen, denke ich.«

»Gut. Sonst noch was?«

»Nicht wirklich, aber wenn Magda geglaubt hat, die zwei hätten eine Affäre, könnte ja auch noch jemand anderes auf die Idee gekommen sein.«

»An wen denkst du?«

Theo dachte an Romani, zögerte aber, ihn anzuschwärzen. Der Junge tat ihm leid. Immerhin hatte er das Mädchen, das er liebte, endgültig verloren.

»Spuck's aus, Theo, das ist eine Mordermittlung, und ich habe nicht ewig Zeit.«

»Romani. Romani Munk. Er war bis über beide Ohren in sie verliebt. Und er hat zweifellos ein gewisses explosives Potenzial.«

»Aha. Wir knöpfen ihn uns vor.«

Aber zunächst fuhren sie hinüber in Dibranis Apartment auf der Suche nach Hinweisen. In der Wohnung herrschte penible Ordnung. Henry sah sich um und seufzte. Er war selbst ein ordnungsliebender Mensch, aber in einem Haushalt mit Kindern und einer Frau, die ihre Sachen systematisch wie Hänsel und Gretel ihre Brotkrumen verstreuten, klafften Wunsch und Wirklichkeit erheblich auseinander.

Hadice deutete den sehnsüchtigen Blick ihres Kollegen richtig und lachte. »Komm schon, Henry, in so einer cleanen Umgebung würdest du dich doch gar nicht wohlfühlen!«

»Hast du 'ne Ahnung.«

Sie teilten sich auf. Hadice übernahm das Obergeschoss, wo sich neben dem Schlafzimmer auch ein Raum mit einem Schreibtisch und Computer befand. Sie startete den Rechner, der erwartungsgemäß mit einem Passwort geschützt war. Den würden sie mit ins Präsidium nehmen. Vielleicht fand sich darauf ein Hinweis auf jemanden, der ein Motiv hatte, den Arzt zu töten.

Dibranis Ordnungssinn machte ihnen die Durchsuchung leicht. Hinweise auf persönliche Beziehungen fehlten völlig. Schon nach zwanzig Minuten ging Hadice wieder hinunter, wo sie Henry umgeben von mehreren Fotoalben fand. »Das war das einzig halbwegs Private, was ich gefunden habe«, sagte er.

Die Fotos stammten von mehreren Reisen, die Dibrani offenbar unternommen hatte. Es waren überwiegend großformatige Landschaftsaufnahmen von beachtlicher Qualität. Eisberge, die auf einem Fjord treiben. Ein karger Gebirgszug in ungewöhnlichen Rottönen. Eine seltsame grüne Kraterlandschaft.

»Island«, sagte Henry, der eine Leidenschaft für Reisedokumentationen hatte. »Da würde ich auch gern einmal hin. Oder hier: Peru. Patagonien. Neuseeland.« Ob der Arzt die Reisen allein oder in Begleitung unternommen hatte, war nicht zu erkennen. Menschen kamen nur vereinzelt auf den Bildern vor, einsame Gestalten in weiter Landschaft.

»Das ist seltsam«, sagte Hadice, die sich noch gut an die kurze Befragung des Arztes nach dem Tod von Jenay Munk erinnerte. »Er schien doch so charmant und zugänglich zu sein. Jemand, dem es leichtfällt, Kontakte zu knüpfen,

Freunde zu gewinnen.« Sie blickte auf die Bilder, die eine andere Geschichte erzählten. Die eines distanzierten Beobachters.

»Vielleicht wollte er es gar nicht anders haben.« Henry blickte sich in der stillen, kühlen Wohnung um. Ihn fröstelte. Auf einmal sehnte er sich nach der Wärme seiner chaotischen Familie. Nein, ein Leben als einsamer Wolf wie Michel Dibrani würde er nicht führen wollen.

»Hast du sonst noch etwas gefunden?«

»Nichts.«

»Lass uns gehen. Wenn überhaupt, dann finden wir hier eine Spur.« Hadice klopfte leicht auf den Laptop, den sie auf dem Couchtisch abgelegt hatte. Aber angesichts Dibranis Diskretion bezweifelte sie auch das.

Beim Verlassen der Wohnung trafen sie erneut auf den Nachbarn, der offenbar gerade von einer längeren Fahrradtour zurückkam. Sein Bike war schlammverkrustet und auch über seinen in eine Radlerhose gepressten Hintern zog sich eine Spur von Spritzern bis hinauf zum Rücken.

»Und? Ist er wieder aufgetaucht, unser Doc?«, fragte er aufgeräumt.

»Kann man so sagen.«

»Na wunderbar.«

»Nicht wirklich. Er ist nämlich tot.«

Wilhelm Johansen fiel erst die Kinnlade herunter und dann sein Helm aus der Hand. »Hat man ihn etwa hier …?«

»Nein. Aber trotzdem: Haben Sie irgendetwas bemerkt?«

Der noch immer sichtlich geschockte Architekt schüttelte erst den Kopf, aber dann erhellte sich sein Gesicht.

»Moment mal! Doch. Da war so ein junger Kerl!«

»Wann?«

»Gestern am späten Nachmittag. Hat Sturm geklingelt

und zum Schluss gegen die Tür getreten, als niemand geöffnet hat. Er war ziemlich aufgebracht.«

Hadice und Henry wechselten einen Blick.

»Wie sah der aus?«

»Oh, das war ein ziemlich junger Bursche. Vielleicht Mitte zwanzig. Kräftig. Dunkelhaarig. Und er hatte eine Tätowierung auf dem Arm. Ich hab mich ja gewundert, dass der bei der Kälte nur im T-Shirt herumläuft. Ziemlich heißblütiger Kerl …«

»Das Tattoo«, unterbrach Hadice den Redestrom, »wie hat das ausgesehen?«

»Das war so ein Fabelwesen. Wie heißen die noch? So was wie ein geflügelter Löwe.«

»Ein Greif«, sagte Henry. »Wer war das noch mal mit so einer Tätowierung?«

»Romani«, sagte Hadice. »Romani Munk.«

Als sie die Sinti-Siedlung erreichten, herrschte dort friedliche Abendstimmung. Hinter den Fenstern saßen die Familien beim Abendessen oder vor dem Fernseher. Nur ein kleiner Junge kickte trotz des leichten Nieselregens selbstvergessen immer wieder einen Ball gegen eine Wand. Als Hadice und Henry aus dem Auto stiegen, fing er den Ball auf und verschwand in einem der Häuser.

Kurz darauf öffnete sich die Tür erneut, und ein Mann mittleren Alters trat hinaus. Er trug ein weißes Hemd und eine schwarze Jeans. Auf das kurz geschorene Haar hatte er eine Lesebrille geschoben. Er steuerte geradewegs auf die beiden Beamten zu.

»Zu wem möchten Sie?«

»Zu Romani Munk. Wissen Sie, wo wir den finden können?«

»Sie sind doch von der Polizei. Geht es wieder um Jenay?«

Hadice zückte ihren Dienstausweis.

Der Mann überkreuzte die Arme und musterte sie aus schmalen Augen. »Was wollen Sie von Romani?«

»Sind Sie ein Verwandter?«

»Er ist mein Neffe.«

»Wir haben nur ein paar Fragen an ihn.«

»Ich glaube, er ist gar nicht da.«

»Davon würden wir uns gerne selbst überzeugen.« Hadice starrte den Sinto angriffslustig an. Henry legte ihr die Hand auf die Schulter. »Wo wohnt er denn genau?«

Eine zweite Tür öffnete sich, und ein weiterer Mann trat auf die Schwelle. Er rief dem anderen eine Frage auf Romanes zu. Dieser antwortete im gleichen Dialekt, ohne die Beamten aus den Augen zu lassen.

»Also, wo wohnt der Bursche?« Hadice wurde langsam sauer.

Ein Motorrad wurde gestartet, ein Scheinwerfer fraß sich durch die Dämmerung. Schon schoss die schwere Maschine nach vorne.

»Na, da war er wohl doch zu Hause«, sagte der Sinto.

»Verdammt! Der will abhauen!«

Hadice spurtete los, dem Flüchtenden hinterher. »Halt! Polizei!«, rief sie, wobei sie sicher war, dass der Fahrer Romani war und der genau wusste, wer sie waren.

Sie sah, wie er geradewegs in Richtung Hauptstraße steuerte, aber unvermittelt mit quietschenden Reifen abbremste. Die Maschine bäumte sich auf und kam dann zum Stehen. Vor ihm donnerte laut hupend ein Lkw vorbei.

Sekunden später war Hadice bei ihm. Romani, der sich nicht die Zeit genommen hatte, einen Helm aufzusetzen, war bleich und zitterte am ganzen Leib.

»Scheiße, war das knapp«, schnaufte er.

»Mensch, Junge, was machst du denn bloß für Sachen.« Auch Henry war inzwischen herangekommen.

»Na, dann mal runter von der Maschine.«

Inzwischen strömten die Sinti aus ihren Häusern und eilten herbei. Aufgeregt redeten sie durcheinander. Hadice legte Romani ungerührt die Handschellen an. »Sie sind vorläufig festgenommen.«

Ein älterer Mann mit imposantem Schnurrbart drängte sich nach vorne. »Hören Sie, das können Sie nicht machen. Mein Sohn hat nichts getan.«

»Dann werden wir die Sache sicher schnell klären können.«

»Aber das können Sie nicht machen!« Der Vater war außer sich.

»Lass gut sein, Bibbo. Das hat keinen Zweck.« Auch Manusch, Jenays Vater, war hinzugekommen und legte nun seinem Vetter begütigend die Hand auf den Arm.

Die Menge teilte sich und machte Platz für den Patriarchen. In seiner weißen Mähne glitzerten Regentropfen. Seinen Rollstuhl schob eine junge Frau in Jeansjacke und einem geblümten langen Rock.

»Was ist hier los?«, fragte der Alte. Schlagartig wurde es still.

»Der junge Mann hier hat sich der Staatsgewalt widersetzt. Wir nehmen ihn jetzt mit.«

Der Blick aus Eduard Munks Augen, der Hadice traf, bereitete ihr Unbehagen. Sie wandte sich ab. »Kommen Sie«, sagte sie zu Romani, der mit gesenktem Kopf dastand.

Henry versuchte, die Lage zu entspannen. »Wenn er sich nichts weiter hat zuschulden kommen lassen als diesen dummen Versuch, sich aus dem Staub zu machen, dann haben Sie ihn in Nullkommanichts zurück.«

»Das haben die Männer auch gesagt. Damals, unter den Nazis, als sie unsere Leute mitgenommen haben. Die meisten davon haben wir nie wiedergesehen.«

»Sehen wir vielleicht aus wie Nazischergen?«, knurrte Hadice. »Ich bin Türkin!«

Der Blick des Alten blieb unerschütterlich. »Man sieht es den Nazis nicht unbedingt an, dass sie welche sind. Die gibt's in allen Hautfarben. Auch unter den Türken.«

Hadice biss sich auf die Lippe. Sie dachte an die »Grauen Wölfe«, einer faschistischen türkischen Gruppierung. Der alte Mann hatte recht. Sie nickte ihm knapp zu. »Ich gebe Ihnen mein Wort.« Dann führte sie Romani zu ihrem Dienstwagen.

Sie saßen zu dritt in dem kargen Verhörraum des Polizeipräsidiums: Hadice, Henry und Romani. Das Verhör verlief zäh und unergiebig. Konfrontiert mit der Zeugenaussage des Nachbarn, gab Romani widerstrebend zu, bei Dibranis Wohnung aufgetaucht zu sein. Er habe ihn aber nicht angetroffen. Das könne dieser neugierige alte Knacker sicher auch bezeugen. Er lehnte sich auf dem Stuhl zurück, die Beine weit gespreizt. Hadice seufzte. All diese testosterongetränkten jungen Männer, mit denen sie es zu tun hatte, gingen ihr unendlich auf die Nerven. Von dem Schock seines Beinaheunfalls hatte er sich erstaunlich schnell erholt.

»Was haben Sie von ihm gewollt?«

»Nichts.«

»Nichts?«

»Nur reden.«

»Nur reden? Das klang aber ein bisschen anders, was uns der Nachbar da erzählt hat.«

Romani schwieg. Und betrachtete scheinbar interessiert seine behaarten Handrücken.

»Also gut. Sie wollten also bloß mit ihm reden. Woher kannten Sie ihn überhaupt?«

Er zuckte mit den Schultern. »Er war der Chef von Jenay. Ich habe ihn auf ihrer Beerdigung gesehen.«

»Und woher wussten Sie, wo er wohnt?«

»Jenay hat's mal erwähnt. Dass er in eines dieser schicken Häuser gezogen ist. Leute wie der Typ, die passen nicht zu uns.«

»Okay. Jetzt kommt noch mal die Preisfrage. Was wollten Sie von ihm?«

Romani schwieg verstockt.

»Ich sag Ihnen, was Sie von ihm wollten. Irgendjemand hat Ihnen gesteckt, dass die beiden eine Beziehung hatten, er und Jenay. Und da sind Sie ausgerastet. Sind hin zu ihm, haben ein bisschen randaliert. Dann sind Sie ins Krankenhaus, weil Sie gehofft haben, ihn da zu finden. Und da war er ja auch. Und dann haben Sie ihn umgebracht.«

»Ich habe überhaupt niemanden umgebracht!«

»Warum sind Sie dann vorhin abgehauen?«

»Ich wollte Zigaretten holen.«

Hadice schlug mit der flachen Hand auf die Tischplatte. »Jetzt reicht's mir langsam mit dem Gequatsche.«

Henry seufzte. »Komm schon, Junge, mach es nicht noch schlimmer!«

Romani blickte den Kommissar flehend an. Auf einmal kam hinter der großspurigen Fassade der unsichere junge Mann zum Vorschein.

»Ich habe Schiss gekriegt. Weil ich gehört habe, dass jemand den Typen umgelegt hat und weil mich dieser Schnüffler doch gesehen hat bei seiner Wohnung!«

Hadice überlegte. »Wir machen eine kurze Pause.« Dann schaltete sie das Band aus.

»Und? Glaubst du ihm?«, wollte sie von Henry wissen. Sie standen vor einem der Fenster, von denen aus man die halbe Stadt überblicken konnte. In der Ferne stand der Fernsehturm. Ein Flugzeug zog blinkend an ihnen vorbei, klar zur Landung auf dem Flughafen in Fuhlsbüttel.

»Ich weiß es nicht.« Henry nahm einen Schluck von seiner Cola und verzog das Gesicht, als die kalte Flüssigkeit seine empfindlichen Zähne reizte. »Keine Ahnung. Wirklich nicht.«

»Wir könnten ihn damit konfrontieren, dass die beiden überhaupt keine Affäre hatten, Jenay und Dibrani. Wenn er ihn umgebracht hat, weil er das geglaubt hat, wenn er beide deswegen umgebracht hat – dann wird das ein Schock für ihn sein. Vielleicht können wir ihn so knacken.«

Eine Tür weiter saß Romani Munk wie erstarrt auf seinem Stuhl. Er hatte panische Angst davor, eingesperrt zu werden. Vielleicht gab es ja doch so etwas wie ein genetisches Erbe. ›Zigeunerblut‹, dachte er sarkastisch. Aber vermutlich war die Furcht vor dem Eingesperrtsein bei den meisten Menschen ziemlich ausgeprägt. Schon in dem unscheinbaren Verhörraum bekam er Beklemmungen. Wie würde es erst sein, jahrelang in einer Zelle zu sitzen? Er verfluchte sich für sein aufbrausendes Temperament, das ihn in diese Bredouille gebracht hatte. Was für eine Scheiße! ›Erst denken, dann handeln, du Vollidiot‹, dachte er. Es war eine bescheuerte Idee gewesen, einfach so bei Dibrani aufzukreuzen. Natürlich musste ihn jemand gesehen haben, so wie er sich aufgeführt hatte. Aber er hatte ja auch nichts geplant, war einfach mit seinem Motorrad hingedonnert, um ihn zur Rede zu stellen. Verdammt, schließlich war Jenay viel zu jung für den Typen gewesen und viel zu gut! Und jetzt würden sie ihn verknacken. Er wusste, wie das lief. Wenn irgendwo ein Sinto auftauchte, war der natürlich immer der Schuldige. Er versuchte, ruhig und tief zu atmen, doch es ging nicht. Panik schnürte ihm die Kehle zu. Und natürlich hatte er bei seinem Fluchtversuch sein Asthmaspray nicht dabeigehabt.

Die Tür öffnete sich, und die beiden Bullen kamen wieder hereinspaziert. Mann, wie er die Tante hasste! Was war denn das überhaupt für eine Türkin, in ihrer Lederkluft und mit den kurzen Haaren. Hatte die keine Brüder, die ihr sagten, wo es langging?

Sie baute sich vor ihm auf. Dann setzte sie sich wieder und schaltete das Band ein. Machte ihren Scheißspruch zur Uhrzeit und den Anwesenden. Wie er dieses Bullengetue verabscheute! Dann fasste sie ihn ins Auge. »Eine gute Nachricht habe ich für dich. Obwohl«, sie warf ihrem Kollegen, diesem riesigen Cop, einen raschen Blick zu, »das vielleicht nicht jeder so sehen würde. Immerhin ist Jenay gestorben, ohne eine der schönsten Erfahrungen zu machen, die ein Mensch machen kann.«

Romani starrte sie an.

»Ich rede von Sex«, sagte die Kommissarin. Und da erlitt Romani einen schweren Asthmaanfall.

DER SECHZEHNTE TAG

»Endlich«, sagte Hadice. Sie öffnete die Dateien mit den angeforderten Mobilfunkdaten. Neben den Gesprächsnachweisen der zentralen Figuren in diesem Fall waren das auch die Ortungsnachweise. Der Richter musste einen guten Tag gehabt haben. Einen sehr guten Tag. Mithilfe dieser Informationen konnten sie endlich nachvollziehen, welcher der Beteiligten sich wo und wann aufgehalten hatte – beziehungsweise, wann sich sein Mobiltelefon in welchen Sendemast eingebucht hatte. Abhängig davon, wie eng die Sendemasten standen, konnte das recht präzise sein. Und in einer Großstadt standen sie naturgemäß enger als auf dem platten Land.

»Das gibt's doch nicht!« Hadice starrte auf die Datei, die sich auf dem Bildschirm geöffnet hatte.

»Was?« Henry, der nach einer kurzen Nacht gerade erst eingetroffen war und sich aus seiner Jacke schälte, kam zu ihr herüber.

Was die Daten preisgaben, war, dass Romani Munk sich in der unmittelbaren Nähe der Klinik aufgehalten hatte, als der Mord an Dibrani geschah. In unmittelbarer Nähe oder sogar darin.

»Und ich habe ihn nach dem Verhör noch eigenhändig nach Hause kutschiert!«, stöhnte Hadice.

Angesichts des Asthmaanfalls des jungen Sinto hatten sie die Befragung abgebrochen und einen Arzt alarmiert. Die

Luftnotattacke hatte wirklich bedrohlich gewirkt. Doch dank des schnell wirksamen bronchienerweiternden Mittels, das ihm der herbeigeeilte Mediziner verabreicht hatte, war der Spuk genauso schnell vorbei, wie er gekommen war.

Anschließend waren Hadice und Romani schweigend durch die Nacht gefahren.

»Wir reden morgen weiter«, hatte sie gesagt, als sie ihn vor der Siedlung abgesetzt hatte.

Romani hatte nur den Reißverschluss seiner Jacke mit einem Ruck hochgezogen und war gegangen.

»Und wenn er sich jetzt aus dem Staub gemacht hat?«

Henry schüttelte den Kopf. »Glaub ich nicht.«

»Mensch, der ist Sinto! Der hat seine Leute überall auf der Welt, bei denen er unterschlüpfen kann.«

»Die sind heutzutage genauso sesshaft wie du und ich. Wir schicken eine Streife. Und die sollen darauf achten, dass er seine Medikamente einpackt.«

Während sie auf Romanis Eintreffen warteten – und Hadice hoffte, dass er ihnen nicht doch durch die Lappen gegangen war –, scannten sie kurz die übrigen Daten. Hadice druckte zwei Stadtpläne von Wilhelmsburg aus – einen für die Mordnacht an Dibrani, einen für den Abend, an dem Jenay Munk ertrunken war. Für jeden ihrer Protagonisten pinnte sie andersfarbige Nadeln auf ihnen ein, die die Bewegungsprofile darstellten. Rot für Michel Dibrani. Blau für Jenay Munk. Grün für Romani Munk. Gelb für René Harms. Daneben notierte sie die jeweilige Uhrzeit der Ortung. Sie stach eine rote Nadel in die erste Karte und pfiff dann leise durch die Zähne.

»Schau dir das mal an.«

»Was denn?« Henry war damit beschäftigt, die Telefonate

mit dem jeweiligen Bewegungsprofil abzugleichen. »Hier, am Abend von Jenays Tod zwischen 20 und 22 Uhr haben wir eine hübsche Versammlung rund um den Veringkanal.« Tatsächlich steckte da eine Nadel von jeder Farbe.

»Waren die alle in der Honigfabrik?«

Hadice lächelte finster. »Sieht fast so aus.«

»Dass Romani da war, wussten wir ja schon von ihm selbst. Aber dass auch Dibrani und René Harms vor Ort waren, ist ausgesprochen interessant.«

»Wir müssen noch mal mit Harms reden. Und mit den anderen Zeugen jenes Abends. In der ersten Runde hatten wir uns ja nur auf Jenay konzentriert und nicht auf Dinge, die vielleicht am Rande geschehen sind.«

»In Ordnung. Und was ist mit vorgestern, der Nacht, in der Dibrani starb?«

»Fangen wir mit dem Opfer an.«

Hadice stach die Nadeln in die zweite Karte und notierte die Angaben, die Henry ihr diktierte.

»Das gibt's doch nicht!« Das Bewegungsprotokoll zeigte, dass der Arzt, nachdem er aus dem Krankenhaus verschwunden war, schnurstracks zu seiner Wohnung gegangen war.

»Verdammt! Aber genau zu der Zeit waren wir doch auch da!«

»Wahrscheinlich hat er uns gesehen und seelenruhig abgewartet, bis wir wieder verschwunden sind.«

»Und dann?«

Hadice runzelte die Stirn. »Ein paar Stunden später ist er weiter quer durch Wilhelmsburg bis … ungefähr hier.« Sie deutete auf einen Bereich auf der Karte.

»Aber da wohnt doch Harms mit seiner Familie!«

Sie versenkten sich weiter ins Protokoll.

»Offenbar ist er da eine ganze Weile herumgelaufen.«

»Vielleicht wollte er reinen Tisch machen und hat versucht, Mut dafür zu fassen.«

»Harms ist erst um 19.30 Uhr zu Hause angekommen. Und dann hat er sich dort nicht mehr weggerührt.«

»Zumindest trifft das auf sein Handy zu. Das heißt nicht, dass das für ihn selbst auch gelten muss«, gab Henry zu bedenken.

»Und Dibrani?«

»Moment. Der ist … der ist kurz, nachdem Harms aufgetaucht ist, ins Krankenhaus gefahren. Unmittelbar vorher hat er aber noch mit zwei Personen telefoniert.«

»Na, dann wollen wir mal sehen, wer das war.« Sie gab die erste Nummer, die sie keiner Telefongesellschaft zuordnen konnte, in das Festnetztelefon auf ihrem Schreibtisch ein. Dann schaltete sie den Lautsprecher ein, damit Henry mithören konnte.

»Allô, oui?«

»Äh, hier spricht die Kriminalpolizei, do you speak English?«

»O no, very little.«

»My name is Hadice Öztürk. Crime investigation Hamburg. What is your name?«

»Dana. Dana Dibrani.«

»So you know Michel Dibrani?«

»Yes. Yes. Michel is the brother of my husband.« Dann folgte ein Wortschwall auf Französisch.

»Gib mal her.«

Zu Hadices Erstaunen nahm Henry ihr den Hörer ab.

»Bonjour, c'est Henry Sibelius, je suis policier à Hamburg.« Er sprach seinen Namen »Henry« in französischem Tonfall aus.

Es folgte ein Dialog auf Französisch, bei dem Henry sich,

wie Hadice feststellte, wacker schlug. Sein deutscher Akzent war zwar stark, aber er schien alles zu verstehen, was Dibranis Schwägerin sagte. Sogar als sie zwischendurch in Tränen ausbrach. Hadice hingegen verstand nur Bruchstücke.

Nach einer Weile beendete Henry das Telefonat und legte den Hörer auf. Er sah nachdenklich aus.

»Und?«

»Das war seine Schwägerin. Sie war erschüttert darüber, dass er tot ist. Zumal sie gerade erst vor Kurzem zum ersten Mal wieder seit Jahren miteinander gesprochen hatten. Es ist so, wie diese Freundin von Jenay es Fatih erzählt hat. Dibrani hatte schon seit Ewigkeiten keinen Kontakt mehr zu seiner Familie. Es scheint, als habe er alle Brücken hinter sich abgebrochen. Seine Schwägerin hat ihn erst vor ein paar Tagen kontaktiert – nach dem Tod seines Vaters.«

Sie runzelte die Stirn. »Das könnte einiges bei ihm in Gang gesetzt haben.«

»Scheint so. Jedenfalls hat er ihr mitgeteilt, dass er plant, zurück nach Frankreich zu gehen. Und sich da um seine Leute zu kümmern.«

»Den Roma geht's ziemlich dreckig in Frankreich. Hat Sarkozy die nicht alle rausschmeißen wollen? Da gab es doch so einige Proteste.«

»Unter François Hollande ist es aber wohl noch schlimmer. Dabei ist der Sozialist!«

Hadice setzte sich auf die Tischkante. »Er war also bereit, seine Karriere aufzugeben.«

»Vielleicht haben ihn ja Schuldgefühle geplagt.«

»Du meinst, so eine Art Buße? Wegen des Mädchens? Lara?«

»Oder wegen Jenay.«

»Oder weil er seine Familie im Stich gelassen hat.«

Henry seufzte. »Das werden wir nun wohl nie erfahren.« Er schob ein paar Papiere zur Seite und setzte sich neben seine Kollegin auf die Kante seines Schreibtisches. »Weißt du, was besonders traurig ist? Er hat versucht, mit seiner Mutter zu sprechen, aber die hat einfach aufgelegt. Sie wollte nichts mehr mit ihm zu tun haben.«

»Die eigene Mutter? Das kann ich mir nicht vorstellen.«

»Mütter sind eben auch nicht alle so wie im Bilderbuch.«

Hadice sah ihren Kollegen von der Seite an. Ihr fiel zum ersten Mal auf, dass er über seine Kindheit oder seine Eltern nie gesprochen hatte.

»Was ist mit der anderen Nummer?« Hadice griff nach dem Papier mit den Verbindungen von und zu Dibranis Handy. »Das letzte Telefonat seines Lebens.«

Sie gab die Nummer ein. Es klingelte lange. Kurz bevor die Mailbox ansprang, meldete sich eine Frauenstimme. Sie klang gestresst. »Ja, hallo?«

»Hadice Öztürk, Kripo Hamburg. Mit wem spreche ich?« Sie hörte, wie die Frau erschrocken nach Luft schnappte.

»Hier ist Magda Franke«, sagte sie dann.

Wenig später saßen die beiden Kommissare einander gegenüber an den Schreibtischen, jeder einen Teller mit Schokoladenkuchen vor sich. Henry hatte ihn aus dem Kühlschrank in der Teeküche geholt und mit Hadice geteilt – ein Werk seiner zehnjährigen Tochter, etwas matschig, aber ausgesprochen lecker, wie Hadice ihm auszurichten auftrug.

Henry fasste die Erkenntnisse zusammen: »Michel Dibrani hat also Magda Franke kontaktiert. Mit der er eine Zeit lang ein Verhältnis hatte. Das er aber bereits beendet hatte. Und dann ruft er sie ausgerechnet kurz vor seinem Tod wieder an?«

»Scheint so. Sie hat bloß gesagt, dass er sie treffen wollte. Dass er etwas mit ihr besprechen wollte. Etwas Wichtiges. Sie hat ihm angeboten, dass er bei ihr vorbeischauen könne. Sie selbst konnte nicht weg, wegen ihres Jungen. Aber er sei nicht aufgetaucht. Und wir wissen auch, warum.«

»Jemand hat ihn getötet.«

Hadice griff erneut nach dem Papier mit den Telefonaten und betrachtete es mit gerunzelter Stirn. »Lang war das Gespräch tatsächlich nicht. Insofern passt ihre Darstellung.«

»Was kann er nur von ihr gewollt haben?«

Ein Kollege steckte den Kopf durch die Tür. »Besuch für euch!«

»Na dann«, sagte Hadice grimmig.

Die Befragung von Romani Munk war kurz und unergiebig.

»Ihnen muss doch klar gewesen sein, dass wir rausfinden, dass Sie vorgestern Abend im Krankenhaus waren.«

»Ich war nicht im Krankenhaus, ich war nur in der Nähe«, protestierte Romani. Er wirkte, als habe er in seinen Kleidern geschlafen.

»Aha. Und was haben Sie da gemacht?«

Er zog die Schultern hoch. »Ich wollte noch mal da hin, wo man sie gefunden hat. Wo sie gestorben ist. Jenay, meine ich.«

Tatsächlich verlief der Kanal direkt hinter dem Krankenhaus, wusste Hadice. Doch sie blieb skeptisch.

»Und zufällig wird zur gleichen Zeit nebenan der Mann erschlagen, von dem Sie geglaubt haben, sie hätte ein Verhältnis mit ihm gehabt.«

Er schwieg. Rutschte auf seinem Stuhl hin und her. »Seit sie tot ist, war ich fast jeden Abend da. Das können Sie sicher auch sehen, wenn Sie meine Mobildaten kontrollieren.« Unsicher blickte er zu Henry hinüber.

»Vielleicht haben Sie da auch einfach jeden Abend gewartet, ob Sie Dibrani irgendwo alleine erwischen.«

Romani schwieg.

Hadice verließ den Raum und ging zu ihrem Chef.

Grasmann hörte ihr schweigend zu und kaute dabei nachdenklich auf einem Zahnstocher herum. Seit er versuchte, sich das Rauchen abzugewöhnen, hatte er sich diesen Tick angeeignet, der seiner Frau unglaublich auf die Nerven ging.

»Also gut, behaltet ihn erst mal da. Und jetzt knöpft ihr euch diesen Harms vor!«

René Harms hatte sich in den winzigen Raum zurückgezogen, der hinter dem Beratungsraum seines Ladens lag. Hier brütete er über seine Abrechnungen. Die Hörtests und Anpassungen der Geräte überließ er zunehmend einer Angestellten – einer Angestellten, die er sich mit jedem Monat weniger leisten konnte. Früher hatte er seinen Beruf mit großer Freude ausgeübt. Er mochte die technischen Details ebenso wie den Umgang mit Kunden. Und für Letzteren brauchte man viel Feingefühl und Geduld. Für die meisten war es erst einmal ein schwerer Schlag, wenn sie einsehen mussten, dass sie ein Hörgerät benötigten. Und die Hörprobleme, die seine Kunden zu ihm führten, erleichterten die Kommunikation natürlich auch nicht unbedingt. Seit dem Unglück, das seiner Tochter widerfahren war, hatte er dafür einfach nicht mehr die Nerven. Und das sprach sich herum. Den guten Ruf, den er sich über Jahre hinweg aufgebaut hatte, hatte er zum großen Teil eingebüßt. Reich konnte man in dem Job ohnehin nicht werden, insbesondere in einem Stadtteil wie Wilhelmsburg, wo sich die meisten Kunden mit einem Kassenmodell begnügen mussten. Und nun stand ihm das Wasser bis zum Hals. Eine Schmerzensgeldzahlung war das Einzige, was ihm jetzt noch aus der Patsche hätte helfen können. Doch diese Hoffnung war nun endgültig gestorben – zusammen mit dem Verantwortlichen. Von der Ermordung des Arztes sprach bereits halb Wilhelmsburg.

Er ignorierte die Türglocke, die Besuch ankündigte, und fuhr zusammen, als seine Angestellte plötzlich in der Tür stand. »Die Herrschaften sind für dich gekommen«, sagte sie.

Er erkannte die beiden Beamten sofort wieder.

Nach einer kurzen Begrüßung kam Hadice umgehend zur Sache. »Herr Harms, vorgestern am frühen Abend haben Sie Besuch gehabt.«

Harms schloss kurz die Augen. Dann nickte er.

»Was hat Michel Dibrani von Ihnen gewollt?«

Harms schluckte. »Er wollte sich offenbar entschuldigen. Endlich die Verantwortung übernehmen. Für den Fehler, den er bei der Operation meiner Tochter gemacht hat.«

»Dafür hat er offenbar nicht viel Zeit gebraucht. Sie sind gegen 19.30 Uhr nach Hause gekommen. Und ein paar Minuten später hat Dr. Dibrani Ihr Haus bereits wieder verlassen.«

»Wer hat Ihnen das gesagt? Meine Frau?« Harms blickte von einem zum anderen Beamten.

Hadice ging nicht auf die Bemerkung ein. »Nur ein paar Minuten. Ich würde doch meinen, in einer solchen Situation hat man einiges zu besprechen.«

Harms fegte mit der flachen Hand sorgsam ein paar Kekskrümel von der Tischplatte. »Ich hab ihn nicht zu Wort kommen lassen. Ich habe ihn sofort hochkant rausgeworfen.« Er sah sie mit flehendem Blick an. »Er saß da. Bei meinem Kind! Bei dem bisschen, was noch von Lara übrig ist. Das habe ich nicht ertragen.«

»Kein kluger Schachzug, wenn es stimmt, was Sie sagen. Dass er endlich ein Schuldbekenntnis ablegen wollte. Damit hätten Sie das Geld bekommen, das Sie so dringend für Ihre Tochter benötigen.«

›Nicht nur für die‹, Harms dachte auch an die Schulden, die sich angehäuft hatten. »Meine Frau hat mir das erst hinterher erzählt.«

»Was haben Sie denn geglaubt, was er von Ihnen wollte?«

»Keine Ahnung. Ich habe nicht nachgedacht. Mir ist einfach die Sicherung durchgebrannt, als ich den Kerl gesehen habe.«

»Und war das das einzige Mal an jenem Abend?«

»Wie meinen Sie das?«

»Sie sind ihm nicht zufällig ins Krankenhaus nachgefahren, als Sie wussten, warum er gekommen war? Um die Sache geradezubiegen. Und dann sind Sie dort durchgedreht.« Die Ortungsdaten des Handys sprachen zwar gegen diese Theorie, aber natürlich konnte Harms das Gerät in seiner Erregung auch einfach zu Hause vergessen haben. Noch waren die Dinger ja nicht gänzlich zu Teilen des menschlichen Körpers geworden.

Harms erhob sich und schob den Stuhl zurück, der laut über den Boden schrappte. »Das ist doch absurd. Ich war den ganzen Abend zu Hause. Fragen Sie meine Frau!« Erregt blickte er von einem zum anderen. »Ich bring den Kerl doch nicht um! Nicht jetzt, wo er endlich reinen Tisch machen wollte!«

»Also wenn jemand schuld daran wäre, dass eines meiner Kinder in einem solchen Zustand ist wie Ihre Tochter, dann … dann hätte ich vielleicht auch rotgesehen!«

»Vielleicht hatte Dibrani sich die Sache ja schon wieder anders überlegt, als Sie endlich bei ihm im Krankenhaus eingetrudelt sind.«

Harms stützte die Fäuste auf dem Tisch ab. »Aber so war es nicht!«

»Tatsächlich? Aber dann möchten Sie uns vielleicht erzählen, was neulich zwischen Ihnen und Dibrani vorgefallen ist? An jenem Abend, als er Besuch bekommen hat, der ihn offenbar gewürgt hat – und anschließend zurückgelassen hat, mit einer Kopfverletzung, vollgepumpt mit Alkohol und Barbituraten.«

Harms ließ sich wieder auf den Stuhl fallen und schlug die Hände vors Gesicht. »Ich will einen Anwalt!«, sagte er.

Auf dem Präsidium hatte er dann doch auf anwaltlichen Beistand verzichtet. Er hatte zugegeben, dass er auf Jenays letztem Konzert gewesen war. Er hatte eingeräumt, dass er versucht hatte, mit ihr zu reden, um sie doch noch zu einer Aussage gegen ihren Chef zu bewegen. Aber nein, er sei ihr anschließend nicht gefolgt und habe sie auch nicht aus Zorn und Verzweiflung ertränkt. Ja, er sei kürzlich bei Dibrani zu Hause aufgetaucht. Er habe zuvor den Brief erhalten, der ihm die Hoffnung auf eine Entschädigungszahlung geraubt habe. Ja, er sei auf den Arzt losgegangen, der da in seiner schicken Wohnung lebte, während er finanziell nicht mehr ein noch aus wusste. Ja, er habe ihn auch gewürgt, aber nein, er habe ihm weder Alkohol noch Tabletten eingeflößt. Und nein, er sei ihm am Vorabend auch nicht ins Krankenhaus gefolgt und habe ihn nicht erschlagen. Wieder und wieder gingen sie das Szenario mit ihm durch, doch er blieb bei seiner Aussage.

Irgendwann seufzte Hadice. »Lassen wir's für heute gut

sein. Aber eines würde mich doch noch brennend interessieren: Was ist bei der Operation Ihrer Tochter eigentlich wirklich schiefgegangen?«

René Harms starrte sie rotäugig an. »Ganz genau habe ich das nicht verstanden. Man hatte uns ja schon zuvor gesagt, dass es nach einer Mandeloperation zu lebensbedrohlichen Blutungen kommen kann. Aber das war wohl nicht das einzige Problem.«

»Was dann?«

»Dibrani hatte etwas getrunken, als er operiert hat. Das hat er meiner Frau gesagt. Er hat gesagt, es war nicht viel, und er habe auch eigentlich keinen Dienst mehr gehabt. Aber er hat auch gesagt, dass er nicht sicher sein könne, ob es anders gelaufen wäre, wenn er jemand anderem den Eingriff überlassen hätte.«

Sie ließen den Mann gehen. Die Verdachtsgründe gegen ihn waren einfach nicht schwerwiegend genug. Und anders als Romani Munk schien es bei ihm auch unwahrscheinlich, dass er auf und davon laufen und seine Familie im Stich lassen würde.

»Die Klinik«, sagte Hadice, als sie gemeinsam mit Henry das Präsidium verließ. »Irgendwie laufen immer wieder alle Fäden in der Klinik zusammen.«

»Vielleicht sollten wir noch mal hinfahren? Uns noch mal umsehen?«

Sie schüttelte den Kopf. »Aber vielleicht hilft es, wenn sich jemand mit medizinischem Sachverstand die Angelegenheit anschaut. Jemand, der nicht zum Krankenhaus gehört.«

»Hadice, das kannst du nicht machen!« Henry war sofort klar, von wem sie sprach.

»Warum nicht? Wir arbeiten doch öfter mit externen Experten zusammen!«

Henry zuckte die Schultern. »Na gut, aber das musst du Grasmann selbst beibringen.«

DER SIEBZEHNTE TAG

Als Hadices Anruf kam, stand Theo mit einem Kaffeebecher in der Hand mitten im Garten. Es war ein unwirklich schöner Frühjahrsmorgen mit Nebelschwaden, die sich im ersten Sonnenlicht wabernd über den Boden zogen. Er war hinausgegangen, um den Kater zu verscheuchen, der mit hungrigen Blicken vor dem Vogelhäuschen saß. Die Meisen allerdings turnten völlig unbeeindruckt von dem Raubtier darin herum, pickten die zerstoßenen Erdnüsse auf und schwirrten wieder ab. Die Blattknospen an dem Apfelbaum hatten sich endlich geöffnet und ihre zartgrünen Blätter entfaltet. An der Wand am Haus sprossen Narzissen. Nadeshda hatte die Zwiebeln gesetzt, und jedes Jahr, wenn sie wieder hervorbrachen, schienen sie Theo wie ein fröhlicher Gruß seiner Frau aus dem Jenseits.

Die Blumen erinnerten ihn an den absurden Vorfall vom gestrigen Vormittag, an dem zunächst die Trauerfeier für den verstorbenen Herrn Schlatermund stattgefunden hatte und dann seine Asche verstreut worden war. Die beiden Frauen in seinem Leben, seine Ehefrau und seine Geliebte, hatten in der kleinen kastenartigen Kapelle auf dem Friedhof Finkenriek größtmöglichen Abstand gehalten. Theo hatte sie während der ganzen Zeremonie argwöhnisch im Auge behalten, fürchtend, dass die beiden Damen aufeinander losgehen würden. Doch Jutta hatte ihm nur verschwörerisch zugezwinkert, während die Ehefrau die ganze Zeit über eine triumphierende Miene zur Schau getragen hatte. Als alles vorbei war und Theo die Asche mithilfe einer Verstreuurne, die an einen Puderzuckerstreuer erinnerte, auf der dafür vorgesehenen Streuwiese verteilt hatte, hatte sich Marlies Schlatermund auf dem Absatz umgedreht und ihrer Nebenbuhlerin zugezischt: »Im Leben hat er gemacht, was er wollte, aber jetzt, wo er tot ist, mache ich mit ihm, was ich will!«

»Na, dann ist es ja gut, dass das zufällig genau das ist, was er selbst wollte«, hatte Jutta fröhlich erwidert.

Die Ehefrau war erbleicht und hatte mit unsicherem Blick Theo angesehen. Der hatte nur die Schultern gezuckt. Frau Schlatermund hatte nach Luft geschnappt und war mit zornrotem Gesicht davongestolpert. Fast tat sie ihm leid, dass ihr ehebrecherischer Gatte ihr nun auch noch diesen posthumen Akt der Rache verdorben hatte. Aber nur fast. Jutta hatte unterdessen in ihr Taschentuch gelacht.

Sein Mobiltelefon vibrierte. Er fummelte es aus der Jacketttasche und nahm das Gespräch an.

»Yes«, sagte er.

Wie üblich kam Hadice direkt zur Sache. »Ich brauche deine Hilfe. Ich möchte, dass du noch einmal ins Krankenhaus gehst und dir Dibranis Unterlagen anschaust.« Im Hintergrund hörte er den Moderator von NDR 2 den Wetterbericht verlesen.

»Klar, kann ich machen. Aber die habt ihr doch sicher schon durchgesehen.«

»Natürlich haben wir das. Aber vielleicht haben wir etwas übersehen. In Ermangelung medizinischer Kenntnisse. Vielleicht findest du noch etwas zu dem Behandlungsfehlerprozess, was weiß ich. Und sprich mit ein paar Leuten. Vielleicht erzählen die dir mehr als uns. So unter Kollegen.«

»Na, ein Kollege bin ich nicht mehr, aber gut. Heute Nachmittag habe ich ein bisschen Luft.«

»Danke. Wirklich, Theo, vielen Dank.«

Die Verbindung brach ab und Theo starrte auf das erlöschende Display. Der Fall ging Hadice an die Nieren. Das war ganz offensichtlich.

Dr. Saskia Rosenthal lehnte mit verschränkten Armen im Türrahmen von Michel Dibranis winzigem Büro und verfolgte Theos Tun mit Missfallen. Sie war eine hübsche Frau, sah aber unter ihrer akkuraten Frisur mit dem eingeschlagenen Knoten blass und abgekämpft aus. Sie tat ihm leid. Die Belastungen im Krankenhausalltag waren hoch, wie er wusste, und Dibranis Tod dürfte die Angelegenheit noch verschärft haben. Ihm kam seine ebenfalls nicht immer stressfreie Arbeit als Bestatter im Vergleich geradezu entspannt vor.

»Können Sie mir sagen, wonach Sie eigentlich suchen?«

Er blickte kurz von dem Computerbildschirm auf. »Das weiß ich leider selbst nicht so genau.«

Hadice hatte sein Kommen mit der Krankenhausleitung abgesprochen, und die Stationsleiterin hatte sich widerwillig gefügt. Dr. Rosenthal mochte es nicht, wenn Fremde in Klinikinterna herumschnüffelten. Die Polizei war schon schlimm genug gewesen, aber was dieser Mann hier sollte, war ihr ein Rätsel. Insbesondere, da sich der angekündigte Experte der Polizei nun als der ortsbekannte Bestatter entpuppte. Sie warf einen Blick auf ihre Armbanduhr. »Dann mal viel Erfolg, womit auch immer«, sagte sie und rang sich ein Lächeln ab.

Sobald sie fort war, vertiefte sich Theo wieder in die Unterlagen, die er bereits seit einer guten Stunde am Bildschirm durchforstete. Schwester Heidemarie hatte ihn unter ihre Fittiche genommen und in das Ablagesystem des Krankenhauses eingewiesen. Als Allererstes hatte er sich den Fall Lara Harms angeschaut. Auf den ersten Blick schienen die Dokumente das Ergebnis der Gutachter zu bestätigen: eine Komplikation, bei der rasch gehandelt worden war, wenn auch mit tragischem Ausgang. Dass Dibrani unter Alkoholeinfluss operiert hatte, wie Hadice ihm mitgeteilt hatte, stand dort natürlich nicht. Und es gab auch keine verborgenen Schnapsvorräte in dem penibel aufgeräumten Büro, die auf ein problematisches Trinkverhalten hindeuteten. Unterlagen auf Papier, die er hätte durchsehen können, gab es so gut wie keine.

Er stand vom Schreibtisch auf und dehnte die verspannten Schultern. Dann begutachtete er das Bücherregal. Neben medizinischer Fachliteratur entdeckte er dort auch ein paar Kinderbücher, vor allem deutsche Klassiker: die deutschen Sagen, Grimms Märchen, Till Eulenspiegel, die Schildbürger. Auf dem Schreibtisch lag eine moderne Ausgabe des »Baron von Münchhausen«. Er lächelte. Offenbar hatte der Franzose seinen kleinen Patienten die klassische deutsche Jugendliteratur näherbringen wollen. War das Engagement tatsächlich nur reines Kalkül gewesen, wie Dibrani ihn hatte glauben lassen? Oder hatten ihm die Kinder doch mehr am Herzen gelegen, als er zugeben wollte? Für Sinti und Roma waren die Kinder das Wichtigste. Aber Dibrani war anders gewesen als seine Leute. Ein Außenseiter. Ein Abtrünniger. Seufzend legte Theo das Buch wieder auf den Tisch. Er hätte den rätselhaften Mann gern besser kennengelernt.

Er machte sich auf die Suche nach einem Kaffee. In der Cafeteria stieß er auf Heidemarie, die sich angeregt mit ein paar jungen Schwesternschülerinnen unterhielt. Als sie ihn sah, kam sie zu ihm hinüber. »Na, wie läuft's?« Sie zwinkerte ihm zu.

»Gar nicht, fürchte ich. Ich habe überhaupt nichts gefunden.«

Mütterlich tätschelte sie seine Hand. »Mach dir nichts draus. Die Polizei war ja offenbar auch nicht viel erfolgreicher, obwohl die hier zu fünft jeden Stein umgedreht haben. Die haben uns ausgequetscht wie die Zitronen.«

Er starrte in seinen Kaffee. Dann sah er sie an. »Gab es irgendwelche Gerüchte? Darüber, dass Dibrani ein Alkoholproblem hatte?«

»Aber überhaupt nicht.« Sie schien ehrlich verblüfft. »Der hat auf Feiern seinen Wein getrunken und Schluss. Aber nur, wenn der tatsächlich einigermaßen trinkbar war. Was hier nicht unbedingt der Fall ist.« Sie grinste. »Aber anders als vielen Kollegen war ihm die Qualität dessen, was er getrunken hat, nicht gleichgültig. Da hat er lieber ein Wasser genommen als schlechten Wein, der Monsieur. Und mit Fahne habe ich ihn bei der Arbeit auch nie erlebt.« Sie tupfte sich mit dem Finger an die Nase. »So was rieche ich. Zehn Meilen gegen den Wind.«

»Tja. Wenn du in dieser Hinsicht nichts gehört hast, dann wird wohl auch nichts dran sein.« Er seufzte. Nun ermittelte er schon einmal im offiziellen Auftrag und hatte absolut nichts vorzuweisen!

Er verabschiedete sich von Heidemarie unter beiderseitigen Beteuerungen, den Kontakt weiter zu pflegen. Dann verließ er das Krankenhaus. Er blieb unter dem Glasdach stehen, das die angelieferten Patienten vor Regen und Schnee schützen sollte, und ließ seinen Blick schweifen. Ein kleines Mädchen stand da und schnitt Grimassen, das Gesicht nach oben gereckt. Ihn beachtete sie überhaupt nicht. Er folgte ihrem Blick und musste lachen: Sie machte ihre Faxen für die Überwachungskamera über dem Eingang. Das brachte ihn auf eine Idee. Er ging zurück zum Empfang und erkundigte sich nach den Aufnahmen vom Abend, an dem Dibrani getötet worden war. Sicher hatten Hadice und Henry die Aufnahmen längst gesichtet. Aber man konnte nie wissen.

Fünf Minuten später saß er vor einem Monitor, den ihm ein freundlicher Wachmann zugewiesen hatte.

Die Bildqualität überraschte Theo. Mit den ruckeligen, unscharfen Bildern, die er von irgendwelchen Fahndungsbildern in Erinnerung hatte, hatte das nichts zu tun. Dibrani, so hatte Hadice ihm mitgeteilt, war zwischen 20 und 22 Uhr gestorben. Theo beschloss, die Aufnahmen schon zwei Stunden vorher, also ab 18 Uhr, zu sichten.

Es herrschte ein reges Kommen und Gehen auf dem Monitor: Patienten, die in Bademänteln über Joggingklamotten vor die Tür schlurften. Besucher mit angespannten Gesichtern und Blumen in den Händen. Ein Defilee zwischen Bangen und Hoffen. Er machte es sich auf dem Bürostuhl bequem, ließ die Bilder an sich vorbeiziehen, verlor sich in einem seltsamen Schwebezustand kontemplativer Aufmerksamkeit.

Um 19.57 Uhr Monitorzeit tauchte er im Bild auf: Michel Dibrani, der zu diesem Zeitpunkt keine zwei Stunden mehr zu leben hatte. Sein Schritt war so dynamisch, wie Theo ihn in Erinnerung hatte. Er drehte sich im Gehen um, um zwei vorbeigehenden Frauen lächelnd noch ein paar Worte zuzurufen. Für einen Moment war sein Gesicht gut zu sehen. Theo fror es auf dem Bildschirm ein und betrachtete es gründlich. Der hellwache Blick, der amüsiert verzogene

Mund. Es berührte ihn seltsam, das digitale Abbild des Toten hier noch einmal so lebendig zu sehen.

Er seufzte und ließ das Bild weiterlaufen, nun in angespannter Erwartung, ob der Täter auftauchen würde – sofern er nicht schon lange vor Dibrani vor Ort gewesen war. Wieder hielt er Ausschau nach einem bekannten Gesicht. Die Chancen waren nicht sehr groß, denn immerhin kannten auch Hadice und Henry, wenn sie die Bilder zuvor gesichtet hatten, ebenfalls alle Beteiligten an dem Fall.

Er überlegte. War der Täter bereits in der festen Absicht aufgetaucht, Dibrani zu töten? Oder war es ein Mord im Affekt gewesen, worauf der Schlag mit der Büste hindeutete?

Als sie auftauchte, hätte er sie fast übersehen. Sie hielt den Kopf gesenkt, das Gesicht halb in dem breiten Schal verborgen, den sie sich umgeschlungen hatte. Es war der Schal, an den er sich erinnerte. Er hatte ihn erst vor ein paar Tagen gesehen. Er hatte an einem Haken an der Garderobe gehangen – ein auffälliges Stück, geringelt in allen Regenbogenfarben. Er stoppte die Aufnahme um 20.22 Uhr. Dann rief er Hadice an.

Anders Franke, Magdas Noch-Ehemann, spürte, wie ihm ein Schweißtropfen zwischen den Schulterblättern hinunterrann. Obwohl es in dem Verhörzimmer eher kühl war, schwitzte er. ›Wie ein Schwein‹, dachte er. Vor ihm saß Kriminalkommissarin Hadice Öztürk und betrachtete ihn mit ausdrucksloser Miene.

»Herr Franke, Sie haben sich vor drei Tagen über das Ihnen erteilte Annäherungsgebot bezüglich Ihrer Ehefrau hinweggesetzt. Sie sollen sie überdies bedroht und vor ihrer Tür randaliert haben.«

»Ich hatte ein bisschen was getrunken. Sonst halte ich

mich daran. Aber an dem Abend … nun ja …« Er fuhr sich mit der Hand über die schweißnasse Stirn. »Hat sie mich angezeigt? Magda?«

Die Kommissarin schwieg.

»Es war dieser Typ, der bei ihr war, nicht wahr? Dieser Lackaffe!« Er steigerte sich zusehends in Rage.

»Mäßigen Sie sich, sonst lasse ich Sie abführen.«

Er knickte ebenso plötzlich zusammen, wie er sich aufgeregt hatte. »Wissen Sie, wie das ist, wenn man sein eigenes Kind nicht sehen darf?«

»Den Unterlagen zufolge ist das aus gutem Grund so. Sie sollen Ihre Frau geschlagen und den Jungen bedroht haben.«

»Das sagt SIE! Magda.« Seine Stimme zitterte. »Einmal habe ich die Hand gegen sie erhoben. Ein einziges Mal nur!«

Hadices Blick sagte ihm, dass das die letzte Entschuldigung war, die sie gelten lassen würde. »In den Unterlagen liegt auch ein psychologisches Gutachten vor, demzufolge das Kind unnatürlich scheu, möglicherweise sogar traumatisiert wirkt.«

»Er ist eben ein sensibles Kind, unser Lennie. Und Magda verhätschelt ihn. Das macht es noch schlimmer.«

»Lassen wir das mal fürs Erste.« Hadice beugte sich vor. »Wie war das Verhältnis Ihrer Frau zu Dr. Dibrani?«

»Sie haben beide in Groß-Sand gearbeitet.«

»Und sonst?«

»Woher soll ich das wissen? Ich bin vor über einem Jahr ausgezogen.«

»Sie könnten beispielsweise mehr wissen, weil Sie ihr aufgelauert haben. Hier steht«, sie legte eine Hand flach auf die Akte vor ihr, »hier steht, dass Sie sie gestalkt haben. Darum hat man auch das Annäherungs- und Kontaktverbot ausgesprochen.«

Er sank noch ein bisschen mehr in sich zusammen.

»Haben Sie gewusst, dass sie ein Verhältnis hatten, Ihre Frau und Michel Dibrani?«

Er presste die Lippen aufeinander. »Davon habe ich nichts gewusst«, sagte er schließlich.

»Aber vermutet.«

Er zuckte die Achseln. Sein Blick irrlichterte durch den Raum und blieb dann an Hadices dunklen Augen haften. »Hören Sie, es tut mir leid. Ich werde mich in Zukunft mehr zusammenreißen.« Er hob beschwörend die Hände. »Kein Alkohol mehr. Jedenfalls nicht mehr so viel. Ich werde meine Frau zukünftig nicht mehr belästigen.« Er ließ die Hände sinken und betrachtete sie wie zwei Fremdkörper. »Ich will doch schließlich irgendwann meinen Sohn wiedersehen dürfen. Ich weiß, dazu muss ich erst mal die Auflagen erfüllen.«

Hadice gaben die abrupten Stimmungswechsel des Mannes zu denken. Eben noch aufbrausend, dann wieder lammfromm. Sie konnte sich durchaus vorstellen, dass er im Affekt den Liebhaber seiner Frau erschlug. »Herr Franke, wo waren Sie vorgestern Nacht zwischen 20 und 22 Uhr?«

»Warum fragen Sie das?«

»Bitte beantworten Sie einfach meine Frage.«

Er blinzelte ein paar Mal, starrte sie verwirrt an. »Ich weiß es nicht mehr.« Er machte die Geste eines Mannes, der ein Bier trinkt. »Ich war zu Hause, habe ein paar Bierchen gezischt. Dann bin ich noch mal zum Kiosk. Um Nachschub zu holen. Und dann … weiß ich nichts mehr. Totaler Filmriss.«

Hadice trommelte mit den Fingern auf die Tischplatte.

»Warum wollen Sie das überhaupt wissen? Ist was mit Magda? Oder mit Lennie?« Panik breitete sich auf seinem Gesicht aus wie Wellen auf einem See.

»Nicht dass ich wüsste.« Sie fixierte ihn, um auch nicht die geringste Reaktion zu verpassen. »Jemand hat den Geliebten Ihrer Frau ermordet. Dr. Michel Dibrani.«

Franke starrte sie an. Sein Mund öffnete sich zu einem Ausdruck stummen Protests. »Verdammt«, sagte er dann gedehnt. »Und ich weiß nicht, was ich in der Nacht gemacht habe.« Er vergrub das Gesicht in den Händen.

Magda stand am Küchenfenster und schaute auf die Straße hinunter. Fatih hätte schon vor einer halben Stunde da sein sollen. Sie hatte ihn gestern angerufen, nachdem diese Polizistin sie kontaktiert hatte. Dass Michel sie angerufen hatte so kurz vor seinem Tod, hatte die Kommissarin natürlich interessiert. Die Tatsache, dass sie dieser Frau Öztürk nicht sagen konnte, was Dibrani mit ihr hatte besprechen wollen, machte die Sache nicht besser. Umso wichtiger war es, dass sie selbst aktiv wurde.

»Den Rechner habe ich bei der Polizei abgeliefert«, hatte Fatih gesagt, nachdem er sich von dem Schreck bei der weiteren Todesnachricht erholt hatte.

»Ach, Mist!«

»Was wolltest du überhaupt damit?«

»Ich weiß nicht so genau. Ich habe mir gedacht, vielleicht finde ich irgendetwas darauf. Etwas, was alle anderen übersehen haben. Ich meine, niemand hat sie so gut gekannt wie ich. Wir waren ja praktisch wie Schwestern.«

Fatih zögerte. Jenay war immer ziemlich verschlossen gewesen. Sie hatte Magda gemocht, das ja, aber dass sie ein schwesterliches Verhältnis zu ihr gehabt hätte, hatte er nie bemerkt. Andererseits – was wusste er schon von Jenay und ihrer Beziehung zu andern Menschen? ›Nichts‹, dachte er traurig, ›ich wusste so gut wie nichts über sie.‹ »Also, die

Daten vom Rechner, die habe ich noch. Ich habe eine Kopie gezogen, bevor ich ihn abgeliefert habe«, sagte er schließlich.

»Wirklich? Das ist ja großartig! Weißt du, vielleicht, vielleicht hat Jenay auch etwas über Dibrani geschrieben. Immerhin haben die beiden sich … na ja, schon ziemlich nahegestanden«, fuhr Magda fort. Das war schließlich die Wahrheit, auch wenn Jenay das immer wieder abgestritten hatte. »Magda, da läuft nichts zwischen uns!«, hatte sie ihr immer wieder versichert. »Ich fang doch nicht was mit dem Ex von 'ner Freundin an! Ich fang fürs Erste überhaupt nichts mit irgendwem an!« Aber was verband einen erfolgreichen Arzt aus Frankreich mit einer kleinen Sinti-Lernschwester aus Wilhelmsburg? Was, wenn nicht Sex?

Dann kehrten ihre Gedanken zu dem jungen Türken zurück. »Tut mir leid, wenn ich das so offen sage, ich weiß ja, wie sehr du sie mochtest.«

Fatih fasste einen Entschluss: »Okay, ich bring ihn dir vorbei«, gab er schließlich nach. ›Schaden‹, dachte er, ›schaden kann es schließlich nicht.‹ Doch der Gedanke, noch jemand Unbefugtes in Jenays Privatleben herumwühlen zu lassen, behagte ihm nicht.

»Mami, ich mag das nicht.« Lennies Stimme klang kläglich. Magda drehte sich um und sah, wie ihr Sohn seinen Teller wegschob. Der Esslöffel, den er in die Luft reckte, wirkte in seiner kleinen Hand unnatürlich groß. Sie ging hinüber zu ihm und strich ihm über die weichen blonden Locken. Er hatte nicht einmal die Hälfte von dem gegessen, was sie für ihn zubereitet hatte.

»Ich weiß, Schätzchen, ich weiß, das schmeckt nicht so gut. Aber es ist gut für dich! Damit es deinem Bauch besser geht, das weißt du doch.«

Mutlos sah der Junge auf den Brei. Sie setzte sich zu ihm, nahm ihm den Löffel aus der Hand und fütterte ihn wie ein Baby.

Jedes Mal, wenn er einen Mundvoll hinuntergewürgt hatte, lobte sie ihn. »Siehst du, es geht doch. Du bist eben doch schon ein großer Junge.«

Er hing an ihren Augen und versuchte, nicht zu schmecken, was er aß. Seine Mutter hatte ihm erzählt, dass sie den Brei nach einem alten Familienrezept ihrer Großmutter zubereitet hätte, die immer noch in Tschechien lebte. Er war noch nie in Tschechien gewesen. Er stellte sich dichte finstere Wälder vor, wie in dem Märchenbuch, und mittendrin eine böse Hexe.

Es klingelte an der Tür. Magda erhob sich, um Fatih hereinzulassen.

Sie hatten Anders Franke gehen lassen. »Wir überprüfen anhand seiner Handydaten, ob er sich in der Nähe des Krankenhauses herumgetrieben hat«, schlug Hadice vor.

Ihr Mobiltelefon vibrierte lautstark auf der Schreibtischplatte.

Sie warf einen Blick auf das Display. »Das ist Theo«, sagte sie. »Na, bist du fündig geworden?«

»In den Arztberichten nicht, aber ich habe mir die Überwachungsvideos vom Abend des Mordes reingezogen.«

»Und? Hast du vielleicht jemanden erkannt?«

»Da ist Ruth Harms drauf zu sehen.«

»Ruth Harms? Die Frau von René Harms?«

»Ganz genau. Sie hat das Krankenhaus um … Moment, 20.22 Uhr betreten. Um 20.34 Uhr ist sie wieder raus. Und sie hatte es ziemlich eilig.«

»Bist du dir sicher?«

»Ganz sicher. Sie hatte einen bunt geringelten Schal bis ins Gesicht gezogen. Der ist mir bei ihr aufgefallen, scheint selbst gestrickt. Aber alles andere hat auch gepasst, Größe, Figur. Wie sie sich bewegt.«

»Okay. Wir fahren rüber.«

Ruth Harms' Augen weiteten sich, als sie die beiden Kriminalbeamten vor der Tür stehen sah. »Kommen Sie«, sagte sie nur und führte sie in den Wintergarten. Dort setzte sie sich auf einen Stuhl, der dem Rollstuhl ihrer Tochter am nächsten stand, und verschränkte die Hände im Schoß. Das Mädchen gab ein unartikuliertes Geräusch von sich. Dann verzerrte sich sein Gesicht zu einem Gähnen.

»Frau Harms, Sie wissen, warum wir hier sind?« Hadices Stimme klang ungewohnt sanft. Ihr tat die Frau unendlich leid, die da so ergeben auf den nächsten Schicksalsschlag zu warten schien. Was würde aus dem Mädchen werden, wenn die Mutter ins Gefängnis musste?

»Frau Harms, was wollten Sie vorgestern Abend im Krankenhaus Groß-Sand?«

»Ich wollte zu Dr. Dibrani.« Sie sagte es leise, aber gefasst.

»Er war doch gerade zuvor bei Ihnen gewesen.«

Eine einzelne Träne rollte über ihr ausdrucksloses Gesicht. »Er hat zu mir gesagt, er wolle nun rückhaltlos alles aufklären. Wir waren so erleichtert.«

»Warum sind Sie dann noch einmal zu ihm gefahren? Hat er Sie angerufen?« Auf seiner Mobilfunkliste hatte die Nummer der Harms' zwar nicht gestanden, aber er hätte ja von jedem anderen Apparat aus anrufen können.

»Nein. Er hat mich nicht angerufen. Das war jemand anderes.«

René Harms war allein bei seiner Tochter geblieben. Das war seit dem Unglück nicht oft der Fall gewesen. Die Polizei hatte ihn telefonisch dazu aufgefordert, nach Hause zu kommen und sich um sein Kind zu kümmern, weil sie seine Frau zum Verhör mitnehmen mussten. Ruth. Zum Verhör. Er konnte es nicht fassen.

Natürlich war sie aufgewühlt gewesen an jenem Abend, als Dibrani sie aufgesucht hatte. Sie hatten gestritten, weil er diesen Arzt hochkantig aus der Wohnung geworfen hatte. Wo dieser doch gerade bereit gewesen war, die Verantwortung für sein Handeln zu übernehmen. Und dann war dieser Anruf gekommen. Und sie hatte nur gesagt: »Ich muss noch mal weg.« Und er hatte nicht gefragt, warum und wohin. Weil die fragile Ordnung, die sie in ihrem beschädigten Leben geschaffen hatten, ohnehin an diesem Tag außer Kraft gesetzt war.

Aber Ruth, die jemanden tötete – erwürgte, erstach, erschlug? Ihm wurde übel bei dem Gedanken. Mühsam schluckte er die aufsteigende Magensäure wieder hinunter. Er spießte ein Häppchen Graubrot mit Leberwurst auf die Gabel und hielt es seiner Tochter hin. Erst als das Brot ihre Lippen berührte, öffnete sie den Mund wie ein Vogeljunges. Essen konnten nur wenige Komapatienten, die meisten mussten über eine Sonde ernährt werden. Anfangs hatten sie das für ein gutes Zeichen gehalten. Sie verschluckte sich. Hustete. Würgte. Panisch klopfte er ihr auf den Rücken, bis sie den Bissen wieder ausspuckte. Er konnte das nicht. Er konnte sich nicht um seine Tochter kümmern. Nicht so, wie Ruth es tat.

Theo suchte Fatihs Nummer aus seinen Kontakten heraus. Ungeduldig lauschte er dem Klingelton. Das war einer der

Nachteile als Hilfssheriff. Wenn's richtig spannend wurde, war man raus aus dem Spiel.

»Theo? Was gibt's?«

»Fatih, hey! Kannst du mir einen Gefallen tun?«

»Für dich immer.«

»Hast du gerade auf deinen Rechner Zugriff? Den mit der Kopie von Jenays Festplatte.«

»Yes. Ich sitz gerade mit Magda davor.«

»Mit Magda?«

»Sie hofft, sie kann was rauskriegen. Weil sie Jenay doch besser kannte als die Polizei, meint sie.«

»Ach so. Also, pass auf. Schau doch mal nach, ob sie irgendeinen Mailaustausch mit Ruth Harms hatte. Oder such einfach nur nach ›Ruth‹. Die hatten wir ja neulich nicht auf dem Radar.«

»Ruth Harms? Und wer ist das?«

»Die Mutter des Mädchens, das jetzt im Wachkoma ist.«

»Meinst du, sie hat was mit der Sache zu tun?«

Im Hintergrund hörte Theo Magda etwas sagen.

»Hör mal. Jenay hat Magda erzählt, die sei hier irgendwann mal aufgetaucht und hätte Theater gemacht!«

Theo schüttelte den Kopf. ›Cherchez la femme‹, dachte er, auch wenn das französische Sprichwort etwas anderes meinte. Ruth, die sich Tag und Nacht aufopferungsvoll um ihr krankes Kind kümmerte. Die so fürsorglich wirkte. So stark. So besonnen. Ganz anders als ihr Mann. Doch hinter die Fassade eines Menschen konnte man schlecht schauen. Hatte in der Frau ein Groll geschmort, der sich irgendwann mit tödlicher Wucht entladen hatte?

»Nee, hier ist nichts«, sagte Fatih in seine Überlegungen hinein. »Keine Post von irgendeiner Ruth, auch nicht in den gelöschten Dokumenten.«

»Das muss ja nichts heißen.« Theo war enttäuscht. Im Hintergrund hörte er lautes Weinen. ›Lennie‹, dachte er. Dann Magdas begütigende Stimme, die sich entfernte.

»Mensch, die Frau hier, die hat aber auch einen echten Knall.« Fatih hatte die Stimme gesenkt.

Theo lachte. »Magda? Auf alle Fälle.«

Fatih runzelte die Stirn. »Die gibt dem Kleinen rohen Kartoffelbrei zu essen. Ich hab's probiert, schmeckt zum Kotzen.«

Theo erstarrte. In seinem Kopf rasteten in Sekundenschnelle zwei Rädchen ineinander und fingen an, sich in rasendem Tempo zu drehen. Ihm wurde eiskalt.

»Altes Familienrezept gegen Bauchweh, sagt sie«, hörte er Fatih sich weiter im Flüsterton empören.

Das Buch. Das Kind. Die Krämpfe. Die Übelkeit. »Fatih? Wo ist Magda?« Auch Theo senkte unwillkürlich die Stimme.

»Draußen. Bei Lennie.«

»Hör mir zu. Du musst nachschauen, ob Jenay über etwas im Internet recherchiert hat: das Münchhausen-by-proxy-Syndrom.«

»Das Münchhausen-was?«

»Oder Münchhausen-Stellvertreter-Syndrom. Egal, such einfach nach Münchhausen.«

»Das ist dieser Lügenbaron, der auf der Kanonenkugel geritten ist?«

»Mach's einfach, aber mach schnell, und sieh zu, dass Magda davon nichts mitkriegt.«

Theo hörte Fatihs Finger über die Tastatur klackern. »Oh, fuck, Alter«, hörte er ihn murmeln. »Das ist total krank!«

Im Hintergrund hörte Theo Magdas Stimme. »Ich melde mich später«, sagte Fatih rasch und beendete das Gespräch.

»Eine Frau«, sagte Ruth Harms zu Hadice. »Sie hat gesagt, dass Dibrani uns noch immer nicht die ganze Wahrheit erzählt hat. Dass er nicht nur angetrunken war bei der OP, sondern dass er einen Riesenfehler gemacht hat. Und dass ich in die Klinik kommen soll, wenn ich die ganze Wahrheit wissen will.«

Als Ruth die Tür zu Dibranis Büro geöffnet hatte, lag er am Boden, den Kopf in einer Blutlache, die noch immer größer wurde. Sie hatte sofort gesehen, dass er tot war, an den weit geöffneten, leblosen Augen und der tiefen hässlichen Delle in seiner Schläfe.

Als Fatih wieder zu sich kam, lag er bäuchlings auf dem Boden. Er blinzelte. Der Teppich unter seiner Wange fühlte sich kratzig an und er roch nach Staub. Wo war er? Was war geschehen? Seine Hände waren hinter dem Rücken schmerzhaft zusammengebunden, ebenso seine Fußknöchel. Er nieste. Jemand kam ins Zimmer, zwei bloße Füße machten direkt vor seiner Nase halt. Zierliche Füße mit violettem Nagellack, der teilweise bereits abgeblättert war.

»Magda«, sagte er. Seine Stimme klang fremd in seinen Ohren.

Sie ging neben ihm in die Hocke und drehte ihn auf den Rücken wie einen Käfer. Sofort schmerzte das Gewicht seines Körpers auf seinen unnatürlich nach hinten gebogenen Armen. Magdas Gesicht war ganz nahe. »Na?«, sagte sie fast zärtlich, »wieder wach?« Sie richtete ihn auf. Packte ihn unter den Achseln und zog ihn ein Stück nach hinten, sodass er in aufrechter Position an die Wand gelehnt saß. Dann ging sie wieder in die Hocke und betrachtete ihn aufmerksam.

»Was soll das?« Fatih bemühte sich, nicht ängstlich zu klingen. »Komm schon, Magda, mach mich los!«

»Das geht nicht. Das musst du doch verstehen.«

»Magda. Das bringt doch nichts.«

Sie zog ihre feinen Brauen zusammen. »Warum hast du dieses schreckliche Zeug gelesen?«

»Welches Zeug?«

»Du weißt genau, wovon ich rede!«, herrschte sie ihn an.

Er zuckte zusammen. »Das waren bloß irgendwelche Seiten, die Jenay sich angeschaut hat.«

»Für ihre Prüfungen.«

»Ja. Vermutlich«, versuchte Fatih, die Frau zu beschwichtigen. Wenn er sie davon überzeugen konnte, dass er keinerlei Argwohn gegen sie hegte, machte sie ihn vielleicht los.

Aufmerksam betrachtete sie sein Gesicht. »Nein«, sagte sie dann, »das glaubst du nicht. Du glaubst, dass es um mich geht.« Mit einer geschmeidigen Bewegung erhob sie sich. »Wie könnt ihr nur! Erst Jenay, dann Michel und jetzt auch noch du.« Sie war sehr blass. »Wie könnt ihr nur glauben, dass ich meinem eigenen Kind etwas antun könnte!«

Fatih schloss die Augen und ließ den Kopf an die Wand sinken. Er war nur dazu gekommen, einen kleinen Teil dessen zu lesen, was Jenay über das Münchhausen-Stellvertreter-Syndrom im Netz recherchiert hatte. Aber was er gelesen hatte, hatte ihn erschüttert: Menschen, meist Mütter, die ihre Kinder absichtlich krank machten. Sie krank machten, um anschließend Aufmerksamkeit zu erhalten und Lob für ihre aufopferungsvolle Sorge. Unfassbar. Er dachte an den Kartoffelbrei, den Lennie hatte essen müssen, und ihm wurde übel. Jetzt fiel ihm auch wieder ein, dass er irgendwo gehört hatte, rohe Kartoffeln seien giftig. Er öffnete die Augen wieder, und da stand sie noch immer vor ihm, mit anklagendem Blick. Dann drehte sie sich um und ging hinaus.

»Magda!«, rief er ihr hinterher. »Mach mich los.« Panik stieg in ihm auf. Die anderen beiden Menschen, die Magdas Geheimnis gekannt hatten, waren tot.

Theo ging unruhig vor dem Krankenhaus auf und ab. Er wartete auf Hadices Rückruf. Seine Informationen hatte er nur auf die Mailbox sprechen können. Punkt für Punkt ging er die Indizien noch einmal durch, die die schreckliche Überzeugung in ihm hatten aufkeimen lassen. Jenay hatte sich – zumindest interpretierte er so Fatihs Reaktion – über das Münchhausen-Stellvertreter-Syndrom informiert. Magda hatte Lennie rohe Kartoffeln zu essen gegeben. Lennie war dauernd krank. Auf Dibranis ansonsten penibel aufgeräumtem Schreibtisch lag ein Buch über den Baron von Münchhausen. Er holte tief Luft. Für ihn lag klar auf der Hand, dass Magda nicht nur ihrem Kind etwas antat, sondern auch Jenay und Michel Dibrani aus dem Weg geräumt hatte, nachdem diese ihr Geheimnis entdeckt hatten. Was hatte Jenay zu Fatih gesagt?

»Wenn du den Verdacht hast, dass jemand, den du sehr gernhast … etwas richtig Schlimmes getan hat, aber du bist nicht ganz sicher – was würdest du tun?« Sie hatte nicht von Michel Dibrani gesprochen. Sie hatte von Magda gesprochen.

Und jetzt war Fatih bei ihr. Seit ihrem Gespräch war eine halbe Stunde vergangen. Er hoffte, dass er die Wohnung bereits verlassen hatte. Aber warum rief er ihn dann nicht an? Er schrak zusammen, als ein riesiger schwarzer Hund aus dem Gebüsch sprang und auf ihn zulief. Das Tier drehte schnüffelnd eine Runde um Theo und lief dann weiter. Erst jetzt tauchte auch sein Frauchen auf, eine korpulente, ältere Dame im himbeerfarbenen Regenmantel. Die Leine in der Hand blickte sie sich suchend um. Theo deutete in die Richtung, in die der Hund verschwunden war. »Da ist er hin«, sagte er.

»Dieser Racker«, keuchte die Frau. »Macht immer ein Mordstheater, wenn ich ihn an die Leine nehme, aber wenn ich ihn abmache, haut er ab.« Kopfschüttelnd verschwand sie auf den Spuren ihres vierbeinigen Gefährten.

Theo hielt es nicht mehr aus. Er suchte Fatihs Nummer aus seinen Kontakten heraus und wählte ihn erneut an. Vielleicht hatte er Schwierigkeiten, sich von Magda loszueisen. Vielleicht könnte er ihm einen Vorwand liefern, gehen zu müssen. Vielleicht war ihm aber auch etwas geschehen. Das Telefon klingelte ins Leere. Als die Mailbox ansprang, brach Theo die Verbindung ab. Kaum hatte er das Gerät wieder in seiner Jackentasche verstaut, klingelte es. Doch es war nicht Fatih, der ihn zurückrief. Es war Hadice.

Hadice starrte Henry an, nachdem sie das Gespräch mit Theo beendet hatte.

»Komm schon. Was hat er gesagt?« Henry war aus Hadices kargen Worten nicht schlau geworden.

»Es ist nicht Ruth Harms. Und auch nicht Romani Munk. Es ist Magda! Magda Franke!«

»Magda? Im Ernst? Großer Gott!« Er zog die Augenbrauen zusammen. »Aus verschmähter Liebe? So viel Leidenschaft hätte ich ihr gar nicht zugetraut. Auf mich hat sie immer eher kalt gewirkt.«

»Henry, es ist ganz anders. Sie hat ihren kleinen Jungen krank gemacht! Absichtlich ... Wir müssen dahin. Sofort. Fatih ist bei ihr. Und der Junge.«

»Das ist ja fürchterlich!« Henry hatte schon viel erlebt. Aber so etwas Ungeheuerliches war ihm noch nicht untergekommen.

»Das ist offenbar kein Einzelfall«, sagte Hadice im Gehen. »Die einen machen sich selbst krank, damit man sich um sie kümmert, und die anderen ihre Kinder.«

»Großer Gott. Sollen wir eine Streife vorbeischicken?«

»Besser nicht. Das macht sie womöglich misstrauisch, und sie dreht total durch. Und solange sie nicht ahnt, dass Fatih mehr weiß, ist er nicht in Gefahr.«

Stirnrunzelnd betrachtete Magda das Smartphone, das sie aus Fatihs Jackentasche gezogen hatte. »Das war Theo«, sagte sie dann. »Der hat doch vorhin schon angerufen. Was wollte der von dir?« Ihre türkisfarbenen Augen waren wie zwei Laserstrahlen auf ihn gerichtet.

Fatih beschloss, die Flucht nach vorne anzutreten. Wenn Magda wusste, dass das Spiel aus war, würde sie es nicht wagen, ihm etwas anzutun. Zumindest hoffte er das. »Er weiß Bescheid. Über das, was du mit Lennie gemacht hast. Und bestimmt hat er schon die Polizei informiert.«

Magdas Gesicht blieb ausdruckslos.

»Komm schon, Magda, mach mich los. Das hat doch keinen Zweck mehr.«

Behutsam legte sie sein Smartphone auf den Boden. Dann zertrat sie es mit der bloßen Ferse und ging hinaus.

Theo setzte sich hinter das Steuer seines Wagens. Hadice hatte ihm versichert, sich sofort auf den Weg machen zu wollen. Aber die Unruhe, die in ihm aufstieg, wurde immer stärker. Noch einmal wählte er Fatihs Nummer. Diesmal sprang gleich die Mailbox an. Das gab den Ausschlag. Er drehte den Zündschlüssel, doch der vierzig Jahre alte Motor des Citroën gab nur ein gequältes Jaulen von sich. Theo ließ einen Moment die Stirn auf das Lenkrad sinken. Es war draußen mal wieder zu feucht für das alte Mädchen. Aber für das Trocknen der Zündkerzen hatte er jetzt keine Zeit. Er stieg aus dem Wagen, schloss ihn ab und spurtete los.

Magda stand in der Küche, die Hände zu Fäusten geballt. Das Geschehen kam ihr wie ein Albtraum vor, oder wie eine Verschwörung. Alle, von denen sie geglaubt hatte, sie wären auf ihrer Seite, hatten sie verraten. Jenay. Michel. Und jetzt auch noch Theo. Die Polizei war auf dem Weg zu ihr. Sie würden ihr Lennie wegnehmen. Das konnte sie nicht zulassen. Das konnte sie auf keinen Fall zulassen! Sie durchwühlte den vollgestopften Küchenschrank, zerrte schließlich alles hinaus, was ihr im Weg war, und ließ es achtlos auf den Boden fallen. Tischdecken. Teelichter, ein Ordner mit Kochrezepten von Jenay. Schließlich fand sie, wonach sie suchte.

Fatih rutschte hin und her. Seine Hände fühlten sich an, als würden sie langsam absterben. Er versuchte abzuschätzen, wie lange er bewusstlos gewesen war. Er vermutete, dass Magda ihn mit einer Betäubungsspritze außer Gefecht gesetzt hatte. In der Küche hörte er sie rumoren. Was hatte sie nur vor?

Schließlich betrat sie wieder das Zimmer, in dem noch vor wenigen Wochen Jenay gewohnt hatte. Sie hielt etwas in der Hand. Als er erkannte, was es war, packte ihn ein nie zuvor empfundenes Entsetzen.

Keuchend kam Theo vor Magdas Haustür an. Er war gerannt und stützte sich nun für einen Moment an der Wand ab, bis er wieder zu Atem kam. Noch einmal wählte er Fatihs Nummer, doch erneut sprang sofort die Mailbox an. Das war kein gutes Zeichen. Gar kein gutes Zeichen. Kurz schwebte sein Zeigefinger über dem Klingelknopf, neben den der Name »Franke« geklebt war. Dann schwenkte er um und klingelte beim Nachbarn, »N. Stathopulos«.

Nikos Stathopulos pflückte seine übergewichtige Katze von seinem nicht minder übergewichtigen Bauch und schlurfte zur Tür. Dass jemand unangemeldet bei ihm klingelte, war ungewöhnlich. Kurz überlegte er, ob ihn etwas Unangenehmes erwartete und er besser nicht öffnen sollte. Doch die Gewohnheit zwang ihn, auf den Summer zu drücken. Neugierig öffnete er die Tür und hörte, wie jemand mit großen Schritten die Treppe emporeilte.

Der Mann, der kurz darauf vor ihm stand, war noch jung in seinen Augen. Er wirkte gestresst, aber das etwas schiefe Lächeln weckte sein Vertrauen. Dann erkannte er ihn. Er hatte ihn neulich getroffen, als Magdas Junge krank geworden war.

»Entschuldigung«, sagte der Mann, der ziemlich außer Atem war, »entschuldigen Sie die Störung, aber ich muss dringend zu Magda, Magda Franke, Ihrer Nachbarin.«

Nikos kratzte sich am Kopf, sodass die verbliebenen weißen Haarbüschel noch stärker in alle Richtungen abstanden. »Aber Magda ist zu Hause! Warum klingeln Sie nicht bei ihr? Ich habe sie gerade noch gehört. Sie hat ein bisschen Krach gemacht in der Küche.« Er wies mit dem Daumen über die Schulter. »Wissen Sie, die zwei Wohnungen waren früher mal eine, und die Trennwand, die ist ziemlich dünn. Aber mir macht das nichts aus.« Seit seine Frau gestorben war, hatte Nikos nur wenige Menschen, mit denen er reden konnte. Da nutzte er jede Chance für einen kleinen Plausch. Doch der junge Mann schien kein offenes Ohr zu haben für seine Geschichten. Der wandte den Kopf ab und blickte hinüber zu Magdas Tür. »Verdammt!«, keuchte er, »verdammt!«

Fatih rang um Luft. Beißender Qualm erfüllte die Wohnung, waberte durch die Räume wie ein giftiger grauer Schleier. Mit ruhiger Hand hatte Magda zwei Flaschen Brennspiritus in der Wohnung verteilt: auf den Teppich, über die Vorhänge, auf den Dielenboden. Dann hatte sie sich vor Fatih aufgebaut, ein Streichholz in der einen, die Packung in der anderen Hand. »Es ist deine Schuld«, sagte sie. »Deine. Und die von Jenay. Und die von Michel.« Sie lächelte traurig. »Ihr hättet mich doch einfach in Ruhe lassen können. Ihr hättet uns doch einfach in Ruhe lassen können, mich und Lennie.« Dann entzündete sie ein Streichholz.

»Nein!«, schrie Fatih.

Sie sah ihm in die Augen, als sie es fallen ließ. Dann brach das Inferno aus.

Nikos und Theo starrten auf den Qualm, der unter der Türritze hervorquoll. »Wir müssen da rein. Sofort!«, sagte Theo.

»Ich habe einen Schlüssel.« Doch Nikos rührte sich nicht. Er starrte wie hypnotisiert auf den Qualm, der sich langsam im Treppenhaus ausbreitete.

»Was? Wo? Wo ist er?« Theo packte den alten Griechen am Arm. Der erwachte endlich aus seiner Erstarrung. Kurz darauf hielt Theo den Ersatzschlüssel, den Magda Nikos überlassen hatte, in den Händen. Er hatte seinen Pullover bis über die Nase hochgezogen. »Rufen Sie die Feuerwehr! Und die Polizei!«, hatte er Nikos noch zugerufen, dann drehte er den Schlüssel im Schloss.

Als er die Tür aufstieß, loderten die Flammen, genährt

vom Sauerstoff, heftig auf. Verdammt, war das heiß! Vorsichtig betrat er die Wohnung. Er sah als Erstes Magda. Sie stand am Ende des Ganges im Türrahmen zur Küche, mit ihrem Sohn auf dem Arm. Ihre Blicke trafen sich, dann verschwand sie mit dem Kind im Bad. Theo eilte ihr nach. Durch die geöffnete Wohnungstür zog der Qualm ein wenig ab, aber die Flammen loderten umso höher. »Hier!«, hörte er jemanden aus dem Nebenraum rufen. ›Fatih!‹, dachte Theo.

Es war ihm trotz seiner Fesseln gelungen, weg von der Wand und in die Mitte des Zimmers zu robben. Die Flammen leckten zwar an den Wänden, aber bis hierhin war das Feuer noch nicht vorgedrungen. »Hol ein Messer oder so was. Aus der Küche!«, brüllte er Theo zu.

Dort war der Rauch dichter. Hustend und halb blind wühlte Theo in den Schubladen. Doch er fand nichts Geeignetes. Dann beugte er sich über die Spüle, in der wieder viel dreckiges Geschirr stand. Er fand ein Kartoffelschälmesser mit krummer Klinge. »Das muss reichen«, murmelte er und eilte zurück zu Fatih. Es dauerte eine gefühlte Ewigkeit, bis es ihm gelang, die Kabelbinder, die Magda straff angezogen hatte, zu durchtrennen. Dann half er Fatih auf die Beine. »Wo ist Magda?«, fragte der hustend. »Und Lennie?«

»Im Bad, glaube ich.«

Inzwischen brannte auch der Gang. Fatih erreichte die Tür als Erster und rüttelte daran. »Magda«, rief er, »hörst du mich?« Drinnen blieb alles still. In der Ferne heulten Sirenen. Sie wechselten einen kurzen Blick. »Keine Zeit«, sagte Theo. Fatih nickte. Sie blickten sich um. Doch es gab nichts, mit dem sie die Tür hätten aufbrechen können. Fatih versuchte es als Erster. Er nahm Anlauf und warf sich mit seinem ganzen Gewicht gegen die Tür. Doch die gab keinen Millimeter nach. Dann versuchte Theo sein Glück.

Nikos Stathopulos stand in der Mitte seines Wohnzimmers. Er fühlte sich hilflos. Er hatte seinen Auftrag erledigt, Feuerwehr und Polizei informiert. Aber nebenan brannte es, und mittendrin waren Magda und Lennie. Er hatte die beiden in sein großes Herz geschlossen. Er streckte die Arme aus und betrachtete sie. Die einstmals schwarze Behaarung war auch hier grau geworden. Aber seine Arme waren immer noch stark. Zögernd ging er hinüber zu Magdas Wohnungstür, die offen stand, und zuckte vor der Hitze zurück. Am Ende des Gangs warf sich eine Gestalt gegen die Badezimmertür.

Theo spürte, wie etwas in seiner Schulter brach. Kurz wurde ihm schwarz vor Augen. Einen Meter weiter stand Fatih nach vorne gebeugt und keuchte. In seinem Blick lag die gleiche Verzweiflung, die ihn selbst erfüllte. Und plötzlich war da noch eine Gestalt – mit wirrem weißem Haar. Vor dem Hintergrund der Flammen sah Nikos dem griechischen Totengott Hades nicht unähnlich.

»Wo sind sie?«, brüllte Hades.

Theo deutete auf die Badezimmertür.

Nikos dachte an seine Jugend, in der er Rugby gespielt hatte. Und er absolvierte das letzte wichtige Spiel seines Lebens mit Bravour.

Epilog

Sie standen nur zu siebt um das kleine Grab herum: Theo, May und Fatih, Hadice und Henry. Und Anders, Magdas Mann, der Lennie an der Hand hielt. So wenige Trauergäste waren ungewöhnlich, wenn ein junger Mensch starb. Theo dachte an die vielen Leute, die Jenay auf ihrem letzten Weg begleitet hatten. Doch Magdas Geschichte hatte schnell die Runde gemacht. Der Schock und die Abscheu über das, was sie getan hatte, hielten Kollegen und Bekannte davon ab, zu ihrer Beisetzung zu kommen. Er selbst konnte es auch nicht fassen. Er warf einen Blick auf Lennie, der sich an seinen Vater schmiegte. Er hoffte, der Kleine würde die Kurve kriegen, nach all dem, was ihm angetan worden war.

Nikos hatte Theo am Abend zuvor angerufen. »Ich kann nicht kommen«, hatte er gesagt, und man hörte ihm an, dass es ihm schwerfiel, darüber zu sprechen. »Ich schaff das einfach nicht.«

Auch in Theos Kopf hatten sich die dramatischen Sekunden vor Magdas Tod wie in Zeitlupe eingebrannt. Nikos, der wie eine Kanonenkugel durch die Tür des Badezimmers brach. Magda, die, das Kind im Arm, auf einem Stuhl vor dem geöffneten Fenster stand. Die kreischte, sie werde springen, mit dem Jungen, wenn sie nicht alle augenblicklich verschwinden würden. Nikos, der nach vorne taumelte, noch benommen von der Wucht des Aufpralls, einfach weiter nach vorne schwankte und Magda das bewusstlose Kind aus den Händen riss. Und dann? Hatte er ihr einen Stoß versetzt – unbeabsichtigt oder beabsichtigt? Hatte sie lediglich das Gleichgewicht verloren? Oder war sie gesprungen?

Jetzt, vor ihrem Grab, fiel Theo noch ein weiteres Detail ein. Sie hatte in diesem Augenblick nicht Nikos angesehen, nicht ihn und auch Fatih nicht. Ihr Blick war vielmehr auf einen Punkt hinter ihnen gerichtet gewesen. Hatte sich geweitet und war dann erloschen. Und dann … stand sie in dem einen Moment noch da. Und war im nächsten verschwunden.

Obwohl ihn sein gebrochenes Schlüsselbein behinderte, ließ er die Urne gemeinsam mit May an einer Schnur in die Erde hinab. Magda war aus der Kirche ausgetreten, darum gab es keinen Geistlichen, der ein paar letzte Worte sprach. Normalerweise übernahm Theo das in solchen Fällen selbst. Aber Magdas Wesen, Magdas Taten waren so ungeheuerlich, dass ihm die Worte fehlten.

»Wie konnte sie das nur all die Jahre tun?« Anders Franke hatte mit rot geränderten Augen vor ihm gesessen, als er ihn bat, die Bestattung seiner Frau zu übernehmen. »Und wie kann es sein, dass ich nichts davon mitgekriegt habe? Nicht einmal, als sie mich beschuldigt hat, dem Kleinen etwas anzutun. Dabei hat der Arzt sogar Hinweise darauf gefunden, dass er misshandelt worden war.«

»Das lag daran, dass es so unvorstellbar ist«, sagte Theo. »Und was wir uns nicht vorstellen können, das können wir auch nicht sehen.« Der Mythos von der Mutterliebe war so tief verankert, dass er nur ungeheuer schwer beiseitezuschieben war. Dabei gab es genug Eltern, Mütter wie Väter, die ihre Kinder misshandelten. Die sie schlugen, die sich sexuell an ihnen vergingen, die sie straften, indem sie ihnen ihre

Liebe entzogen, sie beschimpften und erniedrigten, bis ihr Selbstwertgefühl im Keim erstickt war.

Er war überzeugt, dass auch Magdas monströse Taten auf einem fürchterlichen Nährboden gewachsen waren. Er hatte Anders Franke danach gefragt, doch der hatte nur den Kopf geschüttelt. »Magdas Vater ist jung gestorben, und zur Mutter hatte sie keinen Kontakt mehr. Ich habe sie nie kennengelernt. Inzwischen ist sie auch tot.«

Theo fühlte sich in seinem Verdacht bestätigt.

»Ich hätte es merken müssen«, war Franke in seiner Selbstgeißelung fortgefahren. »Ich hätte mein Kind vor ihr beschützen müssen.«

»Menschen mit Münchhausen-Stellvertreter-Syndrom sind geschickte Lügner. Und sie leugnen ihre Taten bis zum bitteren Ende. Sie tun alles, um ihre Legende zu schützen«, hatte Theo dem Untröstlichen erklärt. Aus dem Grund hatte Magda sich wohl auch nicht damit begnügt, Dibrani zu erschlagen. Sie hatte, indem sie Ruth Harms ins Krankenhaus gelockt hatte, auch noch den Verdacht auf die ohnehin schon schwer vom Schicksal getroffene Frau gelenkt.

»Sie hat ihren kleinen Sohn mit Tabletten ruhiggestellt und ist dann in die Klinik gelaufen – das haben die Blutanalysen des Jungen gezeigt«, hatte Hadice berichtet. Dabei hatte Magda ihr Handy – sicherlich absichtlich – daheim gelassen, wie die Ortungsdaten ihres Gerätes später zeigten. Und dann musste sie sich durch einen Hintereingang in das Krankenhaus geschlichen haben. Die Überwachungskamera am Haupteingang hatte sie zumindest nicht aufgezeichnet.

Anders Franke trat vor, warf ungeschickt eine Schaufel Erde in das Grab. Seine Lippen waren zu einem schmalen Strich zusammengepresst. Er stand noch einen Moment da, dann wandte er sich ab, nahm sein Kind auf den Arm und ging ohne ein weiteres Wort davon. Der Kleine winkte, doch sein Blick war auf keinen der Begräbnisgäste gerichtet – und auch nicht auf das Grab. Sondern auf eine Stelle unter der japanischen Kirsche, die gerade in verschwenderischer Pracht erblüht war.

Theo blickte den beiden nach und sah in einiger Entfernung eine Gestalt stehen. Er ging hinüber zu Manusch, einem Fremden, der vor vielen Jahren ein Freund gewesen war. Der soeben zugesehen hatte, wie man die Mörderin seiner Tochter zu Grabe getragen hatte. »Gehen wir ein Stück«, sagte Theo und legte ihm eine Hand auf die Schulter.

Die Elbe floss still und schnell dahin, wie Theo sie schon sein ganzes Leben kannte: vertraut und tröstlich und gänzlich unberührt vom Lieben und Leiden der Menschen an ihren Ufern.

Ein Elbkahn tuckerte in einiger Entfernung an ihnen vorbei. Im Gegenlicht sahen sie darauf die Silhouette einer zierlichen jungen Frau mit kurzem Haar. Sie hob grüßend die Hand. Auf dem Rücken trug sie eine Gitarre.

Schweigend blickten sie ihr nach. Bis sie sie schließlich aus den Augen verloren.

Wie Europa die Zigeuner erfand

Im 14. und 15. Jahrhundert zogen von Osten aus die Romvölker nach Europa. Es war nicht die beste Zeit für Fremde. Den Europäern steckten noch die Schrecken der mongolischen Reiterhorden in den Knochen, die ebenfalls aus dieser Richtung eingefallen waren. Zugleich befand sich die Gesellschaft Europas im Wandel: vom Mittelalter zur frühen Neuzeit, einer Phase, die von strengem Ständewesen und Feudalherrschaft geprägt war – und in der die Lebensweise der Ankömmlinge zwangsweise als rückständig und primitiv betrachtet und mit Misstrauen beäugt wurde. Parallel zu dem Gefühl der Bedrohung durch die Fremden tauchte bereits im 17. Jahrhundert, dem Jahrhundert der Aufklärung, ein romantisierendes Bild der »Zigeuner« auf: der ungezähmten, heißblütigen und geheimnisvollen Fremden, das archetypisch geworden ist. Beide Facetten vereinigen sich in der Figur der Carmen: verführerisch und kriminell gleichermaßen, ersonnen von Prosper Mérimée, berühmt geworden durch die Oper von Georges Bizet.

Das finstere, ebenso wie das romantisierende Bild der Romvölker – sie beide entspringen allein der Vorstellung der Europäer. Die Roma selbst haben dem kaum etwas entgegenzusetzen. Denn ihre schriftlose, mündliche Tradierung erlaubt keinen Einblick in ihre Vergangenheit. »Was das Fühlen und Denken der Romvölker betrifft, blicken wir zurück in einen dichten Nebel, der sich wohl niemals lichten wird, da es an brauchbaren Zeugnissen mangelt«, schreibt Klaus-Michael Bogdal, der in dem fast 600 Seiten starken Wälzer »Europa erfindet die Zigeuner – eine Geschichte von Faszination und Verachtung« den Legendenbildungen, Mystifizierungen und Verzerrungen in ihrem jeweiligen historischen Kontext nachspürt, sie aufdeckt und sie schließlich als das entlarvt, was sie wirklich sind: reine Projektionen.

Zu dem Wenigen, was wir heute wissen, gehört, dass die Romvölker wohl ursprünglich aus dem nordindischen Raum stammen – ihre Sprache, die sich zu den verschiedenen Dialekten des Romanes entwickelt hat, gründet ihre etymologischen Wurzeln in dem altindischen Sanskrit.

Die Roma kamen in mehreren Wanderbewegungen nach Europa. Während ein Teil von ihnen, wie die russischen Kalderasch, in Osteuropa blieb, zogen andere weiter gen Westen: die deutschen Sinti, die französischen Manouches, die spanischen Kalé.

Außerhalb des deutschsprachigen Raumes verwendet man heute den Begriff Roma als Oberbezeichnung für die verschiedenen Volksgruppen. In Deutschland unterscheidet man zwischen den Sinti, die bereits seit dem 15. Jahrhundert in Deutschland und den angrenzenden Ländern siedelten, und den Roma, die erst im 19. und 20. Jahrhundert aus dem Balkan kamen.

Woher der Begriff »Zigeuner«, französisch »Tsigane« oder britisch »Gipsy« stammt, ist bis heute nicht zufriedenstellend geklärt. Eine Deutungsweise ist, dass er vom Wort »Ägypter« abstammt. Fest steht, dass es sich um eine Fremdbezeichnung handelt, die bis heute auch diskriminierend verwendet wird. Von dem Zentralrat der Sinti und Roma in Deutschland wird er daher abgelehnt. Nichtsdestotrotz gibt es nach wie vor Sinti, die sich dieser Bezeichnung selbst – und mit Stolz – bedienen (siehe Angela Bachmair: Wir sind stolz, Zigeuner zu sein), oder die das als weniger negativ empfundene, gleichwohl vermutlich demselben Sprachstamm entstammende, britische »Gipsy« verwenden.

Zu diesem Buch

Dies war in vielerlei Hinsicht mein bislang schwierigstes Buch. Nach wie vor begegnen die Sinti der Mehrheitsgesellschaft, den Gatsche, wie sie die Nicht-Sinti nennen, mit Misstrauen. Ein Misstrauen, das in Jahrhunderten der Ausgrenzung wurzelt, die ihren Höhepunkt in der Verfolgung und Vernichtung durch die Nationalsozialisten fand. Ein Misstrauen, dessen Berechtigung noch immer durch entsprechende Erfahrungen bestätigt wird. Verstärkt wird die Kluft durch die sehr patriarchalische, geschlossene Struktur der Familienclans, die ihre Sprache ebenso wie ihre Kultur vor neugierigen, aber auch interessierten Blicken von außen verbergen.

Und so stand ich bei meinen Recherchen immer wieder vor verschlossenen Türen. Es blieben Gespräche mit Sinti, die nicht genannt werden wollten, von Sinti verfasste Bücher, außerdem Interviews und Dokumentarfilme, die ihr Leben mitten in Deutschland, und gleichzeitig doch oft sehr abgeschottet, schildern. Somit bietet auch dieses Buch, wie seine zahlreichen literarischen Vorgänger, keinen echten Einblick in die Kultur der Sinti und Roma, sondern bleibt lediglich eine Interpretation dessen, was von außen sichtbar ist.

Als Journalistin wäre ich auf dieser Basis gescheitert. Als Schriftstellerin blieb mir jedoch die Möglichkeit, mich auf das zu konzentrieren, worum es in der einen oder anderen

Form in allen Geschichten geht, was uns als Menschen alle bewegt und eint: Größe und Kleinmut, Freude und Leiden, Liebe und Furcht, Leben und Sterben. Egal wer wir sind, egal woher wir kommen, egal wohin es uns verschlägt.

Dankeschön

Auch an diesem Buch haben wieder viele Menschen einen wesentlichen Anteil gehabt. Allen voran meine Redakteurin Christine Neumann (wenn du nächstes Mal noch mehr zum Plot beiträgst, werde ich dich wohl als Co-Autorin nennen müssen).

Meine Lektorin, Julia Stolz, die mit mir immer wieder um den besten Titel ringt.

Rainer Gossmann von der Hamburger Kriminalpolizei, den ich auch dieses Mal um Rat in kriminalistischen Belangen fragen durfte (den ich hoffentlich auch in den wesentlichen Zügen umgesetzt habe). Alle diesbezüglichen Unschärfen gehen natürlich auf meine Kappe!

Philip Jahnke vom Institut für Rechtsmedizin am Universitätsklinikum Hamburg-Eppendorf, der mir eindrücklich und anschaulich vor Ort erklärte, wie eine Sektion vonstattengeht. Davon werde ich noch in anderen Romanen profitieren …

Dr. Jan Gerd Hagelstein, der echte Arzt in der Hamburger Seemannsambulanz im Wilhelmsburger Krankenhaus Groß-Sand, in der tatsächlich so viele Teddybären wohnen, wie in diesem Buch geschildert. Ich hoffe, er verzeiht mir die Erfindung eines doch sehr anderen Protagonisten, den ich mir vor unserer Begegnung bereits ausgedacht hatte – mit Django hat er wahrlich nichts gemein, und leider fährt er heutzutage auch nicht mehr auf dem Wasserweg in den Hafen.

Sarah Eyßer, Marketingleiterin des Krankenhauses Groß-Sand, die mich mit viel Geduld durch die Abteilungen führte. Ich hoffe, es war in Ordnung, dem Krankenhaus eine pädiatrische Abteilung hinzuzudichten – vielleicht nehme ich ja auch nur die Zukunft vorweg.

Das liebenswürdige Personal von der Seemannsmission im »Duckdalben«, übrigens 2011 zum besten Seemannsklub der Welt gewählt, das hier mit viel Herz den Seeleuten ein Gefühl von Zuhausesein vermittelt.

Dann danke ich natürlich wie immer meinen ebenso kritischen wie scharfsinnigen Testlesern: Allen voran Bede Lüdemann, Besitzer von Hamburg-Wilhelmsburgs großartiger und – wie ich zu wissen glaube – nach wie vor einziger Buchhandlung, der nicht nur literarisches Gespür, sondern auch profunde Wilhelmsburg-Kenntnisse mitbringt. Und dann: Andrea Bannert, Olivier Blanchard, Luise Heine, Sabine Krämer, Ingrid Müller, Stefan Weiß – und natürlich dir, Alain, mein liebster und engagiertester Begleiter durch die Höhen und Tiefen eines Buchprojektes. Danke für deine Geduld, deine Ermutigung und deine Liebe.

Am Ende, aber nicht zuletzt, danke ich den engagierten Leitern der Beratungsstelle für Sinti und Roma in Wilhelmsburg, die mich für die schwierige Thematik sensibilisierten und mir Ungeheuerliches erzählten. Und natürlich von ganzem Herzen auch den übrigen Sinti, die mir ihre Geschichte anvertraut haben, die hier aber namentlich nicht genannt werden möchten.

Ihnen allen, euch allen gebührt mein innigster Dank.

Die wichtigsten Quellen

Klaus-Michael Bogdal: Europa erfindet die Zigeuner: Eine Geschichte von Faszination und Verachtung, Suhrkamp, 2014

Dotschy Reinhardt: Everybody's Gypsy: Popkultur zwischen Ausgrenzung und Respekt, Metrolit, 2014

Emils Ring, ZEIT ONLINE Magazin, www.zeit.de/zeit-magazin/leben/2014–07/sinti-hamburg-emil-weiss, Abruf Juli 2015

Broschüre des Landesvereins der Sinti e. V.: Unser Ziel heißt: Respekt! Sinti und Roma auf dem langen Weg zur Gleichberechtigung, www.landesverein-hamburg.de/GipsyBroschuere_130328_hp.pdf

Angela Bachmair: Wir sind stolz, Zigeuner zu sein, Wißner-Verlag, Augsburg, 2014

Rudi Walter: Kirchengeschichte der Sinti und Roma in Deutschland

Djangos Erben, Dokumentarfilm von Suzan Sekerci, Deutschland, 2008

Newo Ziro, Dokumentarfilm von Robert Krieg und Monika Nolte, Deutschland, 2012

Jeannette Gregori, »Tsiganes«, Fotografien, www.jeannettegregori.com, Abruf Juni 2015

Ulrich Sachsse: Proxy – dunkle Seite der Mütterlichkeit, Schattauer, 2015

Blutiges Erbe

*Cover- und Preisänderungen vorbehalten

Hier reinlesen!

Michael Kibler

Sterbenszeit

Kriminalroman

Piper Taschenbuch, 400 Seiten

€ 10,99 [D], € 11,30 [A]*

ISBN 978-3-492-30084-1

Der Mord an einem Neugeborenen scheint für Ricarda Zöller von der SoKo Mainz ein unlösbarer Fall. Bis die Tatwaffe einen Zusammenhang zu einem früheren Verbrechen in Heidelberg preisgibt. Handelt es sich um denselben Täter? Ricarda wendet sich an Lorenz Rasper vom Bundeskriminalamt Wiesbaden. Kaum hat der Spezialist seine Ermittlungen aufgenommen, werden sie an einen neuen Tatort gerufen: Die Mutter des Baby wurde ebenfalls getötet …

Leseproben, E-Books und mehr unter www.piper.de